# 坚如磐石

陈宇 著

花城出版社

中国·广州

图书在版编目（CIP）数据

坚如磐石 / 陈宇著. -- 广州：花城出版社，2024.1（2024.12重印）
ISBN 978-7-5749-0109-4

Ⅰ. ①坚… Ⅱ. ①陈… Ⅲ. ①长篇小说－中国－当代 Ⅳ. ①I247.5

中国国家版本馆CIP数据核字(2023)第249075号

出 版 人：张　懿
责任编辑：许泽红　杜小烨　李嘉平　蔡　彬
责任校对：李道学
技术编辑：凌春梅
装帧设计：韩湛宁＋亚洲铜设计

| 书　　名 | 坚如磐石<br>JIANRUPANSHI |
|---|---|
| 出版发行 | 花城出版社<br>（广州市环市东路水荫路11号） |
| 经　　销 | 全国新华书店 |
| 印　　刷 | 广州市岭美文化科技有限公司<br>（广州市荔湾区花地大道南海南工商贸易区A幢） |
| 开　　本 | 880毫米×1230毫米　32开 |
| 印　　张 | 12.375　2插页 |
| 字　　数 | 270,000字 |
| 版　　次 | 2024年1月第1版　2024年12月第3次印刷 |
| 定　　价 | 59.80元 |

如发现印装质量问题，请直接与印刷厂联系调换。
购书热线：020-37604658　37602954
花城出版社网站：http://www.fcph.com.cn

坚如磐石

致一个相信故事价值的时代

# 序·及时宇

宋方金

认识陈宇，是在电影频道《今日影评》节目里。当时《满江红》即将开机，节目组做了一期专题，我作为到场嘉宾预测该片剧情走向，中间跟主持人一起连线陈宇。主持人自然不会放过他，问了几个较难回答的剧透和揭秘性问题，都被他云淡风轻地润过去了。稳、准、严谨，我的第一印象，他是个很科学的人。

那天节目，我预测《满江红》的剧情是密闭空间的悬疑片，情节密，强反转，无岳飞。电影拍完，首映式我去了。果然，深宅大院，悬疑剧情，情节密集，反转强劲，没有岳飞角色出现。临近结尾时，我不禁暗自得意：此正是仰手接飞猱，俯身散马蹄啊，全被我说中。但是，就怕但是，剧情行至高潮，千钧一发之际，张大等岳家军余部竟不是要杀人，而是要诛心，但其实也不是要诛心，而是要取出一首词，那词叫《满江红》，一段民族记忆，一首在中国只要识字即萦绕心头的慷慨悲歌。它像一段中国文化中的基因，说是接头暗号亦不为过。电影的高潮原来不是杀与不杀，不是机关算尽，不是最强大脑对决，而是留住记忆、对抗遗忘。金戈铁马之中，刀枪交鸣之际，93个汉字响彻云霄，回荡在历史与现实之间。直抒胸臆，直指人心。正应了弗朗索瓦·特吕弗所期望的，电影高潮应该是"真理和壮观场面的融合"。此等令人称绝的高潮，久违了！端的精彩！就我目力所及，电影史上还没人这么设计过高潮。创意创意，真正创个意多难啊！从人手里买房子不难，在人没去过的地方盖座房子难。陈宇盖了座取"诗"成仁的故事山庄啊。第二印象，这是个狠角儿！

后来就常见面。常见面，却只有一件事，就是聊创作。陈宇有一个总纲，即叙事动力学，这是他多年创作实践所得出的理论框架。纲举则目张，陈宇总纲之下有二目：一目为类型准确、一目为故事升维。两年之内，陈宇上映了三部电影，皆是跟张艺谋合作，皆紧扣总纲，不脱二目。《狙击手》，主类型剧情，次类型战争/动作。主类型既是剧情片，电影便聚焦在人物和人物关系上，塑造了几个铜豌豆一样响当当的人物。故事升维升的是什么？之前狙击手类型的电影都归结于数量的比拼、技术的精进、高手的对决，陈宇笔锋一转，归结于一个绝密情报的绝地传递。这不仅是创作的技巧，更是对牺牲的致敬、对战士的颂歌、对观众的宽慰。一切技巧，都要服务于内容。《满江红》，主类型悬疑，次类型剧情/喜剧，类型背景是古装。故事升维升的是什么？复仇故事，大多都着力于成与不成，杀与不杀，如何杀，宽恕与赎罪等层面。陈宇笔锋又转，竟从贼人心中夺出一首大词。所谓光彩夺目，不过如此。

陈宇所说之叙事动力，在影视行业原称为叙事动机，一字之差,新旧之别。旧在哪儿?旧在动机论在今日已不能让人物理直气壮、让观众心服口服;新在哪儿?如陈宇自己所说,"并非对事态变化结果的呈现,而是直面变化的过程,变化的过程体现为一次又一次'质变'"。陈宇所说之故事升维,影视行业原称故事递进,两字之差,"高下"之别。"下"在哪儿?递进往往是故事性质变化的量变,如二维生物只在二维递进,三维生物只在三维递进;"高"在哪儿?高在超出叙事量变之上的主题质变,也就是升维。主题一旦升维腾空,即如北斗导航,可纵横捭阖,可一目了然,直捣黄龙,摧枯拉朽。但必须强调的是,陈宇所说之"升维",并非是美学词汇,而是一个可推导的思维逻辑过程。拿《满江红》来说,陈宇是从悬疑类电影常用的"麦格芬"概念出发,开始逻辑推导。悬疑电影类型中的麦格芬通常是实物,比如一份文件、一把钥匙、一张藏宝图或军事布防图,甚至是一枚核弹,以递进推导来说,那就是找到更具价值或更加独特的麦格芬。但陈宇的创见在于,麦格芬可不可以不是一件实物?如果不是实物,会是什么?以此"升"推,最后推导到了一首无物理实际用处的词。文学创作,陈宇靠的不是灵感,是科学。由此得出第三印象,陈宇是场及时雨。

陈宇是及时雨,不光是之于导演张艺谋,扩而言之,对当下的中国电影行业,亦是。因为陈宇提出的叙事动力、故事升维、类型准确等概念,都不是个人技巧,或纯粹美学范畴,而是可再现、可推演的一种科学与文学交融的创作逻辑。实际上,陈宇在迄今为止的创作中,极少放进去"私货",他是在公共场域中，寻求一种公共价值和公共叙事目标的表达和追求。这是很多电影人都在强调却都匮乏或不愿意尝试的。

说回《坚如磐石》。这是陈宇与张艺谋导演合作的第一部电影，面世却最晚。可见其中之曲折，也可见这部电影的力度之所在。电影上映之后，我们也看到很多观众的遗憾和愿望，因为不过瘾，想看这个故事的全貌。现在，这个遗憾可以弥补了，就是摆在大家面前的这部小说版《坚如磐石》。我不能在这儿剧透小说的情节，但我想说的是，有三类读者不要错过它：一、电影《坚如磐石》的观众，电影是菜肴，小说是厨房，你在这本书里能看到烹制菜肴的一切过程，火候、油温、葱花、姜末，应有尽有；二、有志于创作的青年编剧、导演，现在出版和发表电影剧本和小说的杂志和图书太少了，一个影视创作者只看影视作品是学不会创作的，一定要看剧本和原著，像《坚如磐石》这样，电影和原著比照来看，就是学习影视创作的绝佳时机；三、喜欢看现实题材和现实主义风格作品的读者。这部作品书写了现实的复杂和人性的凛冽，其实，现实和人性也都是在不断升维的，看陈宇的升维逻辑作品，不容易被降维打击。人生嘛，总是需要几场及时雨。

每次见陈宇，他总戴一顶礼帽。谈累了，点一根雪茄，继续升维。第四印象，他是个有仪式感的人。至于第五、第六等接下来的印象，都还在来日里。多好。来日方长。

是为序。

# 目录

第一章　　公交车在燃烧　/ 1

第二章　　童年的黑洞　/ 36

第三章　　父子时间　/ 78

第四章　　摆渡车、女人和战争　/ 115

第五章　　谈判　/ 148

第六章　　弱点　/ 178

第七章　　过河之卒　/ 210

第八章　　卒的结局　/ 235

第九章　　与恶相对的人　/ 261

第十章　　水泥墙里的歌声　/ 289

第十一章　黑洞效应　/ 333

终章　　　真正的父子时间　/ 368

# 第一章　公交车在燃烧

## 1

他叫孔三顺，金江本地人，两颊凹陷，眼睛细小，像只耗子。

他坐在十二路公交上。

公交车是千禧年前后在金江推广的款式，座位只有20个，车里有一种胶臭，转弯时发出叮当响声。车的起点是田村，终点在燕子坝。路线两端是金江较穷的地方，中间却要穿过城区最繁华的地段。

所以孔三顺选了这辆车。

江上夕阳已经缓缓落下，只露出一个赤红的边。江边华灯初上，正是晚饭时分。十二路公交行进在江边，残阳照进布尘的玻璃，照出乘客的剪影。

这个点，车上人不多。一个中年妇女抱着孩子，一个清汤挂面般头发的美女在拿口红补妆，一个上班族呆滞地看着窗外。

除了孔三顺，只有三个男人，其中两个比孔三顺瘦弱，剩下一个看上去是职高生。

司机则是个虚弱的胖子，喘着粗气，额头都是细汗。

没有什么对手。

这是孔三顺选择十二路公交车的第二个原因。

他怀里抱着一个红色的旅行包，面孔平静。事后，目击者们都说，他是很平凡的一个人，和这个城市其他八百万人一样。

所谓的平凡，只是因为你离他不够近。

如果仔细看，就会发现他的手细微地颤抖着，前额上、额角里布满细密的汗珠。

别急。还不到时候。孔三顺一路都在心里想。

公交车轻快地拐弯，又发出叮当的响声，进入一个十字路口，正对商业广场。

平凡的孔三顺跳起来，开始了他不平凡的行动。

刹车声骤然响起，车轮发出尖锐的声音。公交车停了下来，在商业街的正中间。

周围街道上的人停下脚步，疑惑地看着街道中心的这辆公交车。

公交车里一阵惊叫，又迅速地恢复了平静——看似只是静静地停在那里。

孔三顺开始掌控局面了，用带有口音的方言。

"莫动！老子有炸弹！"他紧紧攥着红色旅行包。

## 2

他叫苏见明，很难定义是哪里人。

苏见明是金江市公安局的警察，脸上同时有痞气和书生气。

他的整个生活将在5月20日这一天改变。

只是此刻，他还不知道而已。

苏见明刚刚从外地调研回来，回到市区时，大约是下午4点半。他没有回单位，就连裤脚细密的泥点子也没处理。他点了杯最普通的美式，嘱咐服务员多加冰，接着在星巴克里坐了许久。

街道慢慢暗了下来，街灯一盏接一盏地亮起，仿佛是什么东西的倒计时。落地窗外，人潮涌动，人群的声音偶尔顺着打开的门缝传到店内，这让店内平添了几分温馨的气氛。

繁忙的星巴克柜台终于闲了下来，苏见明把最后一口咖啡倒进嘴里，双手插着兜，晃到收银台前。他敲了敲柜台，引来一个正在收拾柜台的女店员，有些装逼地说："来，说个事。"

"先生您好。"

"5天前的晚上7点15分，我在你们店里，就坐在那个座位。"苏见明伸出手指，点了点自己刚才坐的位置，那里的桌子上还留着一圈又一圈的水渍，看起来像是奥运五环。

女店员有点困惑："有什么问题吗，先生？"

"隔着两张桌子，就在那个位置。"苏见明再次伸出手指点了点另一处，现在那里坐着一个发际线不是很理想的中年人，苏见明轻咳一声："那里坐着一个姑娘，很美，我看着她，她也看着我，我们对视了大约30秒。"

女店员看着苏见明，有点发晕。但她是个富有经验的服务员，还是凭本能继续回应着："您的意思是……"

"我觉得她就是未来和我一起生活的人。可惜，当时我没有意识到时机稍纵即逝,我只是低头喝了口咖啡,她就不见了。"

女店员呆呆地看着苏见明,等待下文。

店里已经没什么人,只有几首轻音乐在循环播放。窗外的嘈杂声大了起来,但是暂时还穿不透玻璃的阻隔。苏见明继续着自己的理性、冰冷、快速的对于美女的描述。

渐渐,做咖啡的、做蛋糕的、打扫卫生的……他们都看向了柜台的位置。

苏见明面无表情,仿佛想搭讪美女是一件公事:"之后每天7点15分左右,我都来这儿,就为了等她——除了昨天。可她一直没再出现过。"

"您需要我们做什么,先生?"女店员的脸上露出职业化的苦笑,混合着无奈和为难,心肠稍软的人看见这副脸孔就会退却,仿佛任何道理在这样的表情下都会变得疲软。不过很可惜,这次她遇到的是苏见明。

苏见明仿佛没看到女店员表情的变化,继续表情僵硬地念叨着:"她为什么一直没出现,为什么?"

女店员只能顺着他说:"为什么呢?"

"所以,我要看你们的监视器,我要找到她。"苏见明摊牌了。他绕了一个巨大的圈子,足以把绝大部分人绕晕。很多店家为了避免麻烦,就会答应他这样的无理要求。不过也很可惜,这次他遇到的是一个具有法律意识的、负责任的店员。

"不能随便给人看监视器,这是规定。"女店员收回那副职业化的苦笑,冷起脸来,试图用这种态度让对面这个看起来既像是书呆子,又看起来不太正常的男人退却。

苏见明耸耸肩,从怀里掏出警官证:"我要求看。"

做蛋糕的店员脱下手套，走来接过警官证左看右看，仿佛他能辨认真伪一样。女店员对这个疑似警察的男人睁大了双眼，眼神中充满了不解："可是——什么理由呢？"

"嗯，这倒是个问题……"苏见明竟然真的在认真思考这个问题，片刻，他得出结论："就说我们怀疑她盗窃，要找到她核实情况，怎么样？"

女店员呆滞地看着这个疯子一样的男人，不知道做何反应。做蛋糕的店员躲到柜台另一侧，拨通电话，压低声音："春意路星巴克，有人冒充警察……"

尴尬的沉默中，门外人群的声音终于越来越大，吸引了店里不少人的注意。苏见明顺着声音的方向看去。天色已暗，人群熙熙攘攘，他什么也看不到。

手机铃声打破了僵局，苏见明看到来电人的姓名，表情变得严肃。他按下了接通键，同时缓步走到柜台另一侧，从报警店员手中抽回自己的证件，朝他晃了晃，接着做了个口型："真的。"

电话里的李惠琳声音平静但严肃："紧急情况，所有警员集合到春意路、三阳路十字路口。"

苏见明转身，看向窗外的人群："春意路口……我就在这儿啊。"

咖啡馆外不远的十字路口，人群团团围住的，是那辆停在路中的十二路公交车。

## 3

四分钟后，十二路公交车周围被拉起警戒线。

警员们从警戒线上伸开手阻挡，试图散发出一种威严的能量，来阻止推搡着的、随时可能冲破警戒线的人群。

另一队警员则从人群中分出一条道来，一辆辆警车拉着警笛，缓慢地穿过人群，在警戒线内形成了一个小包围圈。一个个全副武装的警员面无表情地从车上跳下来，神色肃穆地摆出了戒备的姿态。

警戒区外的人头攒动着。不少群众踮起脚尖，甚至一下接一下地跳起来，试图从密密麻麻的头颅缝隙中看到更多的信息。混乱的讨论声一直没停过，偶尔还夹杂两句带着乡土气息的脏话，抱怨着谁的脚踩到了自己的新鞋。

周边摆摊的小贩也很兴奋，这里不算是旅游景点，顾客大都是附近的街坊。可是今天人流堆积在路口，这是无比珍贵的商机。卖面的小贩跳芭蕾似的挤过人群，把怀里的塑料碗递给人群中的胖子。胖子接过面，一边嗦着面，一边接力似的踮起脚尖，向人群中间探望。

在被层层包围的公交车内，乘客们躲在车辆尾部的角落。孔三顺站在窗口，大汗淋漓，怀里依旧紧紧抱着个发旧的红色旅行包。旅行包的拉链开了一个口子，露出了一个按压式的开关。

他的手始终悬在按钮上，手上的汗顺着指尖滴在按钮上，接着滑向包内——从包打开的小口，隐约可见其中密密麻麻的引线和雷管。

李惠琳和孙鹤阳在警车边等着苏见明。

李惠琳是个干练的女警，外表秀气，却总是板着脸，一副生人勿近的态度。而孙鹤阳看起来就是个聪明的技术人才，年轻而白净的面孔上写满了天真和稚嫩，眼里还没有被生活肆虐过后的疲惫。

苏见明从星巴克出来，到路边停着的车里拿出自己的装备，向二人走来。

装备是一个无人机、一个遥控器，以及一个便携式的显示屏。

"小白脸，你运气真差，被分给了个草包官二代带着。一个警察，开辆M5。"李惠琳眯眼看着苏见明向他们走来，对孙鹤阳吐槽。

"啧啧，M5E39，年纪跟我差不多，估计都过了六七手了。"孙鹤阳只是好奇地打量着苏见明的座驾，发着感慨："这逼装得还是不到位。"

李惠琳叹了口气，像是才看见苏见明似的，提起工具箱，与苏见明会合。苏见明接过工具箱，塞给孙鹤阳。

片刻，苏见明问孙鹤阳："你叫什么来着？"

"小白脸。"李惠琳迅速接话。

孙鹤阳看着苏见明，对于领导不记得自己名字这件事，露出无奈的表情。

得入苏见明麾下一个礼拜，孙鹤阳已经大体摸清领导最大的特点。

苏见明聪明但情商不高，对人冷淡，对细节和证据极其敏锐。

苏见明沉默地将无人机递给孙鹤阳，接着便从容地迈着四方步向前走去。

中年男子，炸弹，公交车，挟持人质。

苏见明眯着眼想着什么。

李惠琳和孙鹤阳连忙跟上。

苏见明突然止步，回头看着二人。

苏见明："他有人要见，有话要说。"

苏见明迅速判断出事情的前因后果。

二人不明所以，呆呆地看着他。

苏见明再不说话，回头走两步，跳上一个花坛。

他一边远远地观察着场内情况，一边看似漫不经心地发问："吃了吗？完事儿一起消夜。"

孙鹤阳不知他在问谁，琢磨着回答。

李惠琳翻了个白眼："苏老师，我能说句实话吗？"

"你说。"

"没希望。"

苏见明微笑："什么没希望？"

"咱俩。"李惠琳闪身躲过苏见明，开始启动无人机。

孙鹤阳彻底看蒙了，问："领导，啥意思嘛，这是？"

苏见明跳下台阶，表情平静："她的意思是，我和她没有在情感和肉体上交往的可能。"

他站定，立起显示器，开始操控无人机。

苏见明身上仿佛有一个开关，随时让他从不羁的生活状态，切换到严谨的工作状态。

他伸手抓住一个匆匆跑过的警察："出啥事了？"

警察不得不停下脚步，甩开苏见明的手："大事情，你莫添乱。"说着就要离开。苏见明再次抓住他的肩，没再说话，而用标志性的冰冷眼光盯着他。

苏见明直勾勾的眼神，是他为人处世的武器。

一向如此。

警察皱着眉转开视线，苏见明立刻放手，摊开双手，示

意自己不再阻拦。警察匆匆离去,临走前撂下一句话:

"有人拿着炸弹,要见你老爸。"

4

又过了一分半钟。

公交车周围的人潮更加攒动,后续车辆根本开不进来。不得已,警方临时征用了街边的小吃店,作为指挥中心。

刘波是金江市公安局长副局长,五十上下,长得像样板戏里的正派角色。此刻,他坐在小吃店的矮凳上,凝重地观察着周边环境:"狙击手呢?"

刑侦支队队长文辉拨开周边围着的警察,走到刘波身边:"已经到位,但是没角度……"

文辉四十出头,永远铁着个脸,苏见明对他的评价是:像是童年受了什么巨大痛苦似的。

他曾经自作主张地送给文辉一本弗洛伊德的《性学三论》,被后者从五楼会议室扔下楼去。

刘波问:"身份?"

文辉:"暂时还没有查到。"

刘波皱眉,道:"没说为什么要见郑局?"

文辉摇了摇头,按他平时的工作习惯,这些问题早应该门儿清了的。但今天事发突然,他还在努力。

刘波皱着眉摆摆手,示意他加快对炸弹客的调查。

文辉从店里走出,走到路边,习惯性地点起一支烟,抬眼却发现一个滑稽的场面:孙鹤阳和另外两个警察搭成一个架子,把苏见明举在空中。苏见明神色自若地拿着望远镜,晃晃悠悠地观察公交车里的情况。

文辉叼着没点燃的烟朝几人喊话："你们要耍杂技嗦，分嫌疑人的心？"

苏见明脚下的警察勉强坚持着，言语间不乏委屈："他说要搭个观察点，看看炸药是不是真的。"文辉眼睁睁地看着这个架子前后左右地趔趄着。

苏见明并不觉得是自己不断调整重心，才导致了架子的不平衡。他一边看着望远镜，一边朝下方发号施令："别乱动，稳着点。"下面的警察冒着汗，怒怼回去："你给老子举一下看！"

苏见明没答话。从这个角度，已经可以看到旅行包内只露出一点的雷管。

文辉走到人架旁，冲苏见明喊道："啥子情况？搞清楚没有？"

"好像是老式电雷管。"苏见明皱眉观察着。

"晓得是雷管，问你真的假的？"

"可能是真的。"

"真的？"文辉倒也不意外，就是有点头疼事情如何收尾。

苏见明："也说不准，说不定是塑料做的。"

文辉觉得疑惑："假的？"

苏见明放下望远镜，双手抱在胸前，闭眼沉思，一副忧国忧民的神态。最终，他决定保持骨子里的严谨，摇了摇头说："不能确定。"

下面三人无语至极，同时撒手，人架瞬间分崩离析。

苏见明结结实实地滚在地上。

文辉觉得自己纯粹是在浪费时间："要，这个时候还在耍！"他把嘴里叼了半天的烟塞回烟盒，转身离去。

怎么会靠得上苏见明呢？文辉在心里骂了自己一句。

文辉走开，苏见明自己爬起来，重新观察地形。

没有人靠得住，只能靠自己。苏见明想。

他踱步走着，脑内盘算着和公交车的直线距离，直到一块公交站牌后，他满意地点了点头："就把摊子支这儿吧。"

李惠琳鄙夷地看着他。她知道，这家伙是看这块公交站牌能抵挡爆炸的余波。尽管如此，她还是迅速打开便携桌，放好显示器。另一边，孙鹤阳手脚麻利地放飞无人机。

无人机嗡嗡地起飞，贴着地面积水向前移动。水面上倒映的霓虹灯光被无人机吹得破碎，像撒满了揉碎的金箔。

苏见明派孙鹤阳到旁边的小卖部买了一条娃哈哈AD钙奶，坐到便携桌旁，吸溜起来。喝干一瓶的时候，显示器上出现了无人机实时拍摄的画面。

小吃店指挥部里，刘波突然看向外面的天空——他灵敏的听觉察觉到了无人机的靠近："技术科来了？"

"是，苏见明他们来了。"文辉安排好背调工作，回到刘波身边等待下一步命令。

听到这个名字，刘波眉心皱起："这是大事儿，让他们别瞎掺和。"

文辉叹了口气："我晓得。"

另一边，孙鹤阳手上拿着遥控器，看着显示屏，而苏见明和李惠琳目不转睛地盯着屏幕。屏幕中的视角熟练地躲开路灯和树枝，来到公共汽车旁。

苏见明突然开口："玩过《皇牌空战》吗？"

孙鹤阳一愣,还没等他开口,苏见明就指着屏幕,皱眉道:"飞稳了,慢点靠。"

还没等孙鹤阳操作,李惠琳腰间别着的步话机突然响起文辉压低了声音的怒吼:"苏见明,把你的无人机搞远点,让你过去再过去。"

"收到,收到。"李惠琳把步话机拿到手上,对着苏见明晃了晃。

苏见明头也没回:"别管,怎么也得看一眼。"他想了想,又转头指挥孙鹤阳:"去,给文辉他们那边也支一个显示器。"

孙鹤阳被一左一右的指令弄得不知所措。他看看李惠琳手上的步话机,又看看苏见明。

李惠琳一拍孙鹤阳的后脑:"听领导的!"

孙鹤阳无奈:"听哪个领导的?"

"哪个领导在面前,就听哪个领导的。"

孙鹤阳麻利地拿起显示器和接收器,三步并作两步地跑向小吃店指挥部。

刘波和文辉聚精会神地盯着孙鹤阳送来的显示器。

无人机沿着汽车尾部渐渐拉起,车厢内的情况展现在众人眼前。

车内,胖胖的司机和售票员,以及一个中年妇女挤在一起,警惕地看着孔三顺怀里的行李包。

售票员突然张嘴:"哎,你这个包包哪儿买的?"

这句问话超出了孔三顺的计划,他没想到售票员竟然能问出这种问题:"说啥子?"

"包包——还挺好看。"

他无言以对，扭过脸去，看向窗外。

"你那个炸药——假的吧？"司机探头看了看孔三顺怀里的包，满眼写着怀疑。

孔三顺不能再无言以对了，将脸扭回来："你给老子滚！"

"一看都知道是假的。"司机伸出手来，试图去摸孔三顺怀里的包。

孔三顺闪开，大声叫道："你莫跟老子动！老子这是扎扎实实的电雷管加乳化炸药，货真价实！"

司机见他情绪激动，摊开双手："好好好，搞快点，搞快点，晚饭都还没吃。"

至此，时间又过了两分半。

一辆黑色的轿车正向十二路公交车驶来。

里面坐着闭目养神的郑刚。

## 5

"到了，郑市长。"

郑刚睁开眼，轻轻地嗯了一声。他看向窗外，此时天已完全黑了，但各式各样的路灯、霓虹灯映得天空泛出不属于自然界的色彩。他拿起后排中间扶手上的茶杯，抿了一口，下了车。车外，副局长刘波在等待。

刘波快步走上去，为郑刚讲解情况："郑市长，目前嫌疑人情绪比较激动，据他称，手上的包里是电雷管和乳化炸药，比较危险……"他一边说着，一边微微躬下腰来，伸手指引郑刚前往小吃店坐镇。

郑刚没有跟着刘波的引导走。

郑刚一把从身后跟着的警察手里抓过扩音喇叭，朝着路中间的公交车走去。

郑市长兼任公安局局长，有比刘波多七年的公安经验。

刘波半个身子拦在郑刚面前，警示现场危险。

郑刚知道危险，但他朝刘波点点头，就穿过警戒线，大步向前走去。

公交车内，孔三顺透过车窗警觉地看着靠近的郑刚，及至10米左右，他挥手示意，制止郑刚继续往前。

郑刚举起喇叭，声音传出去很远，连人群的嘈杂声也停下了："你点名要跟我谈，我来了。我是金江市副市长、公安局长郑刚，你有什么要求，可以跟我讲，请你不要激动，也不要走极端。"

警戒线旁，刘波低声交代："控制传播。"从他身后，警察四散开来，制止了周边围着的、正在用手机录像的人。

车内，孔三顺看着郑刚。他想说什么，却想起什么似的突然停住，接着，伸手指了指郑刚身后的文辉："也给我一个喇叭。"

文辉有些迟疑，看向郑刚。郑刚轻轻地点了点头。

文辉要去找喇叭，郑刚又轻轻摇了摇头。

郑刚把自己的喇叭，通过文辉，交给了孔三顺。文辉举着喇叭，另一只手摊开，示意自己没有带武器。他慢慢地走上前去，慢慢地把喇叭递进去。

是个新手。

郑刚心里有点底了。

他朝孔三顺浮现出轻松和蔼的微笑，像个老朋友一样。郑刚对着车厢喊话："不急，慢慢谈，给你点水喝吧？"

孔三顺打开喇叭开关,声音洪亮:"不要。我不要水,啥都不要。"

郑刚扫视车厢,看着车厢里正在瑟瑟发抖的女人和小孩,大声地说:"你看车里这么多女的,还有娃儿,让他们先出来,咱们慢慢谈。"即使没有喇叭,郑刚的声音也很洪亮。

"不行!也用不了一会儿。"孔三顺有些不敢看郑刚,直接拒绝。

郑刚收了笑容,坚定地说:"不行,如果你不先放女人和孩子,咱们就别谈了。"

孔三顺看着他,二人对视着。

郑刚心里数着,一、二、三、四。

孔三顺转开了视线。

公交车门打开,从车上下来了四五个女性及两三个孩子。

车门再次关上。

郑刚点点头,决定用一种安抚的态度对待面前这个男人。他认为,这种人大都是受了什么委屈,却申冤无门,只能通过这种极端的方式表达自己的委屈。他一方面觉得这种人恶劣,另一方面又觉得他们可怜——生命是他们最后的赌注,要是输了,就真的什么都没有了。

郑刚清了清嗓子,平静地给男人表达的机会:"你有什么要求,说出来看看。"

接着,在全场的目光中,孔三顺突兀地伸出一根食指,摆了个数字"一"。

"我只要说一句话,说完了,我马上交东西投降。"他说。

周围的群众听到此言,立刻鼓噪起来——他们已经预感到,孔三顺要说出句有爆点、能满足他们猎奇心理的话了。有

第一章 公交车在燃烧 *15*

好事的刚举起手机准备录像,就立即被一旁跑来的警察挡住了视线,只能讪讪地收回手机。

郑刚眯起眼,脸上的微笑不变。男人的话并没有出乎郑刚的意料。

不管他说什么,都能应付。郑刚想。

"我说了啊!"

"你说吧。"

孔三顺郑重地开口,表情简直像是宗教画里的殉道者:"一句话——你,是个坏警察。"

郑刚,是一个坏警察。他说。

对此,郑刚表情没有变化。

"你号称打黑英雄,可抓的人都是错的。"

"我今天就是为你错办的那么多案子,鸣个冤。"

面对没有表情的郑刚,孔三顺失言了,又多说了两句。郑刚还是没有表情。

"说完了?"郑刚只是淡淡地说。

"完了。"孔三顺说出第四句,语气已经有些发抖。

郑刚收敛笑容:"无论你对我本人有什么意见,无论我是不是有资格在这个岗位上,你都没有理由威胁到其他人的生命安全。"

孔三顺看着他,脸上是呆滞的表情,不知下一步该如何动作。

完了。他真的说完了。他也不知道接着该怎么办。

在郑刚心里,公交车劫已经提前结束。接下来自己要做的,是查清楚这个男人背后是谁,有什么目的:"现在,请你把包递出来。"

随着孔三顺点点头开始动作,文辉伸手打出手势,示意警戒。随即转向他:"慢点。"

孔三顺露出一个难看的笑容:"放心,炸不了。"

躲在角落的司机松了口气,神色轻松地打开窗户,朝着人群大喊:"早说了是假的嘛。"

他的话引起围观众人的一阵哄笑,仿佛这件事本来就该这么轻松。笑声中,孔三顺把包递出窗口,文辉一小步一小步地谨慎靠近,动作甚至有些滑稽。这让众人的笑声更大了。现在在所有人看来,危险已经解除,接下来就是皆大欢喜的结局。

真的是这样吗?

有一个人在怀疑。

是无人机背后的苏见明。

公交站牌后,苏见明把公交站牌当作靠背,看着显示器上的画面。无人机刚刚就拉起了高度,此刻正俯视着整个场面。

看到文辉和几个警员围了上去,苏见明不自觉地坐直身子:"把无人机降下去,特写。"

在孙鹤阳的操作下,无人机快速下落。画面中央,红色的旅行包迅速变大。在刚才的对话中拉扯得更大,已经可以清晰看见里面的雷管和爆炸装置。

苏见明浑身本能地一震,拔腿冲出。李惠琳和孙鹤阳看着他的背影,不明所以。

孙鹤阳觉得有些不对,操纵镜头推近。孙鹤阳悚然看到包里有个不起眼的小红灯,沉默地闪烁——停顿——闪烁。

李惠琳凑过来,盯着显示器:"刚才有这个灯吗?"

没有。刚刚没有。苏见明心中警铃大作。

突然,空荡荡的广场突兀地响起电话铃声。铃声是《最炫民族风》的电子版,与周围的气氛倒是挺相配。仔细听,是从包里响起来的。

苏见明向公交车狂奔。

他用很不符合高冷性格的声音吼:"别接书包,别接!"

但在巨大的广场里,一个人的声音太小了。

在苏见明的视野里,所有的声音在此刻都消失了。时间仿佛被放慢了无数倍,苏见明挪不动腿,只能眼睁睁地看着孔三顺脸上的表情一点一点变化,从释然到惊恐。

包里的铃声还在一下一下响着,像是一部交响乐的序曲。

他唯一能做的,就是一把抱住郑刚,两个人横飞出去。

几乎同时,爆炸发生了。

一瞬间,汉子从一个人变成了一团雾。

砰。

苏见明扑倒在地上,巨大的轰鸣声在他的耳朵里回响,发出尖锐的鸣叫。

他艰难地睁开眼,一只断臂擦着他的头皮飞过,骨碌碌滚到了他的身边。

铁锈味与土腥味霸道地弥散在空气中,充满了苏见明的鼻腔。

郑刚倒在一旁,面色铁青,双眼紧闭。苏见明朝他爬过去,伸手一下一下用力地拍着他的脸,并呼唤着:"爸!"

郑刚一把抓住他的手,长出一口气,这才狠狠又恼怒地瞪开双眼:"我没事儿。"

苏见明一手架着郑刚,一手扶着身边的警车站起来。他的听力正在慢慢恢复，尖叫声、燃烧声逐渐回到了他的脑海。他看到刘波混杂着焦急和愤怒的表情，正一边指挥，一边向自己这边跑来；他看到文辉靠在不远处的一辆警车上，口鼻流血；他还看到群众终于不再轻松地看戏，正慌乱地奔跑，离开这不祥的现场。

苏见明回头。他看到公交车的一半燃烧着熊熊的火焰。

黑烟从火焰中升起，像一柱狼烟。

这，就是苏见明人生发生改变的时刻。

只是此刻，他还不知道而已。

## 6

市委大院里有一条潜规则：大家都不会邀请别人参加自己的家宴。因此，尽管每家的食材经过统一采购，算是内部人员的半公开信息。但具体到菜品，就不为外人所知，算是小小的家庭机密。

何秀丽坐在沙发上，等待着什么似的，但又看不出来在等待什么。

她五十出头，具有某种令人难以靠近的气质，狭长的双目为她的脸添了疏远感。在她的对面，电视机正播放新闻："本市昨晚春意路口发生的公车爆炸案影响巨大，根据记者现场了解的情况，这次爆炸导致犯罪嫌疑人一人死亡，三名市民受伤……

"据悉，副市长兼市公安局局长郑刚亲自与犯罪嫌疑人现场谈判对话，有效控制了事态发展，郑刚在过程中受轻伤。"

在她的身后，保姆张姐正在上菜：豆瓣黄姑鱼、橄榄油炸茄盒、尖椒牛肉丝、清炒牛肝菌，最后是排骨藕汤。这本是周五晚上的菜谱，但何秀丽为了慰问丈夫和儿子，特意提到了今天。

"市公安局新闻中心表示，本市打黑除恶专项斗争仍将继续，将给市民一个安全的生产生活环境……"紧接着是对一个中年市民的采访，"我觉着他们是想报复我们的打黑英雄，请政府一定要查清楚，是什么人竟然敢……"

听见大门的响动，何秀丽起身关掉电视。她看到儿子和丈夫走进门，丈夫的脚还一瘸一拐的。

何秀丽双臂抱在胸前，迎上来："昨晚睡局里了？"

郑刚坐到饭桌前，长出一口气："会开到半夜，懒得跑了。"

何秀丽扫了一眼郑刚的裤子，膝盖上有摔倒时蹭坏的痕迹。

"小程把情况都跟我说了——"何秀丽翻看着手机，是和郑刚秘书程斌的聊天记录，内容是郑刚的检查结果和病历，"你这个髋关节有点老问题，等这事儿办完，上北京去看看。"

郑刚并不觉得这件事有什么重要的，只是像宣布军队冲锋一样发出命令："吃饭。"

何秀丽也坐下。

其间，苏见明一句话也没说过。

一场沉默的家宴开始了。

与此同时，城市的另一边，正发生着剧变前的细微预兆。

百丽集团大厦的设计风格是现代的，太阳好的时候，大厦会向整座城市反射出晶莹的光。这些光为大厦添了神圣的气息,就像是一座神殿矗立在市中心。

大厦顶层的董事长办公室里,秘书刘锋正举着电脑,向董事长黎志田播放网上流传的爆炸案视频。这是很多视频的混剪,由多个角度拍摄的画面组成。镜头晃动,尖叫哭泣声不绝于耳。黎志田看着视频,微微颔首。

视频结束,刘锋举起一个U盘:"这是早上匿名快递送来的。"他把U盘插入电脑,里面也是爆炸案的视频。只是画面更加清晰稳定,是无人机的俯拍画面。

视频里,公交车的一侧爆出火焰,画面瞬间变亮。黎志田皱着眉头,看着屏幕中的黑烟缓缓升起。

"黎总,匿名送来的。"刘锋三十多岁,沉稳干练,像是律政剧里的精英,对待工作一丝不苟,他重新强调最重要的信息。

"我知道。"

刘锋迟疑地问:"您知道是谁送来的?"

"跟我这么久,你不知道?"

"应该,也知道。"刘锋想了想,"除了他,也没别人了。"

刘峰看向黎志田,二人对视一眼,刘锋面色凝重。

黎志田则带着一个淡淡的微笑。

沉默的家宴在继续。屋内唯一的声响是碗筷相碰的声音。

一如既往,郑刚连吃饭也是一副军人做派,腰杆子挺得笔直,咀嚼时双唇紧闭,不发出一点声音。

苏见明看着何秀丽不断地给自己夹菜,先是没有反应,最后用手挡住:"妈,我少吃点,晚上还有个夜宵局。"

何秀丽瞟了他一眼:"跟你说了,外面的饭最好别去吃,那些人面子上捧你，带个什么人说什么认识一下，背后都有你爸这儿的打算。"

"我知道。"苏见明说。

郑刚生硬地加入了对话："晚上和谁？"

"黎志田。"

郑刚和何秀丽闻言一怔。

苏见明垂着头："您跟他熟吗？"

郑刚胸中怒气暗生，但表面上还是不动声色，只是紧紧盯着桌面上的菜。"喜怒不形于色"的功夫，他早几十年就养成了，但出口的话却显示出了他并不如表现出来的那么平静："你准备浑球儿到什么时候？"

"我这算浑球儿吗？"苏见明还是垂着头。

郑刚："你没点智商吗？跟他沾什么边？"

苏见明听得出来，郑刚在试图压抑自己的火气。

苏见明："不是我找他，是他找我。他说跟您熟，所以想请我吃饭。"

"少掺和，别去。"郑刚对此事的评论干脆利落，像将军命令士兵。

父亲的态度总是这样，从小到大。官做得太久了，已经忘记了人与人之间的相处本该是什么样，他从来都是只给出指令，而不解释原因。

之前苏见明很少面上顶他，这次，难以言明的情绪在他的胸腔翻滚，几秒钟后，苏见明说话了。

苏见明："不，我要去。"

空气一滞，两秒。

苏见明："我的知识体系中还缺对中国富人生活的认识。"

苏见明还是没那么强,试图插科打诨以化解自己反抗的力度。

郑刚直直看着苏见明:"你能不能不要总是给我丢人?开着辆扎眼的破跑车,拿着警官证在人家咖啡馆里找姑娘——人家都投诉到局里了!现在又要和黎志田这样的敏感人物吃饭,你缺那一顿饭吗?你是我的儿子,不要总让我难堪。"

虽然郑刚比以往任何时候都表现得更像一个父亲,但苏见明却从他的话里听出了埋藏已久的不满。他从来没办法直抒胸臆,但他很清楚怎么激怒父亲:"养子而已,就算给您丢人了,您也不必太难堪。"

郑刚扔下碗,大声呵斥:"给我闭嘴!"

终于,以冷静著称的一对父子,在彼此这里都破功了。

苏见明打断了郑刚:"难道不是吗?"他拍拍右胸骨下方:"那次毒贩绑架我,你上来,想都没想,抬手对着我就是一枪。"他微笑着,"你的那一枪穿过我的肺,击毙了毒贩,枪法很准。只是——如果面对的是亲生儿子,你敢不敢开那一枪?"

"啪。"苏见明挨了郑刚一耳光。

苏见明的脸上火辣辣的,嘴里正咀嚼着一口饭。

屋里一片安静。

苏见明咽下饭,对何秀丽:"妈,该你上场了。不然我和领导都下不来台。"

何秀丽轻轻搁下碗筷,终于还是"站了"出来。她总是在这对父子即将爆发更激烈的冲突前充当缓冲,这应该是一个母亲的责任。

但这次和之前有些不同,今天,已经有太多的不同。

这次她没有打岔,没有"各打五十大板",而是平和地看着儿子:"跟黎志田的饭,去不去你自己决定。但是,刚才那

第一章 公交车在燃烧 23

话，你以后要是再说一遍，我会亲手打你耳光。"

苏见明一怔。

何秀丽还没说完："你是市长的儿子，是我父亲何炳坤的外孙。那么多当年他的部下都看着，就算你是个傻子，你也给我装出这个家的后代应该有的样子出来。"

何秀丽眼神坚定，透露出不容置疑的意味来。

苏见明和郑刚都抬头看着她。

微信铃声适时响起，苏见明拿出手机看了一眼，接着起身。

面对父母质问的眼神，他用有些沙哑的声音解释道："有任务。"

任务在龙翔广场。

江边的龙翔广场，曾经是金江市最大的购物中心，也是无数年轻男女的约会胜地。可时代变迁，如今，它只是金江多个Shopping Mall中不起眼的一座。五层是餐饮区，汇集了大大小小的餐馆。

此刻正是饭点，也是这里最繁忙的时候。"麻辣味道虾"的传菜员小英子扫了一眼，就知道男朋友又不在厨房。

她气哼哼地穿过杂乱的后厨，推开安全通道的门。果然如她所料，几个厨子正躲在这里吞云吐雾。

小英子看到几人轻松的模样，气不打一处来，上前踹了男朋友一脚："还抽？里面忙死了，被抓到了又是一人五十！"

"老子怕他个铲铲！"胖厨子一点也不忭经理。

小英子的男朋友，是这家饭店的二厨。他还年轻，还没养成胖厨子这样老油条的性格，终究是有点担心："进去吧，师傅。"他把烟头塞进墙上一个两指大小的墙洞里。其他几人也纷纷结束，嘴里骂骂咧咧，抱怨着经理的严苛。

胖厨子低声骂了两句，最后狠狠地深吸了一口，用力把烟头塞进墙洞，准备回到后厨。但他突然停下脚步，意识到什么似的，盯着漆黑一片的墙洞。

胖厨子仿佛被这黑色的深渊吞噬，一动不动。

## 7

即将入夜了。江上船只繁忙地往来，横跨金江的大桥上已经打开了灯，远远望去，灯带形成一条优美的曲线，连接着这座被江水割成两半的城市。江边的街心花园，郑刚拄着拐杖散步。他全然没有身着警服时那种凌厉的气质，和蔼又可亲。

他走到一处石桌旁，两个老头正在桌上下棋，发现郑刚走来，连忙准备起身打招呼，却被郑刚有力的手按在椅子上。在花园的另一侧，一群老太太打着太极拳，不远处，一个约莫七岁的女孩面前支着画架，手里拿着画笔，正对着江景写生。

郑刚走了过去，看到画布上只有两条油画线条，他蹲下身子问女孩："你要画什么啊？"

"这里先要画大江，这里画大桥，再在这里画爷爷。"女孩用手在画布上比画着，骄傲地讲述着自己的构想。

郑刚有些戏谑地说："爷爷？"

女孩亲切地说道："就是你啊，你在这里。我嬢嬢说，郑爷爷是保护我们的英雄。"

郑刚愣了愣，接着露出开心的笑容。

女孩看着郑刚的笑容，发出邀请："我先画大桥，等我画完了大桥，你站在这里让我画，好吗？"

郑刚看着她的面孔，点点头："一言为定。"

此时，年轻的晓薇背着包穿过街心花园，她一身工作装，扎着马尾辫，看起来干净利落。她看见郑刚，露出美好的笑容："您没事儿吧。"

她是个二十六七岁的漂亮女人。

郑刚看着她："没事，皮外伤。刚下班？"

晓薇把手里的塑料袋递给郑刚："刚下班。正好，这是我二爷爷亲手打的麦芽糖，对伤口恢复效果最好。他还说谢谢您上次介绍的医院。"

郑刚笑呵呵接过来："那我就不客气了。"他从塑料袋里掏出两块，递给身旁的小女孩。小女孩接过糖果，放在嘴里，露出笑容。

郑刚对晓薇说："行了，快回家吃饭吧，也挺辛苦的。"

晓薇看着他的腿："您真没事？"

郑刚："没事。"

晓薇甜甜一笑，离开。

花园里的老住户们对视一眼。

郑市长帮过周围太多人了，在这里，他们心照不宣，从来不叫出郑刚的名字和身份，避免偶入者发现。

幸亏，他住在我们这一片。他们想。


苏见明坐在副驾驶上，紧靠椅背，闭目，皱眉。

孙鹤阳几次从后面探出头来，想要问点什么，都被李惠琳借后视镜用目光制止。

仿佛真的睡了一觉似的，苏见明打着哈欠，伸了个懒腰：

"想好了吗,你们谁和我去?"虽然是询问,但他的脸一直向着驾驶位,也就是李惠琳所在的位置。

"没兴趣,你自己去吧。"李惠琳板着脸,做出一副专心开车,没空搭理的样子。

孙鹤阳终于还是没忍住,双臂架在前排座椅靠背的肩上,从后座上探出头来:"苏老师,我知道您想让琳姐跟你去,但是我觉得话都说到这份上了,她就算想去,现在也回不了头了——不如带上我吧?"

李惠琳在两人中间挥舞着手掌,像是在驱赶着苍蝇:"上流社会的事儿,你搞得清楚吗?凑什么热闹!"

孙鹤阳确实被驱赶回去了几秒,但很快他又凑上来了:"那可是黎志田啊,金江最大、最传奇的富豪!"

李惠琳嗤笑一声:"他有钱又怎么样?分给你了还是分给我了?"

她的话让孙鹤阳语塞,他还想说点什么,却被急刹车打断。李惠琳解开安全带跳下车:"行了,干活,别扯那些没用的。"

三人下车,开始穿戴起一次性的防护服。苏见明边穿防护服边伸着手强调:"小白脸,等会儿就一个要求——不准吐。"

事后很久,孙鹤阳回顾起自己和苏见明最早出任务时的情景,逐渐意识到自己为什么很自然地随着李惠琳称苏见明作"苏老师",明明苏见明只比李惠琳大三岁,比他大六岁。"苏老师"这个称谓,一来是讽刺苏见明不食人间烟火、不说人话的技术派特质;二来是从苏见明这个怪胎身上,技术类的警员确实能学到点东西。

不要和自己办的案子产生任何情感联系。

第一章 公交车在燃烧 27

这样会有很多好处，最显性的一条是，不会吐。因为无论再惨烈的尸体，在苏见明眼中，也只是腐败的蛋白质。

就像他对所有美食的态度：无非是植物的根茎叶花和动物的尸体。

三人快步进楼，来到现场。黄色的警戒线封住了几个通道，隔离出一片控制区来。警戒线旁，胖厨师正沮丧地蹲着抽烟。

苏见明走上前去，看见分局的一个小警察，坐在一个塑料凳上，守着黑乎乎的小洞发呆。

苏见明打开手电，向洞里照去。

内墙和外墙之间的黑暗里，隐隐可见一个骷髅头，漆黑的眼窝正对着小小的洞口，仿佛在张望，又仿佛在希望着什么。

苏见明啧了一声，正准备叫孙鹤阳去把后备厢的铁锤拿来，就听见孙鹤阳叫："苏老师，让一下。"

苏见明回头，李惠琳站在他身后，已经在拿着铁锤等待了。

苏见明伸手示意李惠琳自便。在一声声闷哼中，最终垮塌下来。在腾起的烟尘中，一副完整的白骨现出了真身。他，或者她，仿佛还保持着死去时的动作，身体怪异地扭曲着，斜倚在内墙上。在他的身上、身边，落满了这些年从小洞里塞进去的烟头。

苏见明看清了骨架的全貌，喉头不自觉地开始滚动。他用力压了下去。

远远围观的胖厨师不由自主地打了个哆嗦，呆滞地自语了一句："我日。"

苏见明就站在骷髅面对的方向。

骷髅眼窝漆黑，仿佛在和苏见明对视着。

## 8

有人说，北京最美好的时间是清晨，三亚最美好的时间是黄昏。以这个标准，金江的美好时间是夜晚。据说，一位不知道姓名的诗人在酒后诗兴大发，宣称"午夜12点之后，这个城市才开始有灵魂"。这句话让金江无数的男男女女成为夜生活的拥趸。

刚过12点，江边路灯的光反射在江面上，映出一片波光粼粼。街上依旧沸腾，露天的串串摊子的叫卖、人群的喧哗、江对岸露天卡拉OK的嘶吼……种种声音交织在一起，形成此地夜晚独特的声线。

黎志田等人走进江边的一艘大船。船上没有招牌或标识，这里是黎志田的私人会所。

船上隔出的厨房里，一对夫妇正在做菜。听见脚步，夫妇抬头张望，等看到黎志田进来，他们憨憨地笑了一下，接着低头继续切菜。而黎志田全然未曾在意，没看到似的继续走着。

手机响了，黎志田接起，听筒里传来女儿黎莎兴奋的嗓音："爸，我马上就要上台了。"

黎志田脸上露出慈爱的笑："好好弹。"

"爸，这可是桃乐丝钱德勒音乐厅！"黎莎兴奋中又有些不敢置信："Can you believe it？我要在这儿演出！"

黎志田语气宠溺："行了，表演完了赶快回来，婚礼还等着你呢。"

"知道了，知道了！我要上台了，爸你好好听着，开免提哦，不许挂电话！"

"好，爸听着呢。"

黎志田打开免提，钢琴曲从手机里缓缓流淌而出，是穆索尔斯基的《图画展览会》。

苏见明和北岸区财政局的雷书记分坐船舱两旁，桌子中央是正翻滚着的红油火锅。苏见明左右张望着观察环境："就咱们两个客人？"

按照雷书记的年纪和他与郑刚的关系，苏见明起码该称一声"雷叔"。

但苏见明没有，他没加称呼。

雷书记是一个胖胖的中年人，看起来人畜无害。他的脸上写满了不确定："应该是吧。"

"您跟黎总很熟？您知不知道，他为啥要请我吃饭？"

"您"——苏见明考究地使用这种疏远的称呼。

雷书记还是那副一无所知的样子："认识一下嘛。"

话音刚落，黎志田和刘锋就推门进了船舱。雷书记高兴地伸出手站起身来："老黎！现在难得吃饭啰，今天要好好整，整好一点……"

黎志田没看见雷书记的笑脸似的，只是微笑着坐下来。他轻轻地把手机放在桌上，手机里的钢琴持续着。刘锋则只是垂手站在一旁，面无表情。此时，刚才切菜的男人端着盘子敲开了门，前来上菜。

雷书记见黎志田对他毫不理睬，脸上闪过一丝不豫，但浸淫官场多年的他很快调整好情绪，脸上重新堆满了官场的笑:"我来介绍一下。"

黎志田终于有反应了,他抬起手制止:"我来。"

黎志田对着上菜的男人:"哑巴,我给你见识一下,这位是北岸区的雷书记,是郑市长的老战友,关系好得很。这位呢,是苏见明,是郑市长的儿子,养子。"

男人咧着嘴笑了,嗓子里发出类似蝉鸣的嘶哑声。

这表明哑巴不是个绰号,他确实是个哑巴。

苏见明听见黎志田的话,又看着黎志田的笑,心中升起一种本能的厌恶。一方面,是因为他很讨厌别人在外面强调他养子的身份;另一方面,他感受到了火锅桌旁的气氛直线滑落,跌入谷底。

这表示,有不好的事将要发生。

雷书记笑呵呵地活跃气氛:"熟,大家都熟。"

黎志田依旧没有搭理他,两眼直勾勾地看着苏见明:"今天请你来吃个便饭,主要目的是请你看个戏。"

很不好的事情。

苏见明回头看了雷书记一眼,他看到了雷书记眼里的不解。他回应:"什么戏?"

黎志田不答,只是朝刘锋伸出手,一个手机放在他的掌上。黎志田打开手机,越过火锅蒸腾的热气,递给坐在他正对面的雷书记。

雷书记不解地接过手机,映入眼帘的是一对男女床上的镜头。手机的声音很大,女人的喘息声和钢琴声、火锅的咕噜声混杂在一起。雷书记像一颗被挤压的橙子,瞬间变得满头大汗。

视频播完,他抬头看黎志田,黎志田用下巴做出指示:

"接着看。"

雷书记的脸色青红不定,他畏畏缩缩地点开下一个视频。是针孔摄像机拍摄下的一段视频。画面上,他正在和一个人讨价还价,神色嚣张。

雷书记的脸色刷一下白了,拿着手机的手止不住地颤抖着。

黎志田的表情似笑非笑:"老李,你帮我参谋一下,是给纪委好呢,还是发到网上好。"

雷书记闭上眼睛停了几秒,再次睁开时,眼里已经做了决定:"说吧,要么样?"

黎志田微笑着看着他,一把从他手里抓过手机。

"扑通",手机被扔进了火锅,瞬间被红油淹没。

雷书记仿佛才想起呼吸,他长长地出了口气。

雷书记:"黎总,你的恩情我记住了——"

黎志田打断:"记忆卡煮不烂。"

雷书记和苏见明都是一愣。

黎志田:"捞出来,你拿走。"

黎志田看着火锅。

"用手,右手。"他说。

雷书记看看他又看看锅,面色苍白。

苏见明低下头,他从来没见过这样的场面。震惊之余,他不得不承认,还有点恐惧。

见雷书记不动,黎志田用筷子夹起一块鱼滑扔进锅里:"鱼滑漂起来之前。"

雷书记知道自己没多少时间,他站起来看着翻滚的火锅,咬紧牙关,猛地把手探进翻滚的锅里。手指放下去的那个瞬间,他痛苦地哼了一声,手反射性地抽了回来。苏见明看到,他通红的手颤抖着。

黎志田似乎很享受这个场面,他眯眼靠在椅背上,手机里传出的钢琴声悦耳动人。

苏见明觉得自己必须做点什么了:"等一下,我是警察。"

黎志田脸上恍然大悟的表情十分刻意:"哦?我犯法了?那算了。"

他站起身。

雷书记知道这是自己最后的机会了:"别走。"

他对苏见明恳求:"你啥也别说,我求求你了。"

说着,他紧闭双眼,狠狠把手浸入齐肘深的锅里,红油在他的手臂周围沸腾着。

终于,在一段颤抖地摸索后,手机回到了桌上。

红油溅起,落在苏见明的白衬衣上,如血滴一般。

雷书记急切地用左手把手机拨拉到地上,用鞋跟狠狠地踩了七八下,再把残渣一脚脚踢到江水里,忙了半天,终于清理干净。他喘息着,这才回头看黎志田的神色。

看着雷书记那只已经惨不忍睹的手,黎志田露出了享受的表情。他点点头,对着身后的刘锋说:"送雷书记回家。"

雷书记大口喘着气,逃也似的向门口快步走去。

"等等。"黎志田叫住雷书记,他转头看向苏见明,"雷书记不跟小辈打个招呼再走?"

雷书记转头,面容灰白。黎志田笑着建议:"握个手再走吧。"

雷书记看看自己的手,高度烫伤的手沾着红油,发出油亮的光。

他一咬牙,拉起苏见明的手,轻轻握了一下。

苏见明没见过这种场面,加上不擅长和人打交道,呆呆地没有动弹。当雷书记的手握住他的手时,他也没有动。

直到雷书记痛苦地呻吟了一声,苏见明才迅速把手缩回去。

终于,黎志田在苏见明脸上看出恐惧。

看着二人的反应,黎志田满意地点了点头,刘锋带着雷书记离开。

黎志田拿起筷子,在桌子上墩了两下:"来,吃东西。"

苏见明喉头滚动,声音变得沙哑:"叫我来干什么?"

黎志田若无其事地捞起鱼滑,轻轻地放在自己的香油碗里滚了两圈,这才放进嘴里:"第一,告诉你爸,我跟爆炸案没关系。"

苏见明不语。

黎志田接着:"第二,告诉你爸——别惹我。"

见苏见明默不作声,黎志田提高了音量:"懂了吗?"

苏见明抬头看向黎志田,他的本意是逼视,但看到黎志田的那一瞬,似乎又被黎志田眼里的某种力量压制了。但他本能地想起了父亲,想起了父亲的做派,想起了父亲面对罪犯时眼里的光。他在想,如果是郑刚,他会说什么话。

片刻,苏见明开口,恢复了理智:"黎老板,这步棋,你下错了。"

"除了郑局,现在,你又多了个敌人。"苏见明说完郑刚会说的话,转身便走。

两步之后,他转身回来,伸出手,一把将火锅掀翻,红油在甲板上迅速扩散。

他看都没看黎志田,转身离去。

黎志田坐着没动,只是冷冷地看着他的背影。

手机里一曲终了,掌声响起,潮水一般。

## 第二章　童年的黑洞

1

从黎志田的鸿门宴回来,苏见明做了个梦。梦里是无边的黑暗,只能隐约地看见一把手枪。黑洞洞的枪口指着苏见明,枪口很大,像一口漆黑的井。

枪响了。子弹在火光中冲出,钻入肉体。鲜血如花,旋转着喷溅出来。

苏见明发出痛苦的低吼,但挣扎无用,梦中的他感觉浑身在灼烧,感觉变成一具白骨。同时,漆黑的枪口迅速扩大,从一口井成为一个黑洞。

苏见明面向黑洞跌落进去。

突然,床头灯亮了。一束暖黄的光把他拉回到现实。

苏见明睁开眼睛,他看见何秀丽坐在他床前。

母亲,只是静静地陪伴着儿子。

"我没事,你去休息吧。"苏见明不知道母亲是什么时候进来的,他整了整被汗水浸透的T恤衣领。他不愿意在母亲面前失态。

何秀丽的声音很轻:"又做噩梦了?"说着递给苏见明一杯温水。她的脸上没有明显的情绪,但眼神里充满了关心。苏见明惊魂未定,恍惚中儿子的本能驱使他伸手想拥抱母亲,可最终,他只是抓住了身旁的枕头。

苏见明知道,他只是养子。

从小到大,苏见明和养父郑刚的边界感一直很强,苏见明将之归因为一种雄性之间的相斥。

何秀丽只是他的养母。养母这两个字,代表的是一个他敬爱的却也不能对其放肆袒露内心的长辈,他不想让她担心,所以,他必须更加优秀和强大,才有资格回报这份母爱。即使苏见明一直不愿意承认,但他明白,这确属矫情的孤儿报恩心态。

苏见明在脸上挤出笑:"真没事,晚上火锅吃得有点多,撑着了。"

何秀丽给苏见明披了披被角,朝门口走去。走到门口时,她像是才想起作为一个母亲惯有的唠叨:"外面的饭不干净,以后少吃。"苏见明看着她的背影。

她没再回头。

为了成为母子,苏见明和何秀丽都很努力。

他们都知道这一点。

灭了床头灯,苏见明慢慢缓了过来。

他在黑夜中想起,父亲多年前就曾告诉过他:任何群体都有两种人,一种是局内人,一种是局外人。在公安局里,抓到谋杀案凶手的警察,和毒贩周旋的卧底,是局内人。凶险是自然,但他们才代表了这个群体的真正属性。在街上给游客指路、调解家庭纷争，或者像他这种搞搞法医和鉴定的，始终是局外人。

在他人生的前28年，苏见明没听过郑刚的话。

苏见明小时候，父子两人一起打过《使命召唤》。郑刚永远是选择困难模式，哪怕被干掉一次又一次，也绝不更换难度，所以他一直没看到关底。

而苏见明——他喜欢休闲模式，只追求轻松地过关。

两种人生。

此时此刻，苏见明不得不开始重新思考。

他第一次琢磨郑刚期望的那条路，那条属于真正警察的路。

他还不知道的是，在屋子的另一头，郑刚也在黑夜中失眠了。

郑刚虽然不知道儿子在黎志田饭局上究竟碰到了什么，但他很容易想象那个场面，他知道黎志田一定做了某种挑衅。

他太了解黎志田了。


太阳从山的缝隙间缓缓升起，向这座还没从夜晚的迷狂中缓过劲来的城市洒下光芒。金江自古就是兵家必争的重镇，就像棋盘中最重要的那颗棋子。而作为这盘棋中的重要棋子，苏见明打着哈欠，把那辆只剩下光鲜外表的M5停到了市公安局对面。

市公安局对面是家早餐小吃店，这个点人还不多。跑腿的是个九岁左右的男孩，他叫麻团。

麻团身材精瘦，永远穿着同一件T恤，在店里蹿来蹿去，像一只小猴。

他看见苏见明:"今天挺早啊苏呆子。"面对他的热情,苏见明勉强笑了笑,算是和麻团打了个招呼,他今天没太多心情和男孩逗趣。

一碗凉面很快呈上,苏见明刚准备拿筷子,李惠琳突然坐到了他对面:"担担面,多加辣。"

看着她啪地一甩电动车钥匙,苏见明的表情变得犹疑。"那个……"苏见明觉得自己面对李惠琳,丢失了大半底气:"能借我点钱吗?就三千……我的车要换个火花塞,下周发了工资还你。"

李惠琳冷笑起来:"你外面停着辆M5,跟我借钱?你看我像是月底有三千块钱闲钱的人吗?"

苏见明认真打量着李惠琳朴素的打扮:她全身上下都是不知道什么牌子的衣服,但做工粗糙,一看就不是什么名牌,她耳廓上那副黑框眼镜已经被磨得发白,一副勤俭持家的样子。他只能承认:"确实不像。"

李惠琳接过麻团递过来的担担面,轻描淡写:"这就对了。苏老师你当警察也挺久了,观察有点退步了吧。"

苏见明放下筷子,看了看周围。在确定周围没有其他同事后,他压低声音,表情有些神秘,又开始对操蛋生活的贫嘴:"我那辆车是二手的,本来都要报废了,只花了十一万。"

李惠琳一边吃着面一边高声道:"是,那咱们也不是一个阶层啊,昨晚你们上流社会吃饭可能都顶我两个月工资,但二十块钱!对我们搬砖人很重要,所以,借钱免谈。"

苏见明被她的话一噎,费了很大劲才吞下口中的面:"我个人觉得你对我似乎有些误解,我是那种肤浅的官二代吗?"

李惠琳吃面的动作很快,面条让她的声音变得有些含糊

第二章 童年的黑洞 39

不清:"我觉得是。"

局里的人都很好奇,为什么苏见明和李惠琳待在一起的时候,话这么贫。

局里一直有关于二人的绯闻。

其实不是绯闻,两人真的有过一段蹩脚的恋爱,李惠琳主动,苏见明态度暧昧。

李惠琳吃完了面,起身向门口走去。麻团眼疾手快,迅速闪到桌前擦桌子,顺便拿出腰里的钱盒子晃了晃:"苏呆子,你今天小费还没给呢,你老这样,我的电瓶车啥时候才能买?"

苏见明起身想追,却被麻团挡住,只能有点局促地捂着口袋:"今天没钱。你看,我这不正问我同事借钱呢嘛!"

麻团斜眼看着李惠琳的背影,又看看苏见明,好像突然领悟了什么。他语气不满:"苏呆子,你怎么能拿我的钱去请女的吃饭呢?"

苏见明指了指门口:"她自己出的钱。"

李惠琳刚刚在门口付完钱,听到这话,白了麻团一眼,接着便雷厉风行地往局里去了。苏见明付完钱,快步跟上。

李惠琳知道苏见明就在自己身后,但没瞅他,边走边说:"苏老师,这样的小孩都能骗你的钱?"

苏见明说:"他叫麻团,是个孤儿,店老板收养了他,对他不太好——他要自己攒钱买电瓶车。"

李惠琳停下脚步,瞪大眼睛看苏见明,哭笑不得:"他才几岁,要电瓶车干吗?"

也许是李惠琳的态度过于强硬,这让苏见明感觉十分不好。他心里突然冒出一股劲儿:"对于有的人来说,他喜欢的东西，可能和吃饭一样重要。"

李惠琳觉得苏见明的反应莫名其妙，她冷笑着开口，语气里不无讥讽："你这样的公子哥儿，当然能这么觉得。"接着转身快步走进大门，消失在苏见明的视线里。

## 2

同苏见明一样，李惠琳也有自己的心结。

李惠琳的年纪并不大。她去年从金江大学体育学院毕业后，被选拔进了女子特警队。其间曾连续两届荣获市级射击比赛的冠军，被称为特警队的新星。李惠琳曾经也这么觉得，然而半年前发生的一桩案子，却让她开始怀疑自己。

那是一起抢劫案。

犯罪团伙逃了两个，还剩一人，那个脱离了团伙的歹徒慌不择路，在街上抓了一个十四五岁的小女娃当作人质。

指挥员在耳机里对她简述案情后，她迅速决定便衣出警。李惠琳保持着对自己的高标准要求：从接案到抵达现场，时间保持在15分钟内。警局位于高坡之上，她骑着一辆500斤重的警用摩托，在青石板路上特技一般狂飙直下。指挥员问她有没有把握拿下，她的回答镇定而自信："没问题。"

李惠琳到场的时候，围观的人群爆发出此起彼伏的惊呼声。而那些食腐的媒体秃鹫也已抢占好了机位，亮出长枪短炮。在他们中间，歹徒手中的尖刀已在女娃子的上臂划出了血。女娃子早就吓蒙了，连哭都忘记了。

李惠琳今天穿的是一身蓝色的便衣，扎着马尾辫，如同邻家姑娘。她想了想，从旁边小卖部拿了一瓶汽水。店里没人，兴许老板也在人群中看着热闹。

李惠琳挤过人群，对着歹徒亮了亮手里的汽水："别冲动，这么热的天，先喝点水吧。"在她手里，塑料瓶上冒出晶莹的小水珠，她打开盖子自己先喝了一口，刻意从喉咙里挤出广告一般浮夸的声音。

天气炎热，歹徒感觉自己的体力已经不支。他看着李惠琳手里的汽水，不由得抿了抿嘴唇："莫要动，扔过来！"

李惠琳心思一动，扔出汽水，但她故意扔偏了一点，汽水飞向歹徒脚下的台阶。看着汽水骨碌碌滚到了离自己不远的地方，歹徒看了看人群，又看了看秀气文弱的李惠琳，终于下定决心，俯身去捡。

就在这一瞬间，李惠琳看见歹徒的身体和人质分开了30厘米，他的右胸亮了出来，成了她的靶子。李惠琳脑子里此时只有两个念头：保证人质的绝对安全、将歹徒彻底制伏——而这意味着同一件事：不给歹徒留一线生机。

她迅速从腰间拔出枪，扣动扳机，长时间的强化训练让这套动作成了肌肉记忆。

三声巨大的枪响过后，人群惊呼声更大，闪光灯开始此起彼伏地闪烁起来。

在所有人都没反应过来的这一秒钟里，歹徒已被击毙。

李惠琳长出一口气，把枪插回腰间，缓缓靠近歹徒的尸体。她看到歹徒抱着的小女孩躺在尸体旁一动不动。再走近两步，她像被电击了般僵在原地，脸上没了血色——

歹徒死了，可小女娃也在最后一刻被他刺透左背，没了生命体征。

对于任何一个面对歹徒的警察而言，人质死亡都是灾难性的。

年长的现场指挥拨开人群走过来，他拍拍李惠琳的肩膀："你已经做得很好了。"李惠琳虽然知道这是在安慰她，但这些话现在听起来却如一把尖刀——就是歹徒手里的那一把，刺进她的心窝。

李惠琳无助又迷茫，她想为自己辩解些什么："可是……"可李惠琳深知，这样的场面里没有中间地带，更没有"可是"。

当其他警员与技术人员展开后续工作时，李惠琳缓缓退到人潮后。她靠着街角的一棵老树，从路人那里要了一支烟。片刻，才慢慢恢复了"知觉"。

她突然意识到自己是个失败者，一个被自己错误的自信蒙蔽了双眼的失败者。她脑子里仿佛有一个声音不断地提醒她：再快哪怕0.1秒，人质或许还活着；如果上个月没有请年假去旅行，而是多练了几次打靶，人质或许还活着……

她拼命吸着烟，眼角抽搐。

这应该是她最后一次执行任务了吧。她想着，就连烟头烫到了手指也浑然不觉。

当天夜里3点，李惠琳打了份报告，提出申请转岗技术部门。她渴望找到出路，一个能让她面对内心和现实的出路。

那两个射击比赛冠军的奖牌，被李惠琳藏了起来。

到现在，李惠琳来技术科有七八个月了。

今天跟着苏见明剥离了一整丈墙内的尸骨，李惠琳觉得有些恶心。

得到的结论也有限，女尸，陈尸十余年，看起来像是在建筑工地上意外死亡的工人。

又是不重要的事。李惠琳这样评价自己一天的工作。

黄昏时，走出公安局，李惠琳爬上坡，踏过一串石阶，拐进右手边的小巷子，钻出来就能看见一扇老旧的木门，上面的塑料招牌被油污遮住，只能隐约看到"家常"两个字。李惠琳走进这家苍蝇馆子，习惯性地看了看表。

8点。

馆子被门隔绝成了内外两个世界，打开门，市井气扑面而来：辣椒、酒精和腌制品的气味在空气里弥漫着，舒缓着顾客的神经。店内几乎满座，正吃到高潮的顾客们肆意喧哗着、叫嚷着，像是一场盛大的宴会。李惠琳走上窄窄的木楼，吱吱呀呀的声音里，她看到孙鹤阳坐在染着油垢的窗边。

孙鹤阳面前摆着一个空的扎啤杯，听到楼梯作响，他探头张望，挥手指引李惠琳。等到她走到近前，孙鹤阳开口："惠琳姐，怎么迟到了……"

"在技术科，该问的问，不该问的别问，算咱这儿的规矩。"李惠琳面无表情。

孙鹤阳看她态度冷淡，连忙换上笑脸："我都听同事们说了，姐之前是女英雄，女神枪手啊！"

李惠琳面色更冷："把'女'字去了。"

孙鹤阳知道自己好像又问了不该问的，表情有些尴尬。

李惠琳抬起扎啤杯："愣着干吗？"孙鹤阳这才意识到李惠琳并没有生气，赶忙拿起杯子。

两人爽利地碰杯，李惠琳喝了一大口："祝贺你入科。"孙鹤阳看着李惠琳豪爽的样子，迟疑了一下，还是喝了一大口。

李惠琳看着孙鹤阳喝完，语重心长："我先给你打个预防针：不管你哪儿毕业的，有什么正负好坏背景，到了这儿，可别有包袱——大家凭本事说话。"

孙鹤阳用力点点头,他接着躬身往前,努力压低声音:"姐,你看……我有句话不知当说不当说。"

李惠琳挥挥手,像是在赶苍蝇:"那就别说。"

孙鹤阳把话憋回肚子里了,他吃了两串肉,终于还是没憋住:"听说你跟咱们头儿——"

"咚",李惠琳狠狠地把空杯砸在桌面上,瞪了一眼孙鹤阳。

孙鹤阳被吓了一跳,连忙闭上嘴,但想了想,还是开口解释道:"姐,你别误会啊,我其实是想探探你的口风来着。咱头儿是不是有点,不待见我啊?"

李惠琳招手示意服务员加酒,听到这句话,斜眼一瞥孙鹤阳:"怎么说?"

孙鹤阳话里带上了委屈:"今儿算是给我接个风,头儿也不来——咱们干警察的,不都是出生入死的铁哥们儿?"

李惠琳被他逗笑:"谁告诉你的?"

"我!"孙鹤阳抬眼看见李惠琳审视的目光,改口,"我妈……"

"第一,把你这些话烂在肚子里,当警察的,不要碎嘴。"李惠琳又喝了一口酒,"第二,头儿是郑局的儿子,而且很忙。我单独给你接风,你还有啥不满意?"

听了李惠琳的解释,孙鹤阳似懂非懂地点了点头,喝完了杯中酒,不再说话。

"还有,"李惠琳补充道,"咱头儿其实是属蜥蜴的,把他煮了也没几滴热血。"

孙鹤阳附和着点点头,又想起什么似的问道:"姐,咱头儿是不是很厉害?"

李惠琳往地上吐了一口瓜子壳儿,说:"一个案子没办成过,也算一种厉害吧。"

在李惠琳心里,苏见明和她是一样的人。

一样的失败的人。

## 3

金江市公安局矗立在城市的心脏地带,外墙是整块的黑色石砖,像一座山峰,又像一位坚定的守护者。刑事科学研究所就在这座建筑的地下室,常年窗帘紧闭,一来是为更清晰地看电脑投影,二来则是因为研究所的工作内容需要保密。

"5·20"爆炸案发生以来,社会舆情几经发酵,影响已经辐射到了周边城市和外省。再加上媒体的各种猜测,金江人心惶惶,警方承受着巨大的破案压力。

研究所内,首先可见一张巨大的操作台。操作台后摆着两排电脑,以及各种不知用途的设备,都在全天候运作着。李惠琳已经坐在电脑前连轴转了三天,她闷了一口加浓的咖啡,继续目不转睛地操作着。

操作台上,躺着一具完整的尸骨,正是龙翔广场墙壁里的那一具。

操作台旁有一间狭窄的小房间,那是苏见明的办公室。

苏见明躺在自己办公室的椅子上,嘴唇紧绷着,两脚翘在办公桌上,手里攥着鼠标。电脑屏幕上是尸骨发现现场的照片。他皱眉看着屏幕,又按了一下鼠标,屏幕上换成了龙翔广场的照片。

孙鹤阳打断了苏见明的思绪，他重重敲了敲门，声音洪亮："报告！"

苏见明一愣，看着孙鹤阳，脸上露出了责难的表情。

孙鹤阳有点尴尬地笑了笑，然后摆出一副讨好的模样，把一份报告双手呈给苏见明："苏老师，关于龙翔广场的案子，最新的相关报告都在这儿，您看看。要是没啥问题，我就去交给文支。他说，他们那边现在人手不够，希望我们多查两步。"

苏见明接过文件，随便翻了翻便丢在一边。他歪头避过孙鹤阳，看向门外的李惠琳，大声叫道："给我爆炸案的报告。"

李惠琳在一摞文件里精准地找出一个贴满便签的文件夹，朝着苏见明房间方向扔了过去。孙鹤阳十分灵活又狗腿地接过文件夹，双手呈给苏见明。

李惠琳："还差一个化学分析，但专案组今天要开会，所以先把大致的分析赶出来了。"

苏见明："嗯。"

他又恢复了懒懒的样子，他扫视着另外两个懒懒样子的人，突然有种要做点什么的感觉。

苏见明站起来，道："走。"

李慧琳和孙鹤阳抬头看他。

李慧琳："干啥？"

苏见明："查案啊，技术员也是警察啊。"

大桥下的江滩，桥上飞快行驶的车声隐隐传来。

苏见明带着李惠琳、孙鹤阳，跟着一个建筑工，穿过一排临时房屋。

建筑工推开一扇门。

第二章 童年的黑洞

宏发建设的总经理徐德发，犹如一个小型皇帝，喝水一样喝着白酒，几个妇女熟练地为他服务着，端菜，点烟。

建筑工："经理，警察找你。"

徐德发审视地看着苏见明等人，示意女人们离开。

门口的建筑工抱着膀子靠在门上抽烟，远处几个满面瘴气的汉子在溜达，不时地往里面观望。

徐德发皱着眉对建筑工："你让他们几个滚开，没得事。"

建筑工挥手，那几个人散去。

徐德发没让他们坐下，苏见明三人各自拖过小凳，坐下。

苏见明拿出一摞资料。

苏见明："1998年，有几个施工队参与修建了龙翔广场，墙立面是你的施工队负责施工的。"

徐德发不以为意地说："那又怎么样？"

苏见明看着他，慢慢地说："你听说了吗？那一段墙里发现了尸体。"

徐德发看着他："对啊，我杀的。"

苏见明一愣，三个人都坐直了身子。

"哧哧哧"，徐德发杀猪一般笑着，打量着苏见明。

徐德发："你是警察吗？证件拿出来。"

苏见明拿出自己的工作证给他。

徐德发看一眼，扔回来，鄙夷地说："怪不得，技术科的。"

他喝一口酒。

徐德发："是我们修的，尸体跟我们没得关系，我也不晓得怎么回事。"

苏见明："那具尸体是个女的，很可能就是刚才那些女人中的一个。"

苏见明指指外面。

徐德发笑了，也指指外面。

徐德发："我们都是一个地方来的，男的、女的、娃儿，我给他们发钱，联系上学，病了的送医院，老了的送回去，死了的发丧，妈的我就是他们的爹，老子都烦死咯。"

徐德发大大地喝一口酒。

徐德发："老子要哪样的都可以，比如他的婆娘——"

徐德发指指门口汉子。

徐德发："老子说老子要睡，他不得有二话，你信不信？"

李惠琳回头看着汉子。

汉子木然的表情，显然对徐德发的话并无异议。

徐德发看着苏见明，认真地说："你说，我有撒子事情，需要把一个女人塞在墙洞洞里？"

苏见明看着他，不知说什么。

徐德发笑了："肯定是他们刑侦的欺负你啥也不懂，把事情丢给你，这种案子叫鸡脖子案，啥子肉也没有，还得查一下。你啥也查不到的，修房子，几百个人，忙了一年，你咋个查这个事？这么多年过去了，咋个查，证据呢？死人是哪个你都不晓得，查屁股！"

苏见明站起来。

苏见明："后面我们可能还要来。"

徐德发叹口气。

徐德发："你晓得不晓得，不光龙翔广场，连外头的大桥都算上，原先是哪个的？"

苏见明看着他。

第二章 童年的黑洞 49

苏见明："黎志田。"

徐德发："对头，怕了没有？你娃儿不要瞎霍霍，想惹麻烦搞点钱。我要是你，老老实实回去。"

苏见明看着他，想想，离开。

回到局里，快中午了。

苏见明看着李慧琳问："啥时候开会？"

李慧琳："啥会？"

苏见明："'5·20'爆炸案的会。"

"下午2点。"李惠琳整理着下午要送的文件。

"嗯，先别送。"苏见明探过手，一把合起文件夹。

李惠琳和孙鹤阳不约而同地一愣。

李惠琳神色严肃："别闹，这是专案组特地跟我们要的。"

苏见明把报告夹在腋下，起身离开。

他头也没回："就说我拿走了。"

金江大会堂的主厅金碧辉煌，此刻，会场里座无虚席，气氛庄严肃穆。主席台正上方悬挂着红底白字的条幅：金江市政府理论中心组学习扩大会议。

作为政协代表，黎志田在人群中正襟危坐，盯着主席台，礼仪小姐来为他添水，他也未曾转目。

主席台上，郑刚戴着老花镜，坐在中间的位置，稳重地做着报告："我市近期治安形势严峻，集中体现在黑恶势力对社会生活的渗透上。市政府和市公安局将会组织广大干部和干警，深挖根治、长效常治，坚持从严从快打击各类黑恶犯罪，深挖保护伞……"

黎志田静静地听着，不住地点着头，偶尔还在面前的笔记本上记两笔。

随着郑刚的发言告一段落，大会堂中掌声雷动。

郑刚从秘书程斌的手里接过卫生纸，擦了擦刚刚洗净的手，接着从洗手台边拿起拐杖，缓慢但稳健地走出洗手间。刚走了两步，他就看到了在人群中探头探脑寻找着什么的苏见明。苏见明也看到了他，向他快步而来。

郑刚看他跑到面前，皱着眉问："你怎么来了？"

"郑局，我有事跟您说。"苏见明边说边看向跟在郑刚身后的程斌，眼里是毫不掩饰的暗示。程斌是个识趣的，他借口准备下午的材料，打了个招呼，便匆匆离去。

郑刚看着四周来往的人，无奈地跟着苏见明来到角落："你要做什么？"

苏见明话到口边，却迟疑了一下，但最终还是张口："我想做爆炸案。"

郑刚笑了，仿佛苏见明讲了个笑话："你？爆炸案？"他看到苏见明肯定地颔首，不由轻轻摇头，接着向出口方向走去。但苏见明显然不达目的誓不罢休，他小跑到郑刚面前，挡住了他的去路，倔强地看着他。

郑刚面容整肃，神色严肃："这是大案，不是儿戏，别闹了！"

话毕，他又觉得自己的语气太硬了，稍缓面色，拍拍苏见明的肩膀："你做好现场痕迹报告就行了。"

不过这次，郑刚没想到苏见明会这么坚定。苏见明的语气郑重又严肃："不，给我一次机会吧，郑局，我想破这个案。"

第二章 童年的黑洞 51

听到他的话，郑刚的脸再次板了起来。

苏见明捏着拳给自己壮胆："我想破这个案。"

听到这话，郑刚再也忍不住怒气。他一把将拐杖顿在地上，用还没完全恢复的腿走上前一步，逼视着苏见明："你凭什么破？"

苏见明哑口无言。

过去这些年的叛逆和颓废是他选的，他没理由反驳，但听到父亲的话语，他还是有点憋屈——他这次是真的想做点事。他摆正态度，语气诚恳："您就这么瞧不上我？"

郑刚没说话，投来的目光依旧冰冷，还带有一丝审视的意味。

苏见明："就这一次，您就稍微相信我一次，哪怕听我说说看法，行吗？"

父子对视着。

郑刚心中突然升起好奇，他迅速地推断出苏见明此举的两个可能激发要素：第一，昨晚的火锅，苏见明遭遇了什么？第二，到时候了？一个男孩总要长成男人。标志一般是他要过父亲认同这一关。

郑刚最终认为，是第二个要素占主导地位。

如果是这样，是拦不住的。

郑刚僵硬地保持着同样的神态和姿势。

苏见明看着他。

郑刚转身，准备离去，一边说："今天下班之前，把你那辆破车处理了，我就听你说。"

还没等苏见明回过神来，郑刚已经转身离开。

下午1点58分,一辆出租车停到了金江市公安局门口。苏见明付了钱,从车上狼狈地跳下来,一边看着时间,一边向自己的办公室狂奔。

会议室外,局长郑刚、副局长刘波、刑侦支队长文辉等人排着队,把自己的手机锁在标注了每个人姓名的柜子里,接着又进入会议室。文辉站在投影前,调出了自己要汇报的内容,屏幕上铺满了"5·20"爆炸案的现场照片。

文辉刚准备开口,就被骤然打开的门打断,是苏见明,他身后跟着李惠琳和孙鹤阳。

众人有些诧异地看着三人。而苏见明坦然地接受着十几只眼睛的审视。他平静地从李惠琳手里接过一沓文件夹,看了看,把其中两个放到文辉面前,又把另一个规格不同的放到郑刚面前。

文辉对苏见明点点头,仿佛在说:辛苦了。

他挥挥手。

出去,局内人要开会了。文辉的动作在说。

苏见明读懂了,却没理会,大大方方地在会议桌的角落坐下。

"见明,有事儿?"文辉觉得这家伙大概是仗着自己父亲在,又犯了什么少爷病。他对苏见明说着,眼神却不断瞟向郑刚。他知道,郑局是个工作至上的人,不会任由苏见明胡搞。

苏见明想起什么似的起身,但却只是从口袋里掏出手机,扔给他身后的孙鹤阳,一副老成持重的样子:"把你和李慧琳的手机也放进去,开会流程不知道吗?"

说完,他转向文辉:"听听会,行吗?文支?"

文辉不知道说什么,从规定上,技术部门是否参会并无

第二章 童年的黑洞 53

明确要求。

文辉看向郑刚,郑刚没有反应。文辉又看向刘波,刘波看看郑刚,片刻,对着文辉扬了扬下巴,示意他开始。

文辉皱起眉,等待孙鹤阳放好手机,关上门,开始了自己的汇报。他操作电脑,调出图片。屏幕上,孔三顺抱着那个红色的包,靠在公交车上。

"犯罪嫌疑人孔三顺,多次因盗窃罪入狱。2月底,他在狱中检查出肝癌晚期,3月16日从二监保外就医,从曾经打过工的工地上窃取了雷管和炸药,意图制造爆炸案报复社会。此次案件,他本人死亡,重伤两人,经过对社会关系和通信记录的调查,目前没有迹象表明有共犯。"

文辉语速很快地说完,屋子里的人都陷入了沉思。郑刚开口:"能结案吗?"

文辉斟酌措辞:"可以结。"

沉默更凝重了。

接着,文辉字斟句酌地解释:"这个案子的社会影响太大,案情也基本调查清楚了,目前没发现什么疑点。当然,如果领导认为需要更详细的材料,我们当然也可以继续深入调查。"

话音刚落,苏见明张嘴咳嗽了一声。会议室内的众人不由纷纷侧目,李惠琳和孙鹤阳则对视一眼,窘迫地低下了头。

刘波转过头来看着苏见明:"小苏?你这个咳嗽信息量很大啊。"

苏见明:"中午吃得有点多,不好意思,各位见谅。"

刘波哦了一声:"你们的报告我也看了,你同不同意文支的看法?"

"我不同意。"苏见明的回应干净利落,引来了几道愤怒的目光——参会人员中有好几个刑侦支队的老警员，苏见明的反对，无疑是公开挑衅他们在刑事案件上的权威。

这是很反常的局面。

刘波也意识到了苏见明这句话的重要意思，用眼神制止了那几个警员，接着耐心地再次发问："为什么？"

苏见明没有正面回应："如果我说了，刘局能让我主导调查吗？"

所有人的目光都悄悄地飘向了郑刚，但郑刚像没听见这句话的局外人似的，继续翻看着手里的材料。李惠琳悄悄地用膝盖撞了一下苏见明的腰。

刘波没等到郑刚的反应，脸上换上了一副长辈对晚辈爱莫能助的表情："不能。"

"那我的意见就不重要，不用说了。"苏见明重新靠在椅背上，神态再次变回了那副浑不吝的样子。李惠琳在他身后绝望地闭上眼睛，在她身边的孙鹤阳低着头，心里已经开始想象在局里食堂被其他人指指点点的样子。

听了苏见明的话，刘波再次皱眉，他看向郑刚。如果郑刚再没有什么表示，那他就要如惯例，批评苏见明的态度不端正了——大家都知道苏见明和郑刚的关系，需要公开批评苏见明的时候，都是他来开口。这是郑刚对他暗示过的。

众人关注的另一个焦点，局长郑刚此时正不紧不慢地翻着材料。他终于如愿以偿，在材料的最后翻到了一张跟案件没什么关系的文件——

那是一张合同，大意是：甲方自愿出售 M5 汽车一辆，价格为人民币四万五千元。如果反悔，甲方须支付乙方十倍的违约金。郑刚的嘴角轻轻勾起一个小小的弧度，他知道，苏见明这个甲方绝对付不起四十五万。

正在刘波准备开口时，郑刚抬起了头，对苏见明："集思广益，年轻人有什么想法，说说看。"

会议室里的所有人都是一愣，又疑惑地把目光转向苏见明，就连李惠琳和孙鹤阳也不例外。

苏见明整了整领子，大大咧咧地走向文辉，在他身边拉开椅子坐下。文辉看着他的动作，心里愤慨之余，更多的是疑惑。

苏见明操纵鼠标打开浏览器，输入网址，是一个短视频网站。他在搜索栏里输入"5·20"爆炸案，接着点开一个视频，正是从稍高一些的视角拍摄的现场视频，显然是周围某围观群众为之。

苏见明娴熟地把进度条拉到爆炸前，是孔三顺往外递书包的瞬间。苏见明按住Ctrl键，开始滚动鼠标滚轮。一下，两下，画面放大，再放大。苏见明操作着电脑，视频就在孔三顺递出书包的这几秒来回播放。

终于，所有人都看到了爆炸前一瞬孔三顺的表情。

画面模糊，但众人都能识别出了一种情绪——惊恐。

苏见明恰到好处地开口："是的，他也没想到炸药会炸。结合当时我在现场听到的电话铃声，基本可以判定——有人通过电话遥控引发了爆炸，而这个人，不是孔三顺。"

会议室一片安静。

看着众人纷纷露出沉思的表情，苏见明总结道："孔三顺只是一个棋子。有人利用他，想炸死某人。"

文辉已经陷入思考中了，他本能地跟着苏见明的话发问："谁？"

如果按照苏见明以前的性格，肯定是要讽刺文辉两句的，但是此刻，他罕见地保持了严肃的态度，认真地回答了文辉的问题："他要求的是什么？"

其实在出口的瞬间，文辉就意识到了苏见明问题的答案。此刻，他已经没空考虑自己之前的结论是否过分草率。如果苏见明的结论正确，那么事件的性质就从单纯的报复社会的性质，转变成了一场对某人的刺杀，一场政治意味浓厚的刺杀。

文辉的眼里发出震惊的光，和会议室里的其他人一起转向会议室长桌尽头的正位。

那个位置上，正是金江市副市长、公安局局长——郑刚。

## 4

百丽集团大厦是金江市最高的写字楼，它鹤立鸡群地站在这座古老的城市中央，俯瞰着人来人往。顶层会议室的落地窗外，源自昆仑山与唐古拉山脉的江流映着夕阳，反射出一道又一道的金光，像是一条金龙从远方钻进城市，翻了个身，又离开这座城市，向远方去了。

黎志田，百丽集团的实控人，金江最具传奇色彩的富豪，此刻，正坐在会议室的主位。他的目光穿过落地窗，投向远方山脚下。对那里的人来说，太阳已经落下，幽深的黑暗已经降临。

会议室的人屏幕上，正在播放着百丽集团的宣传片："这里是中国金江最著名的码头，1991年7月15日，一个叫黎志田的年轻人，他的职业是我们所称的'棒棒'，日工资8元。这一天，他决定与同为'棒棒军'另外四个年轻人每人出资70

元,组成一个搬运小组……"大屏幕上是一张照片,五个土气的年轻人排成一排,坐在台阶上,中间是年轻的黎志田。

会议室内,八张沙发摆成了U字形。在黎志田的右手近侧,董事会秘书刘锋、集团副总裁唐大年、黎志田的准女婿David依次坐着。他们看着大屏幕上的照片,有几乎一样的、经过粉饰的表情。

"三十年之后,由黎志田担任董事局主席的百丽集团,已经成为横跨房地产、交通运输、酒店业、矿山、娱乐业、旅游等多个产业的综合集团,年销售额达到275亿元人民币。集团以金江为核心,在全国15个城市建立了分公司……"画面逐渐从复古的照片切换为一段段极具未来感的概念动画列出的数字、图表。

黎志田对这些数字的罗列没什么感觉。他兴致缺缺地按下遥控器的静音键,指着屏幕,对着唐大年说:"都什么年代了?还这么土?换一家广告公司,用4A的吧。"

唐大年五十岁左右,个子不高,总是把眼睛笑成一条缝,像是年画里抱着大鱼的胖娃娃。他听到黎志田的意见,颔首应声。

黎志田补充道:"还有,里面别老提我。"

David正襟危坐,听到黎志田的话不由一怔,抬头看向自己的准岳父,又看看刘锋和唐大年。David是个高大帅气的小伙子,硕士毕业于斯坦福,毕业回国后,就一直跟着黎志田。刘锋面无表情,他的腰板一如既往地挺得笔直,像一杆旗帜。而唐大年抬起目光,眯着的眼睛看了David一眼。

良久的沉默后,黎志田叹了口气,自语般开口:"身体不行了,我准备退休了。"

听到这话,三人都展现出吃惊而紧张的表情。

他们有着几乎一样的经过粉饰的表情,只不过这次都显得很真诚。

黎志田接着说:"继任者由董事局选举投票确定,会议之前,这里都是最近的人,大家随便提提人选。"

屋里很安静。

黎志田看向唐大年:"老唐,你是集团开创者之一,我觉得你合适,你看呢?"

唐大年看着黎志田数秒,笑了:"你岁数大了,我跟你差一年,我不大?而且,我这个人,你也说过,我善于守成,缺乏开拓精神,你让我踏踏实实养老吧。"

黎志田叹口气:"那你提提,谁合适?"

唐大年思考片刻:"David。"

David一怔,不知道该不该开口。

屋里很静,连几人的呼吸声都显得过于粗重。

黎志田开口:"David?想法很大胆啊。"

"我个人推举——"黎志田顿了顿,目光从容地扫过长桌前坐着的每一个人,但都仅仅停顿半秒,便又如蜻蜓点水一样离开,"David"。

屋里很静,连几人的呼吸声都显得过于粗重。

几秒过后,其中一个呼吸变得急促起来,是David。此刻,David有些不知所措地起身,他没有表演可以参考了。小年轻真的想表达些什么,但什么也说不出口,显出卡在成熟和稚嫩间的不熟练。

黎志田向David压了压手:"David是自己人,放心是放心的,也是学金融的高才生,基础是好的,就是年轻了点儿。"

唐大年笑了："我们都老了，David这孩子很优秀，而且年轻有闯劲，我一直认为，集团的年轻化是我们这些人眼下最重要的任务，我支持他。"

感受到黎志田的目光，刘锋则神色镇定，只是随着唐大年的话点了点头，没做更多说明。

黎志田最终点了点头："这个暂时作为动议，但David毕竟太年轻，我先带带，就让他先担任副总，负责财务和融资。老唐，你也得多带带他。"

听到这话，David脸上露出诚惶诚恐的表情，他看着自己的准岳父："我一定不辜负您的期望，我一定努力……"

黎志田再次压了压手，没再关注David的反应。他环顾会议室，目光又落到了大屏幕上。宣传片又循环播放到了老照片，五个人笑容灿烂，但身上的衣服一看就知道穿了很久，关节连接处隐约可见一层一层的补丁，袖口、裤脚处看不真切，但黎志田知道，这些地方一定都是无数的线头——那个时候，他们自己缝制的衣服都是这样。

黎志田看向自己身上的衣服，精致的高定西装，每一针都是专业人士亲手缝制——他特意要求，连缝纫机都不准用，他喜欢这种手工缝制的感觉。为此，他这件衣服付出了不菲的价格。他不由得感慨："从农田旁边的臭水沟，到中心区的写字楼……这一路过来，不容易。"

看着黎志田感慨的表情，唐大年严肃起来："但是，老黎，关于David，我有一个要求。"

众人一怔，把目光看向他。

唐大年："你赶紧把David和莎莎的婚事给办了，再不办，就要先办你孙子的满月酒了。"

众人都笑了。

黎志田站起来，他对大家的表现还算满意。他走到巨大的落地窗面前，迎着夕阳向下望，留给会议室内三人一个剪影。他看着这座有着蓬勃生机的城市，饶有兴致地说："那天David还和我说，有个名人说过，我们这是'完全靠人力把一簇山陵铲成了一座相当近代化的城市'，是谁说的来着？"

David连忙起身，走到黎志田身后："郭沫若。"

黎志田回头看了一眼，鼓励似的轻轻颔首。转过身来笑道："野蛮生长的时代结束了，我们要开始规范化、制度化，接受新的游戏规则，跟上新的时代。"

唐大年知道这句话是对自己说的，他轻轻点头。

## 5

郑刚下了班，在局里换上一身黑色的运动衣，戴上棒球帽，开始沿着江边夜跑，这是他坚持了多年的习惯。

从他的背影，完全看不出他已年近六十。他的腰间几乎没有赘肉，身上的肌肉不是健身房式棱角分明的，是紧实而线条柔和的。这是他青年时，每天十几公里走街串巷的步行洗礼出来的。

郑刚保持呼吸的节奏，跑姿轻盈矫健。现在，他稳定在每小时9公里的日常跑速。

5公里后，郑刚看了看表，离开江边。

他穿过熙熙攘攘的夜市，走进地铁站。他走到车尾的位置时，一辆地铁正好开来。车厢里人不多，他上了车，车厢有空座，但他没有坐下，拉着拉环，看着窗外。

嗒嗒地，郑刚看到一双坡跟的高跟鞋走来，停在自己面前，接着在自己身边坐下。

是那个在江边花园见过的叫晓薇的姑娘。她身材匀称高挑，秀美的容貌里，带着一丝少女特有的清纯。晓薇眉眼间带着笑意，看着郑刚的侧脸。

郑刚仍旧看着窗外："加班了？"

二人仿佛并不认识。

"嗯。"晓薇轻轻地应了一声，接着挪动更靠近郑刚，用更轻的声音说："上次跟你说的，我们支行那个老欺负我的副经理，你还记得吗？"听到郑刚轻轻嗯了一声，晓薇接着说："他今天被调走了，贬到江北孟家坳储蓄所去了。走的时候，那个愁眉苦脸……"晓薇幸福地闭上眼。

"哐啷、哐啷"，地铁运行到了最高速度。车窗倒映出郑刚的身影和晓薇的后脑。晓薇的两眼轻轻闭着，像是睡着了一般，她梦呓一般微笑着叹了口气："这下日子总算好过一点了。"

郑刚垂头看着晓薇面孔的侧影，青春迷人。他也露出了微笑。

晓薇突然坐直身子："你手机呢？"

郑刚脸上刚刚露出的笑容骤然消失，眉头蹙起，有点警惕地反问："干什么？"

晓薇笑着解释："放心，不会打开看的。"

接过郑刚从口袋里掏出的手机，晓薇从包里拿出一个手机壳，仔细地给郑刚的手机装上："这是透明的硅胶壳，很薄，但是防摔，拿着也很舒服，不仔细看，看不出来。"

郑刚接过手机，有点好奇地看着手机壳。手机壳大体透明,但是如果仔细看,能看到一些细小的亮片藏在硅胶里,明显是小女孩会喜欢的东西。

郑刚就这样端详着手机壳,没再说话。

郑刚动作幅度很轻地伸进裤子口袋,从口袋里掏出的纸条。

郑刚的语气里有着他很少表现出的温柔:"这是市一医院脑外科,王教授的联系方式,带你二爷爷去看看吧。"看见晓薇打开纸条仔细端详着自己的字迹,郑刚迟疑了一瞬,但还是再次压低声音开口:"最近——,暂时不见面了。"

报站的女声响起,地铁即将到站。

郑刚压低帽檐起身,准备下车。看着郑刚的背影,晓薇不自觉地抬起胳膊,抓住了郑刚的手。郑刚的身体过电般停滞,接着有点紧张地环顾四周。还好,这个车厢里没有太多人。他松了口气。

郑刚轻轻地回捏了一下她的手,她感觉到了郑刚的力量,同时感觉到有东西硌着她。

直到郑刚松手离开,她靠向椅背。良久,她才意识到:那是郑刚的结婚戒指。

每当别人问起杨晓薇的家庭,她都会平静地讲述:母亲在自己七岁的时候"因病去世"。但她心里清楚,这是一个谎言。事实上,晓薇的母亲是自己结束了自己的生命。

晓薇没和别人说过,但她一直清晰地记得。她七岁的生日那天,母亲给她买了一个美丽的蛋糕:圆圆的蛋糕上撒满了彩色的糖果,奶油装饰的花边包围着一行歪歪扭扭的字:生日快乐。后来晓薇长大了,她知道那不过是店里最小、最便宜的一种，但她还是觉得，那是这辈子自己拥有过最好看的蛋糕。

晓薇和母亲切了蛋糕，坚持要给父亲留一块。但直到深夜，杨福龙也没回来。晓薇趴在床上看着蜡烛的光摇晃着，不知不觉地睡着了。午夜，半梦半醒间，她闻到烟味，听到了母亲哭泣的声音。

第二天一早，晓薇兴冲冲地起床，留给杨福龙的那块蛋糕上的劣质奶油已经发硬，上面还插着一根尿黄色的烟屁股。

因此，晓薇一直讨厌男人抽烟。

杨福龙不只是烟抽得凶，还喜欢动手。他被化工厂辞退的那天，醉醺醺地回到家，嘴里恶毒的辱骂着母亲和晓薇。晓薇记得，从他手里飞出的鞋子砸在妈妈的脸上，鞋底的泥灰落到女人的眼睛和嘴里。妈妈蹲在地上，流着泪，睁不开眼。杨福龙解开皮带挥舞着，皮带就像一条毒蛇，在空中吐着信子，接着恶狠狠地咬在晓薇身上。

因此，晓薇对童年的记忆是火辣辣的。

过完生日不久，晓薇记得那是一个极其炎热的夏天。睡梦中的晓薇在汗湿的被窝里被晃醒。她睁开眼，第一次看见杨福龙脸上涌出来的惊恐。

晓薇吓了一跳。杨福龙那张浮肿而丑陋的脸离她很近，核桃大小的眼袋七歪八扭地颤抖着，嘴巴散发着难闻又熟悉的臭气，喉咙里呜咽出她听不懂的语言。

但她很快就知道杨福龙为何这样了。逼仄的浴室里，母亲悬在空中，只留给自己一个灰暗的背影，遮蔽了从狭小的窗子里透出来的光。母亲那身长到脚踝的睡衣轻轻摆动着，上面已经褪了色的小熊图案笑容依旧。晓薇一点一点向上看，她看到母亲的瘦弱的脖颈泛着青色的光,上面勒着用来缠花洒的绳子。

一圈、两圈……两圈半。

与杨福龙不同,晓薇一点也不害怕,但是当她摸到母亲冰冷的皮肤,却觉得像摸到了滚烫的火炉。紧接着,不受她控制的眼泪掉了下来,嗓子也自己发出了嘶哑的叫喊。哭声回荡在不大但被母亲收拾得很温馨的家里。不管怎么说,痛苦的种子在那一刻被轻巧地扔到了晓薇心里。自此,荆棘枝蔓盘生,晓薇被困住了。

晓薇觉得,也许等到老了,自己会忘掉这些细节,甚至忘掉母亲的样子。但那天清晨,心脏被人握住一般的痛,已经被刻在自己的左边的肋骨上,让她终生难忘。

母亲死后,对于杨福龙来说,或许只是少了一个发泄对象。他从此沉迷于彩票和六合彩,将自己的全部精力和时间投入其中。逃避现实的同时,他还幻想着一夜暴富,成为人上人。杨福龙再也顾不上这个拖累了自己的女儿,姨妈把晓薇接走,成了她的母亲。

这样的经历让晓薇变得坚强,比同龄人更早熟,更知道自己要什么。她毕业后进入银行,有着正常的薪资,工作生活都稳定了下来。但几年下来,她始终没有一段公开的恋爱。但只有姨妈知道,晓薇在高中曾有过一段隐蔽的恋情。

对方是一个已婚的成年男人,比她大了十几岁。他远在东北,是一个诗词论坛的活跃分子。晓薇也是这个论坛的成员,她被他展现出的才气迷住了,二人很快成了密友,闲了就发短信交流生活。后来,在男人的主动下,她成了他的"女朋

第二章 童年的黑洞 65

友"。后来,晓薇也去了几次东北,尽管穿着厚厚的棉衣,冰雪大世界还是冻得她直哆嗦,但晓薇的心里却是暖的,她觉得自己找到了一个地方,能把自己的心放置起来。

然而晓薇错了,故事的结局和所有婚外情的故事一样。他一次又一次地抱着晓薇,许诺自己会离婚,等到晓薇年龄到了,和她永久地在一起。但随着时间的推移,晓薇明白了——这个男人绝不会离婚。这段不伦恋情的结束,让晓薇对爱情和男人产生了怀疑。从那以后,尽管她的身边不乏追求者,可她始终一个人。

她一直是一个人,直到郑刚出现的那天。

那天,作为行里最漂亮的也是业务能力最强的柜员,行长带她去参加了一个饭局。饭局上,晓薇第一次见到了郑刚。在此之前,她都是在本地新闻上看到这张脸。她被安排坐在一个老板旁边,这是他们银行的大客户。

酒过三巡,老板逐渐开始放下自己的伪装,不停地拉着晓薇喝酒。晓薇看着行长夹杂着紧张和恳求的神情,想起他平时对自己的照顾,还是选择了委屈自己。直到老板觉得时机已到,咸猪手攀上她的腰。她看着老板的眼袋,想起了杨福龙那张令人作呕的脸,这才想要推开他,但是她喝太多了,只能在言语上做一些反抗。

就在老板的手就要接触到她的大腿时,她听到郑刚严肃地清了清嗓:"孙总,别欺负小姑娘,来,陪我喝一杯。"醉醺醺的老板仿佛一下子醒了酒,端着杯子跳了起来,弯腰走到郑刚面前,脸上满是谄媚的笑。

那是她第一次体验到被保护的感觉。事后,尽管那个可恶的老板没有道歉,但还是从晓薇这里开了单,存入了一笔数额不小的资金。自此,晓薇便获得了不用跟随行长去应酬的特权。也是从那天起,她有了郑刚的手机号。他们开始聊天,分享工作和生活上的困难和趣味,再后来,就有了第一次幽会。

或许每一个人都有惯性,会不停地陷入轮回之中,一次次地重复自己的选择,还认为那是崭新的开始。晓薇早已习惯与已婚男人的老婆处于平行宇宙。

就在他们认识两个月后的一天,郑刚从晓薇的床上起来,穿戴整齐,又把床上的褶皱拉平。他坐在床边,用手轻轻地抚摸着她从被子里露出的肩。他语气温柔:"想要什么生日礼物?"看着晓薇惊讶又好奇的表情,郑刚只是笑了笑:"你所有事情,我都知道。"

晓薇抓住郑刚的手:"你真的要给我生日礼物?"

也许是晓薇兴奋的神情勾起了郑刚的记忆,他的表情突然严肃起来,给晓薇讲了一个故事:他中学时家里穷,但家教很严。姐姐过生日,想要一支口红,结果被父亲打了一巴掌,姐姐的嘴角出了血,倒真成了"口红"。

晓薇听得认真,但不知道郑刚到底想说什么。直到郑刚突然笑起来,她才反应过来,那些话是故意逗她玩儿。

晓薇噘了噘嘴:"我不要口红。"

"那你要什么?"郑刚把耳朵侧了过来。

"我要你帮我一件事。"

郑刚说到做到。在一个饭局上,他看似随意地说了几句恰到好处的话,就让市中心分行的行长,专门去她所在的偏远支行要人,把她作为"优秀人才"调了过去。

这是他送给她的生日礼物。

第二章 童年的黑洞 67

他看得出来，她很喜欢。

从地铁出来，郑刚路过江边的时候，停下脚步，他从口袋里拿出手机，拆下了手机壳，看了片刻，扔进了江水里。

郑刚进了家门。何秀丽走到门口，接过他的外套。二人沉默地保持着动作上的默契。何秀丽知道，郑刚回到家习惯先冲个澡，目送他进入浴室，何秀丽开始整理他的换洗衣服。郑刚的手机从裤子兜里掉出来，何秀丽看到，停了一瞬。

郑刚的手机弹出几条信息通知，她知道郑刚手机的密码，但她不想看，也不会看。

何秀丽坐在沙发上等着，等到郑刚出来，递过干净的衣服。而郑刚的手机，就静静地躺在茶几上，仿佛它本就该在那里。郑刚换上新衣服，匆匆地进入书房，他说他还有材料要看。而何秀丽坐回沙发上，依旧沉默。

何秀丽认识郑刚的时候，对方还只是情报指挥中心的一个科员，刚刚从部队复员进入金江，很不适应，于是总是找何秀丽帮他参谋工作和生活上的事。郑刚履历不错，能力强，为人诚恳，酒量也好。除了何秀丽本人，她的父亲何炳坤也对这个小伙子很认可，虽然背景弱，但觉得他人靠谱，够聪明，未来能有一番成就。

于是顺理成章地，1988年5月4日，何秀丽，金江市委书记的千金，与金江市公安局刑警支队副队长郑刚喜结良缘。婚后，郑刚办了几个大案，接着就是平步青云，一路走到今天。

这当然离不开他自己的努力，但是更离不开老丈人的名头。

何秀丽深知，婚姻就像是两个人合伙经营的公司，尤其是她和郑刚的婚姻，像一家国有企业——稳定压倒一切，就像所有的中国式夫妻。

一直以来，何秀丽不会允许任何人染指她的"股份"。

永远不会。

这么多年，何秀丽当然知道外面有些女人盯着郑刚。但她没有太在意，她知道她们大部分年纪很小，对郑刚只是单方面的崇拜。还有一些，目的性明显，郑刚是个聪明人，知道分寸。他对她们也很难说是有感情，其实说到底，郑刚对谁都很难有感情，对她也如此，对苏见明，恐怕也如此。

想到这里，何秀丽从沙发上站起来，释然地伸了个腰，看向书房门口的光。

片刻，何秀丽又皱起眉来。

她在想，出于感情的要素，郑刚不会搞丢属于何秀丽的"股份"。

那出于别的因素呢？

比如，冲着郑刚来的、燃烧的公交车？

对此，何秀丽这样段位很高的女人，也暂时没有答案。

## 6

已经是凌晨3点了。苏见明面对着屏幕上龙翔广场尸骨的照片，思绪却飘到了前两天偶然瞥见的一份数据报告上。

经数据统计，像毒贩这样重罪人员的子女，犯罪的可能性是普通人的四倍。而与之相对的是，公安系统处级以上干部的后代，从事警察工作的比例是百分之六十二。这份数据让苏见明更加确信，是父亲改变了自己的人生开局。

过去这些年，苏见明也不知道为什么要干警察。

这一次，当他在情急之下，在公交车边抱住郑刚时，他有了模糊的答案。

他要配得上"公安局局长郑刚的警察儿子"这个名号。

想到这里，苏见明放下了龙翔广场尸骨的检验报告，重新研究起关于孔三顺案子的最新调查成果。对于工作，苏见明罕见地认真。

要万无一失。他想。

清晨，天刚蒙蒙亮。

苏见明打着哈欠，推门进了会议室。屋里很安静。

郑刚早早就来到会议室，比苏见明到得还早。他和刘波、文辉三人呈品字形落座，他居中，刘波和文辉一左一右，还有几个刑侦警员坐在文辉身后。这样的场景让苏见明想起电视剧里县衙审犯人的场面。但很快，他又轻轻自嘲地一笑，按照这个说法，自己应该是无恶不作的纨绔子弟才是，哪轮得到受审。在他身后，李惠琳和孙鹤阳同样一左一右地站着。

看着苏见明，对面的文辉开始觉得怜悯，怕他出洋相。

刘波开门见山："见明，有什么思路吗？"

苏见明语速很快地回顾，带炸弹上公交车的孔三顺并不知道炸弹会爆炸，而有人利用电话控制了炸弹的爆炸。

接着，苏见明抛出结论："犯罪嫌疑人就是——打这个电话的人。"

听到他的话，文辉和身后一干刑侦警员的脸上都露出了笑。

笑容的意思是，这是废话。

苏见明毫不在意大家的笑："这好查。"

在大家再一次的笑声中,郑刚依旧躺在椅背上,他微眯着眼,表情严肃,一声不吭。但在他心里,隐隐对儿子这次的表现有些期待:他从来没怀疑过苏见明的能力,只是不喜他为人处事的态度。

刘波用余光看到郑刚严肃的表情,正色:"多长时间能查出来?"

"运气好的话,今天晚上9点前就能查出来。"

听到他的话,李惠琳和孙鹤阳有些惊愕和慌张。李惠琳在苏见明背后戳着他的腰,但苏见明完全不为所动。

文辉收住了脸上的笑,严肃地说:"小苏,牛皮吹大了。"

苏见明偏着头:"大吗?"他似乎真的思考了两秒,接着毫无畏惧地迎上文辉的目光,"我感觉还行,不算大。"

郑刚终于睁开眼睛,他看着对峙中的苏见明和文辉。他清了清嗓子,把整个会议室的注意力都吸引到自己身上来,同时也打破了苏文二人之间的僵局:"从现在开始,资源你随便调用,晚上9点在这儿碰头。如果能查出是谁打的电话,你就是专案组二组组长,自主进行这个案子的调查。"

郑刚顿了一下,接着说出了这次对赌的条件:"可如果你失败了——你,你们这个月的工资拿出来请大家吃饭,再加一个警告处分。"

苏见明看着郑刚,他有些莫名的兴奋。

这是第一仗。

他这么想着,同时对郑刚郑重地点了点头。

散会后,李惠琳紧紧地跟在苏见明身后,神色激动,孙鹤阳要小跑起来才跟得上两个人的速度。回到办公室,李惠琳一把抡上门。

　　李慧琳："苏老师，您自己想出风头，干吗把我们两个也搭进去？"

　　苏见明不为所动，朝着李惠琳压了压手掌，示意她少安毋躁。对着孙鹤阳问道："弄好了吗？"孙鹤阳也有点焦虑，但也正常，谁的工资和政治前途被领导拿上赌桌，都会有同样的反应。他没说话，只是晃了晃桌面上的鼠标，解除电脑休眠。

　　屏幕上出现各个交通要道的监控画面。开会之前，苏见明特意嘱咐孙鹤阳去联络监控系统，和办公室的电脑建立一条专线。苏见明扶着桌子坐下，指挥孙鹤阳："春意路十字路口。"孙鹤阳翻着白眼操作，屏幕上出现了从多个角度拍摄的十字路口。

　　苏见明眯眼观察着画面，眼睛缝里挤出以前从未有过的精光，像一只正在寻找猎物的鹰隼。良久，他回头，看向李惠琳二人："你们破过案吗？抓住小偷也算。"

　　二人对视一眼，都开始在脑内搜索信息。突然，孙鹤阳举手，表情复杂："跟踪前前女友，抓住她劈腿——算吗？"闻言，苏见明同情地摇摇头，还用手拍了拍他的肩膀。孙鹤阳沉默了。

　　李惠琳看着这两个人一副惺惺相惜的样子，忍不住出言打断："苏老师，你自己呢？"

　　苏见明："没有。"

　　苏见明没有丝毫羞愧，淡淡地说："走，咱现在就去破一个。"

　　又是李惠琳开车。三人回到了春意路十字路口，"5·20"

爆炸案的现场。

距离爆炸案发生，已经有几天时间了。这个原先只有本地人熟知的十字路口，在爆炸案发生后迅速被全国人民熟知，接着又被同样迅速地遗忘。这里已经几乎恢复了正常，只有路中央残存模糊的巨大的黑色痕迹提醒着人们：事件刚刚发生。

苏见明就站在路边，远远地望着爆炸发生的地方。在爆炸案发生之前，他对自己的身份是迷茫的。但就在他扑向父亲的那个瞬间，他似乎把所有的迷茫都抛在了脑后，只剩下作为儿子的本能。他突然大步向十字路口中间走去，来往车辆纷纷避让，喇叭声响成一片，可苏见明置若罔闻，大步向前走，李惠琳和孙鹤阳连忙跟上。

苏见明在马路中央站定——正是那辆公共汽车停下的地方。他的大脑开始飞速运转，嘴里念叨着："炸药是在特定的时间爆炸的，不能早，也不能迟。他们的目标是郑局，但引爆者并非孔三顺，由此可得——"苏见明拖长了尾音，看着二人。

李惠琳和孙鹤阳都是聪明人，一点就通。孙鹤阳开口抢答："这个人在现场！"

苏见明打了个响指："那他最有可能在哪儿？"

问到关键，二人眼睛里的光又熄灭了："这……"

只差最后一步。苏见明伸手把李惠琳拉到爆炸的中心点。他从兜里掏出一支激光笔，贴在李惠琳的太阳穴，顺着她的视线投射出去："你能看见的地方，别人也能看见你……最好是高15度以上，这样当时的人潮就挡不住你的视线。"

苏见明伸手控制着李惠琳的头，把李惠琳的下巴往上抬15度，接着像指挥机器似的发令："好，转！"

李惠琳意识到了苏见明想要做什么，因此才少见地顺从了苏见明的动作。她踮起脚尖，开始旋转，视线和脑袋旁的激光笔一起扫过周围的门面房——广告牌、电脑游戏厅、卡拉OK、旅馆……

随着身体的旋转，李惠琳的双眼越来越明亮。一圈过后，她扭过脑袋，对苏见明露出了罕见的笑容。

时间仿佛回到七个月以前，那时，李惠琳刚刚来到技术科，对苏见明身上的冰冷气质和技术怪咖做派感兴趣。那时，李惠琳直接提出过交往的想法，苏见明没有拒绝也没有同意，一种装死的态度，仿佛这事儿与他无关，两人的奇妙关系在局里传得沸沸扬扬。随后两个月，李惠琳迅速地认识到苏见明的冷血属性，下了头，但两人间的绯闻依旧是全局的谈资。

苏见明不介意，李惠琳假装不介意。

"你在笑什么？"苏见明打断李惠琳的思绪。

李惠琳收住笑，从苏见明身边弹开。

趁孙鹤阳还没问出离谱的话，苏见明立即开始分配任务："小白脸，你去游戏厅和卡拉OK，你——去旅馆。注意，重点是案件前几天，有没有特别要求入住某个房间的客人。"

对于李惠琳，苏见明一直没找到"小白脸"或"苏老师"这样合适的称谓。

他就叫李惠琳单字："你"。

这表明，苏见明也很难界定这段关系。

所以，他布置完任务，很快就抛下两个手下，往家的方向赶。

最近，苏见明的人生出现了前所未有的重要变化：他开始按时回家。

## 7

苏见明回到家,何秀丽已经坐在餐桌前等着了。

郑刚没在家。

苏见明在饭桌前坐下,今晚只有他们母子二人一起吃饭。

关于吃饭这件事,郑刚是有规矩的:就算工作再忙,最少也要两周在家吃一次饭,这既要求苏见明,也要求他自己;吃饭时尽量不说话,就算说,也有三不讲——工作的事情不讲,国家大事不讲,小道消息不讲。

上学时,苏见明总是想从父亲口中,探出他对时局或某事件的看法。而郑刚对这些话题讳莫如深,永远只回他八个字:"莫谈国事,闭嘴吃饭。"渐渐地,苏见明就不再发问了。他知道,对外部事件的好奇,在这个家里,并不是好事。他变得沉默寡言。

苏见明沉默地拿起筷子,他给母亲夹了一块鱼脸上的肉,他知道,母亲喜欢吃这个部位。

母亲则在等待儿子敞开心扉,说心里话。

但苏见明没有看她。

何秀丽只能云淡风轻地发问:"你去过云南了?"

这个家里的一举一动,只要她想知道,她都会知道。

苏见明有些后悔没有和李惠琳他们并肩作战,只得看着饭碗,点了点头。

何秀丽看他点头,继续追问:"有什么想法?"

"没什么想法。"

苏见明牛涩地扮演着一副老实孩子的模样,开始生硬地转移起了话题:"对了,妈,跟你说个事——"

何秀丽接话:"处对象了?不会还是你那个什么惠琳吧?说了,你们不合适。"

苏见明摇头:"我想转刑侦,跟刘波打了报告。"

何秀丽一愣。

沉默了数秒。

厉害的女主人重新掌握局面,精准地找到儿子这句话里最值得咂摸的地方,然后问出核心问题:"你爸原来一直希望你搞刑侦,你不是不愿意吗?"

苏见明的答复很简单:"现在愿意了。"

何秀丽严肃地看着苏见明,神态威严:"三十的人了——现在是多事之秋,你走每一步都要小心,要考虑自己的发展,要考虑对你爸的影响,不能想一出是一出。"

何秀丽又说了几句,劝他要量力而行,劝他不要为了出风头而出风头。

苏见明迎着何秀丽的目光,点了点头。

然后,何秀丽没有再追问云南的事。从苏见明的反应,她已经得到了答案。

苏见明一定去过云南。

苏见明打小就知道自己是领养的。郑刚说,他的亲生父亲姓苏,是云南芒市的一名缉毒警。芒市位于中缅边境,傣语称"勐焕",意思是"黎明之城"。据他后来了解,就在这座以"黎明"为名的城市的一个黎明,自己同为缉毒警的生父被毒贩连击数枪,英勇殉职,生母亦被毒贩报复杀害。

当时,长期与芒市刑警队合作办缉毒案的郑刚,把苏见明带回了家。据他说,在一次针对毒贩的行动中,是苏见明的生父救了他一命。他欠他一条命，他死了，得还在他儿子身上。信息就这么多，更多的，不准再问。少年苏见明问过三次，得到三次暴怒的呵斥。

但就在上个月，苏见明调休去了趟云南。他找到了生父母的墓碑，二人合葬在一处风景秀丽的山谷公墓。

按理，立碑人应是下一辈直系亲属，也就是说，就算自己那时候还小，也应该在碑上。但他没想到，没有落款，是空着的。

旁边苍老的守墓人肯定而遗憾地对他说，这对夫妻没有孩子。

苏见明进而来到芒市公安局调查，很多信息是保密的，但他异常执着，一直到最终答案浮现：警察苏烈与警察王宛芬，并无子女。

他的童年成了一个黑洞。

他的脑海中对自己的身世有了近十种猜测，他不得不承认，其中最差也最可能的是：他，是毒贩的儿子。

很久之后，苏见明会回想起这个时刻，并感叹：

原来真相，比这最差的结果还要差很多。

# 第三章　父子时间

## 1

依旧是公安局的会议室。此时是8点59分，早上开会的原班人马已经坐在位置上等待，但，苏见明三人还没有出现。

会议室里出现了窃窃私语，刘波咳嗽两声制止了他们。然后刘波看向在主位上，郑刚翻看着文辉这边的调查报告，表情平静，再读不出任何深层的信息了。

要当局长，表情得能藏事，这是自己还应该精进的地方。副局长刘波想。

9点01分，苏见明推开了会议室的大门，身后跟着李惠琳和孙鹤阳。苏见明先发制人地堵住大家的嘴："抱歉，迟到一分钟。"

李惠琳迅速地在大屏幕上投出多张照片，包括监视摄像头画面、住宿登记簿、房间内布局等。

在场众人开始咀嚼这些照片背后蕴含的信息，房间变得很安静。苏见明的声音不大，但在此刻的会议室里，显得格外清晰:"5月19日深夜,嫌疑人刘明利入住江汉旅馆,他特别要求入住204房,也就是视野最佳的房间。"

李惠琳在一旁做补充,她放大一张照片,是老旅馆常用的住宿登记簿,上面清楚地记录了刘明利的姓名、身份证号等各项信息。

文辉皱眉听着苏见明的报告。他已经进入工作状态,不带私人感情地思考着其中的问题。他示意李惠琳回到上一张图片,指着摄像头粗糙的画面发问:"确定就是他本人?"

苏见明胸有成竹地开口:"文支这个问题提得很有价值,我们也考虑到了。"

他用手中的激光笔向文辉所在的方向轻点,孙鹤阳迅速上前和李惠琳换位。

众人看着孙鹤阳插入U盘,打开了一个没见过的软件。他操作几下,更大、更清晰的照片出现在众人面前。他有些紧张,但很有自信:"我截取了这段视频里出现人物正脸的画面,进行技术修复。同时,还把画面中的空间建了个模。"

他轻点鼠标,屏幕上出现了一个立体的空间。

在这个栩栩如生的空间里,刘明利站在汉江旅馆的窗前,看着遥远的公交车。

随着鼠标的旋转和拉近,屏幕上刘明利的脸逐渐变得清晰,与旁边他身份证上的照片几乎一致。文辉点点头,但眉头还是没有舒缓。

苏见明掏出那支激光笔,在身份证照片上画了个圈:"刘明利,鑫众商贸有限公司法人,名下有个拆迁公司,拥有爆破资质,这意味着他可以弄到当天出现的雷管和炸药。"他伸手从孙鹤阳的手里接过鼠标,调出孔三顺的照片:"根据我们的

第三章 父子时间

调查，孔三顺曾经在刘明利的公司里干过。"

"最关键的是，"苏见明拉出一张图片，那是海关的一份文件，"5月20日当天，刘明利从江汉旅馆退房后，直奔机场，接着迅速出境，去了香港。"

文辉表情严肃。尽管他还是并不喜欢苏见明，但他无法否认：这次苏见明干得很漂亮。

郑刚看着苏见明，眼睛还是看不出情绪。但刘波猜，苏见明今天的表现，已经让他很满意。刘波从投影幕布上转过来，朝郑刚点了点头，示意苏见明的报告的确无可挑剔。

苏见明也看向郑刚，他在等待认同。

终于，在良久的沉默过后，郑刚宣布了自己的决定："现就'5·20'爆炸案成立专案组，一组由文辉任组长，二组抽调苏见明任组长，直接向刘局汇报。"

刘波笑了，那是长辈对晚辈成长欣慰的笑，他看向苏见明："需要谁？你可以挑。"

话音刚落，毫无查案经验的孙鹤阳已经低下头，觉得自己铁定要被踢了。

苏见明却指了指身后的他和李惠琳："他们俩就够了。"

刘波的表情和李惠琳二人同样惊讶："是不是少了点？而且他们毕竟经验不足……"

苏见明摇了摇头，露出学习郑刚一般的深邃表情："我就要他们。"

终于，郑刚对苏见明露出了可被刘波辨识的、微微的笑容。

会议结束，郑刚和刘波上了一辆警车。

警车从公安局开出，直奔金江市市委。这起案件影响过于恶劣，市委书记季军特地要求郑刚，如有进展，随时向他当面汇报。季军本已准备休息，但听到郑刚需要汇报，还是决定加个班。郑刚带着刘波走进会客厅，向他报告苏见明的最新发现。

季军听着，脸上没什么表情。他个子不高，脸颊内凹，两眼总显得有些疲惫——两年前他刚来时就是这样。他听着报告，偶尔嗯一声，或者拿起茶杯抿一口，直到郑刚汇报完毕，他才从容不迫地开口："那你的意思是？"

郑刚严肃地说："现在看来，这个案子可能牵扯到黑恶势力反扑，甚至可能还有一些同志的腐败问题……"

季军语气坚定，透露出不容商榷的意味："但是，中央在等着一个交代，人民也在等着一个交代。"喊完这句口号，他向前挪了挪，以推心置腹的态度小声交代郑刚："我理解，案情当然很复杂。但这个事件说到底，总是一些具体的人办的。现在，首要是要给出交代，至于下面的事，可以再深入地、透彻地查。"

郑刚合上笔记本："我明白。"

季军站起来，和郑刚握了握手，接着拍了拍他的肩膀："这事儿领导特别重视。老郑，你也快退了，这——"

郑刚点点头，重复："我明白。"

我明白，这是一个机会。

最后的机会了。

真正重要的话不用讲白，讲白的都是不重要的话。

郑刚走出大楼，来时坐的车停在二人面前，二人上了车，对视一眼，心里明白：

把刘明利抓回来，以最快的速度。

为了这一个目标，郑刚要去见一个老朋友。

"各回各家？"刘波问。

"回局里。"他说。

## 2

郑刚和刘波沉默地回到了警察局，郑刚下了车，问刘波："今天的晚班直升机巡逻开始了吗？"

每周一次，直升机执勤巡市，是郑刚担任局长以来，建立的金江的传统。

他说，直升机在城市上空轰鸣而过，是给人民一份安全的保证。这意味着，这个多山而交通不太通畅的城市，从公安局出发的直升机，在15分钟内可以到达任何一个发生重大事件的地点。

"5·20"爆炸案后，加巡一次。

刘波看看表："还有20分钟。"

郑刚看向楼顶。此刻，楼顶上射灯正对着天空发出耀眼的光，指引着即将起飞的直升机。见他走向楼梯，刘波连忙跟上。

二人来到楼顶平台，两架阿古斯塔CA109直升机静静地停着。郑刚笑着看向刘波，一副很有兴致的样子："走，兜兜风。"说着便向其中一架直升机走去。

刘波迟疑了一下，和跟着他们上来的办公室主任王昆解释道："去和今天晚上值飞的驾驶员说一声，这一班我和郑局上了。"

王昆本能地答应着，但是还是有些不解。一旁等候的程斌看他的样子，上前解释道："王主任，没事，郑市长是当过直升机驾驶员的，有驾驶资格。"

王昆点点头，但看着直升机上正在穿戴装备的二人，眼神里还是充满了忧虑。程斌见他这样，拍了拍他的肩："王主任，你刚来，不了解。郑局的性格就是这样，要不然怎么能办那么多大案呢？"

郑刚和刘波穿戴好装备，螺旋桨开始旋转，卷起一阵巨大的风。随着郑刚的左手拉着操纵杆慢慢抬起，直升机缓缓离开地面。接着在众人的注视下继续抬升，最终像一个孤独的骑士，飞向被黑云笼罩的夜空。

机舱内，郑刚一边操作，一边通过头戴对讲机给刘波讲解："这是总距操纵杆，可以控制桨叶的倾斜角度，改变直升机的迎角，调整飞行高度……"

刘波听着郑刚的讲解，手却缓慢而牢固地握紧扶手。他知道郑刚会开直升机，但是那已经是很多年前的事了，现在坐在郑刚身旁，他有些紧张。

郑刚微笑讲了片刻，渐渐停止了，望着夜空和城市，像是在思考什么。此时，他们正飞在城市的中央。在他们脚下，是金江最中心的两江交汇处，这里的人口是最稠密的，被明亮路灯勾勒出形状的街道旁，霓虹灯装饰着的楼群鳞次栉比，从空中看过去，异常壮观而美丽。

郑刚看着脚下，认出这是江北沿河的街道。他再次开口："那年江北工厂区改造，筹备建设市内第四座龙翔广场，结果出现黑恶势力暴力拆迁，一个月内死了六个人，打伤几十人。"

刘波没有接话。郑刚也没要他接话。

第三章　父子时间

刘波侧过身子，顺着郑刚的视线看过去。那里如今灯火辉煌，最大的那栋建筑物上的"龙翔广场"四个大字闪烁着光芒，在夜里格外醒目。

郑刚掉转机头，朝向城中坡地飞去："旧城治安混乱，地下洗头房和歌厅一家挨着一家，每家都可以买到统一包装的小包冰毒，价格统一，显然背后已经有黑恶势力整体控制。"

郑刚露出了追忆的神情，说出来的话让刘波心有不安。

"出租车牌照被恶意收购，统一租赁，层层盘剥，所有出租司机都是郊县生手，抢劫偷盗等恶性事件比比皆是……你还记不记得那年的罢工事件？那些本来要出车的师傅，车被砸得稀烂，最后没人敢出。那么多白领要打车上班，但市区竟然一辆都没有，全部在郊区放空炮。"

刘波还是没有接话。

"这都是小事，但始终难治，你我都知道，这些乱象背后的最大势力是谁。有人说，有灯的地方归我们管，没灯的地方归他管。过去，你动不了他，我也动不了他，成本太高，但现在——"

郑刚看向刘波，掷地有声地抛出四个字："我要动他！"

郑刚沉默地看着窗外，开始等刘波接话。

刘波还是没有。

郑刚语气放缓，娓娓道来："我年龄也差不多了，无论最终是个什么结果，对你来说都没坏处——输了，我退二线，位置给你腾出来；赢了，可能再往上一步，这个位子也是你的。"

终于，刘波像下了什么决心似的，一字一顿地说："我会全力配合。"

郑刚笑笑，转过头去："这次爆炸案，是个很好的点。揪住他，咬死不放。"说到最后四个字时，他重音强调。

刘波沉思片刻，向郑刚确认："您确定背后是他？"

郑刚笑着反问："在金江，谁还有这么大的胆子和能量？"

刘波点点头，但想起一件事，他还是决定直接开口问问郑刚的意见："关于苏见明——"

"按理说，我这个位置不该说什么。"郑刚接过刘波的话，"可他的生父因为缉毒牺牲，算是忠烈之后。而且今天的汇报你也看到了，他能力也不错，局里应当考虑使用。"

刘波看着郑刚的侧脸。明灭闪烁着的霓虹灯被飞速旋转的叶片打碎，化作碎片落在郑刚脸上——这让他的表情看起来阴晴不定。

刘波还在认真读着郑刚的表情。

突然，他好像读懂了。

"我明白了。"刘波试探着地说，"用苏见明，是因为你还担心，局里有黎志田的人。"

郑刚轻轻地点点头："谢谢你理解，老刘。"

的确，他读懂了。

"回头我给你一份材料，是以百丽集团为核心的股权关联信息，可能对你有用。检察院那边我也会给。"郑刚接着部署。

刘波郑重地点点头，面色凝重。直升机来到了市中心的上空。离直升机不远，就是百丽集团大厦。

大厦顶层，百丽集团的会议室里，刘锋冷冷地看着窗外发出阵阵轰鸣的直升机，接着放下贴在耳边的手机，向身后的黎志田汇报："黎总，他们说，郑刚在那架直升机上。"

黎志田闻言扬扬眉毛，慢慢地到窗边，眯眼打量着那架绕着大楼盘旋着的、像只苍蝇一样的直升机。他伸出手,对着直升机比了个V字形,像是照相的姿势,或者胜利的庆祝。

然后,他缓缓收起脸上的轻松,也缓缓收起食指。他的手转过来,中指正对着直升机。

郑刚在直升机上远远地看着这座豪华而辉煌的大厦,面容严肃。

二人隔着几百米的距离,同时看向对方。

眼神都像是能穿破这幽深的虚空。

## 3

在金江的城市发展史上,曾有一个数十万人组成的特殊群体活跃着。他们剃着青色的光头,皮肤黝黑。他们的肩上总扛着一根楠竹做的棒子,棒上系着两根"索索"。"索索"是金江本地方言,意思是绳子。

不论日晒风吹,他们始终穿行在金江的坡坡坎坎间。

运送的东西覆盖广泛,从行李箱到家用电器,从生活物资到装修材料。后来,他们不再只做挑夫,只要是卖力气的、能挣钱的活,他们无孔不入,成为整个城市的万金油。老一辈贱称他们"下力棒槌",而大部分金江市民则亲切地喊他们"棒棒"。

而如今,他们正退出历史舞台。

黎家祖上几代都是农户,到这一代,家里是兄弟俩,哥哥叫志田,弟弟叫志刚。

黎志田读到初中的时候,黎志刚正好小学毕业。父母在家里点着煤油灯算了又算,家里的钱还是只够一人往下读。

黎志田熬了几宿，终于做出了人生中第一个艰难而重要的决定，把上学的机会让给弟弟。

此后，直到弟弟高中毕业，黎志田都在家务农。再后来，村里有人去了金江打工，等到过年回来，冲着他们炫耀城里的生活——在城里，他们每天都能吃上精米，肉多的需要用脸盆装。黎志田问他："老表，你在金江做啥子？"

那人答道："捞（做）棒棒！"说完就唱起一支响亮的号子："嘿呀嘿呀，嘿——哟——摇起，雄起！嘿呀嘿呀来哟，老表些你来哟……呀婆！哎啰！"

号子声听得黎志田入迷。

第二天，黎志田就做出决定——离开老家，去金江。弟弟这年刚好高中毕业，听到黎志田要去，坚持要跟着去。起初，黎志田不希望弟弟跟着自己，他觉得弟弟上了高中，比自己更聪明、更有文化，应该去找动脑子的营生。但弟弟坚持要跟着，黎志田拗不过他，也就不反对了。

两兄弟背上塞满了铺盖行李的化肥口袋，用绳子扎紧，扒在货车上到了金江。

金江到处都是车轮子走不到的地方，这也是为什么需要"棒棒"。黎志田发现，"棒棒"是个需要抱团取暖的活计，像是床架子、钢琴这些大件，必须好几人合力完成。黎志田兄弟也正是在这个时候慢慢培养起了自己的势力。

捞棒棒三个月的时候，兄弟二人已经有了两个默契的合作伙伴："飞毛腿"和"猫儿精"。"飞毛腿"脚力好、挑担快，一天能跑别人好几天的量。"猫儿精"则是干活贼，脑子好，有次，他接了个清理化粪池的活，先是谈了个极高的价格，又拖了三天才干完。他白天把粪水掏上来，半夜又悄咪咪放回

第三章　父子时间　87

去。第二天，别人看到他又掏上来这么多，觉得他辛苦，过意不去，还要加钱。

"飞毛腿"和"猫儿精"是黎家兄弟的老乡，四个人平时合得来，于是组团起来干，吃住都在一块儿。

此时的黎家兄弟在"棒棒"队伍里已经小有名气。弟弟黎志刚心算能力强，不管什么活儿，估价一估一个准儿，哥哥黎志田则颇具领导气质，总能找到最合适的人以最快速度完成单子。他们的名气越来越大，后来有人接了大活，拿不准，也会找到黎家兄弟估一下。

黎志田认识唐大年是一年后的事儿了。唐大年是"五个棒棒"里最后加入的成员，却是跟黎志田跟得最久的。

唐大年加入的那一天，下着大雨，他接了帮人搬家的活计，但他刚到金江，对路线不熟，一脚踩上石板青苔，打了个趔趄，把客人的瓷碗摔了。客人不依不饶，要唐大年赔钱，可他哪儿来的钱？好在事情发生在黎家兄弟的地盘，而黎志田是不允许刁难棒棒的事发生的。

黎家兄弟把剩下的钱给唐大年补上了，这也就凑齐了"五个棒棒"。

后来唐大年请黎家兄弟在码头边上吃小面。唐大年举起装着散装白酒的杯子一口饮尽："黎大哥、黎二哥，你们帮我赔的钱，我一点一点还给你们。"

黎志田脸颊被酒精冲得发红，他举起手制止唐大年再说，佯怒道："不许再提，老乡帮老乡，天经地义。"

唐大年只好作罢，但是还是一个劲地表着忠心："不瞒你说啊，我平时在'下面'那片儿干活，那是别人的地盘，好的活儿都轮不到我，只能捡漏。以后我就跟着你们混。"

黎志田大马金刀地虎视四周："那你觉得，我这块地盘怎么样？"

唐大年笑得憨厚："大哥，你这边是金江的'上面'，当然好啊！"

黎志田笑了笑，又问："那么金江的大饭店、大酒店——你觉得怎么样？"

唐大年表情夸张："大哥，我第一次来金江的时候，看到那些楼，好高嘛。以前在老家，都是两三层的楼，没有再高了。我就想，这么高的楼得盖上几十年吧，这么高的楼要卖好贵嘛，都啥子人才买得起啊。"

黎志田大笑，接着严肃起来，视线看向远方："那你有没有想过，这些大饭店、大酒店……这些高档的地方都没有我们这些棒棒。我们想进去，保安会说：'哎，棒棒莫入！'咱们这里再好，都还不如人家的一根小指头，入不了人家的眼。"

其他人听着，不住地点着头。

黎志田看着远方华丽的高楼大厦，眼睛里闪烁着名为野心的光芒："以后，总有一天，我要让酒店里的那些人都听我的，那些高楼，总有一栋是属于我们的。"

是的，棒棒始终穿行在金江的坡坡坎坎间，也穿梭在各个阶层之间。

后来，等到刘明利投靠他们的时候，黎家兄弟已经成为"棒棒军"数一数二的人物。

当初那五个人组成的搬运小组已经发展壮大，在黎家兄弟的带领下成了"棒棒军"行业大佬，揽了金江的大半交通运输。金江第一百货大楼要搬家，是成百的"棒棒"参与的大项目,就是由他们接下。

作为大哥,黎志田有一条规矩:想加入这个组织,首先得有熟人介绍。只有这样,他才能放心。刘明利就是"猫儿精"介绍来的,他们以前是邻居。

黎志田问刘明利加入的理由,刘明利说得坦然:"工地上要被工头管,让几点出工就几点出工,让你下班才能下班,喝口水都会被说,一点不自由,还是当棒棒好。"

黎志田再三打量他,最终还是把规矩亮出来:"几个规矩:第一,不能偷蒙拐骗;第二,不能把货物搞坏,搞坏了从工资里扣钱,加倍赔给客人;第三,每一单工资你拿七,我拿三,这里的兄弟们都是这样;第四,下雨天接活不能打伞;第五,开工期间不得喝酒。"

刘明利从兜里掏出烟给黎志田点上,他答应了。

黎志刚对刘明利的态度很满意,他打下保票:"我们能给你提供的,是每天单子不会断,还有最重要的,从此不会有人再敢找你麻烦。"

作为管理者,黎志田建立了一套对于棒棒行业来说很先进的管理制度,对员工的福利、工伤等都有详尽的规划。干活的时候伤了腰、崴了脚,医药费和误工费找黎志田报销。黎志田是给江湖上行走的棒棒们兜了个底儿,棒棒也都服他,叫他一声"哥"。

刘明利渐渐明白了,黎志田不是看重熟人介绍,而是看重忠诚。

LOYALTY——后来,这个突兀的英文词被刻在集团发的保温杯里。

管理"棒棒"的行业还不是黎志田的最终目标。他入行没多久就发现，光是下力气，一辈子也挣不了几个钱，还有搞坏身体的风险。就算做了棒棒的老大，最后还是一个棒棒，是"棒棒莫人"这句话所针对的对象。

所以他很早就开始寻找出路。在为棒棒们接活的同时，他也在不断扩张着自己的业务范围。比如遇到喊棒棒来挑建筑材料，黎志田就会顺带给他们介绍装修队，然后从中间抽佣。

逐渐地，这部分的盈利呈指数级增长，超过了他们在棒棒上的收益。黎志田从一个棒棒变成了横跨金江各个行业的"黎总"。他在社会各界播下的种子都逐步开花结果，肩膀上的那一根竹棒永远地卸了下来。

百丽集团应运而生。

渐渐，黎志田光溜溜的头上留起了头发，梳成了一丝不苟的背头，黝黑的皮肤外面，套上了雪白的衬衣。

唐大年一直觉得，那是集团——在他眼里，集团其实就是五个人，最美好的年代。

五个人大体上各管一摊，每周一晚上在公司自己开的棋牌室打牌，各自说说情况。然后下楼在公司自己开的火锅店吃饭，吃完饭，去对面还是自己开的KTV看看新来的姑娘，评品一番，半醉而归。

开始时，黎志田的职责是总结大家的情况做记录，后来发展到大家分别跟他说情况，他来汇总。

直到有一天，情况变成大家向他汇报，他来做决定。

任何地方，总会出来一个话事人。

唐大年并不觉得有什么不好。

最美好的年代在集团涉足矿业那年中止。

那年春节后，大家从老家和全国各地回来，集团上班第一天，晚上照例是要一起吃饭的，可是桌上缺了两个人，黎志刚和猫儿精。

黎志田说，过年期间，猫儿精陪黎志刚去爬贡嘎雪山，丰田霸道路上出了事，撞出路肩，落入江中，尸骨无存。

"啥子叫尸骨无存？花钱捞撒，就算上游水急，下游的捞尸队花钱搞撒，才九百块一个人。"毛卫不愧被叫作飞毛腿，腿也快，嘴也快。

黎志田异常憔悴，叹口气道："捞了。"

"尸骨无存。"他又说了一次。

那年晚些时候，飞毛腿也离开了，去了东南亚，转了一圈，听说后来去了缅甸。

再后来，有人传话说他花光了所有的钱，成了个沿街乞讨的流浪汉。

唐大年始终紧跟黎志田，他知道自己是运气好跟对了人，凭他自己的脑筋和嗅觉，离开黎志田，他什么也不是。黎志田是集团的大脑，而唐大年就是集团的胳膊。

刘明利虽然没有掉队，却也没有加入集团。他讨厌约束，只想在繁华的金江里尽情遨游。而黎志田也需要刘明利在百丽集团之外，给他提供街头的情报。于是，他在黎志田手底下领了点小生意，开了十几家面馆和洗头房，日子也算得上是逍遥滋润。

他们就是这样建立并维持了特殊的共生关系，在江湖中各取所需。

至少刘明利这样以为。

他觉得自己对于黎志田而言，是个重要的人。

"5·20"爆炸案当日,刘明利退了房后直奔机场。他上了飞机,直飞香港。

三天后,他已经坐上一辆加长豪华轿车,奔驰在跨海大桥上。他换上了一身宽松的海滨度假装,戴着一副夸张的墨镜,像是从电影里跑出的人物般靠在后排的座椅上,手指上还夹着一根雪茄。

刘明利从墨镜框里看着窗外的大海,表情木然。接待公司客户的王经理身着笔挺西服,从前排副驾驶探出头,热情地询问:"刘先生,下一步的行程您有什么吩咐?"

刘明利没理他,依旧看着海。许久,他打了个哈欠,回头看向王经理那张笑容过分热情的脸。他摘下墨镜,揉了揉眼睛:"我吩咐——你娃儿能不能别老这么精神,搞得我好累。"

王经理依旧精神抖擞:"没问题。您请接着吩咐。"

刘明利叹了口气,喃喃自语:"还有啥?澳门吧。"

王经理在前排点头记录:"没问题,澳门!"

"要住美高梅,海景房。"

"没问题,美高梅海景套间。"

刘明利想了想,又补充道:"老子想吃川菜,这些虾饺肠粉没得味道。你安排人,明天早上给我送碗红油抄手。"

"没问题。刘先生,我得跟您确认一下,这个红油抄手就是红油馄饨,对吧?"

刘明利弹了弹烟灰,又猛吸一口:"你说呢?"

"没问题,咱们什么时候过去澳门?"

刘明利瞥了他一眼,小孩一样赌气地说:"立刻,马上。"

"没问题。"王经理打了两个电话,用粤语语速极快地交流了一番,又转过头来汇报:"30分钟后,维多利亚码头出发,坐直升机行吗？"

"慢哕，老子要坐火箭。"

王经理依旧笑得很灿烂："对不起，刘先生，您说的坐火箭是字面意思，还是一个比喻？如果是字面意思，这项服务我们暂时还不能提供。"

刘明利没理他。他看看一直沉默着坐在后排的、两个保镖模样的男子，再一次戴上墨镜，轻轻叹了一口气。

## 4

苏见明抱着三大袋子肯德基，走进市公安局的大门，动作显得诙谐。他走下楼，刑科所办公室的门上贴上了一张临时的手写牌子："5·20"爆炸案专案二组。

他推开门。李惠琳和孙鹤阳原本在电脑上操作着，听到动静探出头来，但期待的眼神在看到肯德基标识的那一刻就变成了失望。二人迅速恢复了那副很久没睡觉的萎靡样子。

李惠林冷漠地说："星巴克呢？"

苏见明在每人桌子上扔了一袋肯德基，自己也坐下打开一袋："作为警察，你的生活已经很奢侈了，而且炸鸡也可以提神。"

苏见明一边咬着汉堡，一边看着屏幕，屏幕上是很多个监控画面："怎么样？好跟吗？"

李惠琳站起身来，伸了个懒腰："小白脸升级了一下跟踪系统，自动调取天网对应的摄像头。他负责那个准女婿，我在跟黎志田和助理——他们去的全是热门场所，摄像头资源丰富。"

自从专案组成立，苏见明就立刻展开了对百丽集团的全面监控。

苏见明把头伸到孙鹤阳那边。孙鹤阳面前的屏幕上，透过玻璃幕墙，能看到David正和几个百丽的老股东吃饭，旁边还有漂亮的姑娘作陪，大约是在笼络关系。

"他们在说什么？有没有聊到刘明利？"苏见明转头问李惠琳，"你不是会读唇语吗？"

唇语，是李惠琳的秘密武器。

那时她刚初入技术科，对苏见明还有好感，露了一手，想要引起他的兴趣。

李惠琳往苏见明嘴里塞了枚鸡翅，叫他闭嘴。

苏见明脸上有了质疑的表情："你到底会读不会读？"

李惠琳刚啃完一根鸡翅，听到这话，她把骨头狠狠地摔进纸袋里。熬夜让她变得有些暴躁，黑着脸回应："不会，你让小白脸给你机器识别吧。"

孙鹤阳呆滞地咬着汉堡，为难地说："我不会。"

"不能学吗？"

苏见明和李惠琳同时说。

孙鹤阳更呆了，眯着眼睛，左右打量苏见明和李惠琳。李惠琳和苏见明对视着，各自撤开一步。

在生活的荒谬时刻，李惠琳和苏见明总是会展现出令彼此都尴尬的默契。

李惠琳片刻回神，转头指着电脑监视画面："咱们就这么等着刘明利出现，这是刻舟求剑，还是守株待兔？苏老师，您到底准备等到什么时候？"

孙鹤阳听见提示音响起，抬头一看，屏幕上跳出一个窗口。

孙鹤阳鼓捣一阵，兴奋地说："刘……刘明利从香港入关。"

李惠琳紧张地看着苏见明。

苏见明则很平静，咬了一口自己手里的鸡块："行了，明天该去见人了。"

苏见明回到家，把外套脱下，细致整齐地叠好，放在沙发的扶手上。这是郑刚从小给他的规矩：做一个整齐的人，别等着别人给你收拾。何秀丽刚做好饭，水汽在饭菜上蒸腾而起，灯光透过来，在饭桌上投出大大小小的圆影。郑刚和苏见明都只顾埋头吃饭，何秀丽也一言不发，于是整个屋子里只剩下食具碰撞声和克制的咀嚼声，场景和谐。

饭毕，苏见明打了个招呼就往房间走，他觉得自己需要休息，以面对明天的会面。但郑刚很显然没有顾及他感受的意思，轻描淡写地张嘴："陪我出去走走。"

苏见明对父亲随便牺牲了自己的休息时间没表现出什么意见，只是晃晃酸痛的脖颈，点了点头。

相反，苏见明甚至有些期待这次父子会面。

夜晚的金江边依旧灯火辉煌，淅淅沥沥的小雨丝毫没有打扰市民们的消费热情，远处传来的嘈杂叫嚷和闪烁的灯火，在雾气中氤氲成暧昧的气氛。但郑刚并不想和市民们的商业气氛靠得太近，他需要私人空间。

依旧是苏见明去买了两张票。这样的事规律地发生许多年。从苏见明记事起，郑刚就开始带着他坐索道，而且永远都是晚上10点。这个时间段索道即将关闭，只有少数游客会来乘坐以俯瞰金江夜景，因此很容易找到只有父子二人的轿厢。

索道一来一回的时间是20分钟，这20分钟，被郑刚称为"父子时间"。对郑刚来说，这是一段绝对私密的空间和时间，重要的事只在这里谈。

轿厢沿着轨道缓缓下降，在度过了最初的、对于无依托的恐惧，这件事就变得寻常起来，就跟坐公交、坐地铁没什么区别。到了现在，苏见明甚至觉得有些好笑：一根细细的绳索拽着他们父子二人在江水上空高速滑动，出点什么问题，他们就会被摔死，或者是全身粉碎性骨折。真像是那句俗语：一根绳上的蚂蚱。

苏见明期待的这次"父子时间"，平静地开始了。

苏见明看着郑刚这张再熟悉不过的脸，他的脸在装饰霓虹灯带的映照下显得格外坚硬，让苏见明想到了一块燧石："我一直不明白，为什么总是晚上？"郑刚不看苏见明，他靠在窗边，表情自然轻松。他伸出手指，对着玻璃后的城市轻点两下："为了这个——你不觉得很动人吗？"

苏见明随着他的手看向下方，城市被团团的霓虹灯包裹住了，仿佛太阳并未落下。一片又一片、一串又一串的火焰般的灯火不断明灭，让整个城市看起来像一场狂欢，或是一场大火。

轿厢沉默地行驶，苏见明盯着父亲的嘴唇，他知道郑刚即将说些很重要的话，毕竟索道的时间有限。郑刚毫不意外地开口："以前我一直希望你做刑侦，你却只想吊儿郎当地待在技术部门。这次是为什么？"

苏见明恍惚了一下。为什么？他以前似乎没把这件事当作一个需要解释的问题。他觉得自己过去几十年的人生都是在缺乏深思和反省的囫囵中度过的。他预先没有答案，也没办法迅速地思考出结论，只能咕哝："我也说不清，总不能一直待在原地吧。"

郑刚面对城市皱了皱眉头："什么意思？"

苏见明斟酌着，最后还是说出来了："上个月，我去了趟云南。"话一出口，他放松下来，开始学着郑刚的样子俯瞰身下的风景。

郑刚一怔，目光从城市转向儿子。

苏见明声轻如呓语，几乎和索道的噪声混在一起："我去调查了一下我的亲生父母。不为什么，只是——想知道他们是什么样的人。"

郑刚的表情迅速重新坚毅起来，他轻描淡写地下了判断："没必要。"

"苏烈和王宛芬，你们消灭一个贩毒团伙，被对方的同伙报复——我去了他们的墓地。守墓的说——"

郑刚打断："够了。"

苏见明没有停下，清了清嗓："我是毒贩的儿子，对吗？"

沉默。

郑刚的脸上看不出表情，苏见明回过头来，他看到远处的霓虹灯反射到父亲的眼睛里。

父子之间的沉默总是格外漫长而难以忍受，好在苏见明在过去的几十年中经常面对，他已经学会了怎么在沉默中娱乐自己：他会跟自己打一个赌，赌父亲多久才会开口。这次他赌的是一分钟。

但赌局并未像苏见明想象的那样发展，他很快就听到了父亲沉稳的嗓音："跟你妈说过了吗？"

苏见明点点头。

然后,他不想再在这件事上和父亲交流了——没必要在本就并不牢固的关系中添加新的变量。在养父母眼皮子底下去找亲生父母,多少有些尴尬。于是,苏见明生硬地换了个话题:"你还记不记得,我十五岁那年,我问你,我们家有钱吗?也在这儿。"

"当时你说假如有很多钱,你想买一条船。"

苏见明笑了:"对,那个时候我想从这里开船,一直开,开到大海上、开到日本、开到美国、开到南美洲、开到大西洋,去看海豚。我喜欢海豚……然后你说可以看海豚,但不能做海豚。"

郑刚也笑了,眼角挤出细密的皱纹:"是啊,怎么能做海豚呢,会被人欺负。要做一只鲨鱼,凶猛的鲨鱼。"

"鲨鱼也不是万能的。人把鲨鱼的鳍都割下来,血淋淋的再扔回海里。"苏见明摇摇头,他依旧不觉得父亲是对的。

郑刚把眼神从窗外收回来,定定地看着苏见明:"你长大了。"看到苏见明对这句话没有反应,他接着说,"那现在呢,同样的问题:如果有很多钱,你会怎么过?"

此时索道已下行了一半路程,机器运行的声音大了起来——苏见明曾经觉得,这是机器为了让轿厢不掉下去,努力中发出难听的呻吟。

苏见明想想,觉得自己没有答案,他决定反问:"你呢?会退休吗?"

"不会。"郑刚轻轻摇了摇头,脸上笑容不减,"当官不是为了发财,想发财就别当官。该你回答我了。"

苏见明还是决定坦诚一点:"我也不知道,但肯定不会做海豚,至于鲨鱼……"犹疑间,他看到郑刚眼神里泛起鼓励的颜色，他很少在父亲眼里看到这种表达，突如其来的温情反而让他有些不知所措。他想了想，缓缓地张嘴："爸，你一直说，中国男人，没有休闲模式。"

"别管那些，你自己内心是怎么想的？"

"不，真的，我听进去了。以前，太……昏了，浪费不少机会。"

苏见明看着父亲眼里的鼓励，他释然不少，这才是他们父子俩应该有的正常的相处模式，而不是之前苏见明最习惯的方式。他想，也许在普通一点的家庭里，这种温情的东西会更多一些。

郑刚把目光转回城市，索道的行程即将结束，他们离金黄璀璨的城市越来越近了，这也意味着他们的对话要走向终点了。苏见明算着时间，郑刚应该总结今天的谈话了，这一次，他赌对了。

郑刚认真地说："不管是烈士，还是毒贩，我只知道，你是我和你妈的孩子，无论发生什么，这一点都不变。"

听到父亲的话，苏见明得到了自己想要的答案。对他来说，这段对话并不是结束，甚至不算是一个开始，他看着轿厢窗外的城市灯火逐渐被遮住，就像城市被黑暗淹没，轻声道："不，我还不是。"

苏见明最后从缝隙里看到江上轮船的灯光点点，汽笛声从树丛和建筑物的缝隙中钻进他的耳朵，像巨人的呜咽。

"我会是的。"

苏见明的声音彻底被轿厢落地的声音淹没。这句话大约只有他自己听见。

## 5

第二天清晨,苏见明因为多梦而起晚了,没来得及吃早饭。

关于刘明利,苏见明今天有很重要的行动。

郑刚和何秀丽则是闲闲地吃完早饭。郑刚习惯性地拿起一份《金江晨报》浏览,又心不在焉地开口发问:"见明去找苏烈,是你告诉他线索的?"

何秀丽不语。她站起身来,伸手收拾碗筷,但郑刚却没打算让她这么轻易逃掉。他伸出手,放在自己的碗筷上:"为什么?"

何秀丽叹了口气出来:"他想知道自己从哪里来,这没错。"

郑刚从老花镜的缝隙中盯着何秀丽:"没错,也没有好处。"

"很多事情都没好处,但有意义。"何秀丽眼神坚定。

郑刚放下手里的报纸,摘下脸上的老花镜,和何秀丽对视良久。最终,他挤出一句:"很多事情,不知道更好。"接着撂下报纸,拿上衣服出了门。

依旧是百丽大厦顶层的大会议室,整片的全景玻璃窗洁净如新。今天天气很好,透过玻璃,可以看到江水和远方的山,像一幅优美的风景画。

此刻,苏见明带着李惠琳和孙鹤阳,正与黎志田、刘锋、唐大年、David等人对面而坐。他们的视线此刻都聚焦在长桌上摆放整齐的一排材料——"5·20"爆炸案的现场照片,以及和刘明利相关的资料。

刘锋面无表情地指着桌上的照片和文件："我还是不明白苏警官的来意。"

"爆炸案相关嫌疑人刘明利现在失联，我们想请贵公司协助抓捕。"李惠琳同样面无表情，声音冷峻，不夹杂任何感情。

刘锋的脸上挤出虚伪的疑惑之色："刘明利？是我们集团的员工吗？"

李惠琳摇摇头："不是，他是鑫众房地产服务有限公司的老板，跟贵集团没有明面上的关系。"她刻意在"明面上"三个字上加了重音。

坐在黎志田另一侧的David笑了起来，摆出一副美国式的浮夸姿态："拜托，三位警官，又不是我们的员工，跟我们都没关系，我们能力有限，爱莫能助啊。"

李惠琳看着David，也冷笑起来："是不能帮，还是不想帮？"

David被她的气势压住了，但想了想，这是在自己的主场，又觉得丢了面子。他正要发作，苏见明却突然站起来："没关系？刘明利的公司和百丽集团高度关联。"

刘锋把手肘支在桌面上："高度关联公司，我怎么不知道？"

苏见明看着面前充满戒备的几人，开始学习刑警必备的、与"人情世故"有关的问询技巧："看来贵集团是贵人多忘事，既然忘了，那我就帮各位回忆回忆。"

接着，苏见明又像个刑警一样，给年轻的手下孙鹤阳使了个眼神。孙鹤阳立刻从包里拿出一份材料，一张张摆出来，推到刘锋等人面前："白宏辉，该认识吧？持股百分之十二，也算是百丽集团的大股东了。他的妻子叫李素菊，李素菊持有一家叫作富丽园的建筑公司百分之八十七的股份，而富丽园，"孙鹤阳用手指重重地在材料上点了点，以示强调，"百分之百控股鑫众房地产，而鑫众房地产的法人，正是刘明利。而且，我们还查到一个有趣的事实：李素菊和刘明利是亲兄妹，只是一个跟父姓，一个跟母姓。百丽集团旗下的拆迁业务，百分之六十是刘明利公司完成的。"

孙鹤阳的话让刘锋皱起眉，他没想到在这么短的时间里，警察能调查得这么细致。这一方的所有人都看向坐在中心的黎志田，期待他站出来说两句。

黎志田面无表情，目不斜视地看着苏见明，接着突然站起身来，走到了苏见明身后。

所有人的视线都紧跟着他，看着他靠在桌边，低头看向苏见明。他的右手撑在桌子上，以一副主人翁的姿态开口："苏警官，看来你没把应该传的话传到。"

苏见明仰头看向黎志田，黎志田的眼神让他想起了老鹰盘旋在空中，看着猎物的样子。

苏见明还想起雷书记那只探入红油火锅的手。

苏见明趋利避害的本能驱使他不看黎志田，但片刻后，他控制自己重新看向他："我是一个传话的中介机构吗？"

黎志田没动，眼神更加阴戾。苏见明感觉自己身边的气温都下降了。

良久，黎志田收起目光，摇了摇头，转身返回座位。

苏见明觉得，自己能在黎志田的目光里坚持下来，并且姑且算是逼退了他，算是一场不大不小的胜利。

黎志田："我不知道他在哪儿。"

苏见明突然哑然失笑,道:"弄岔了,我不是来管你们要人的。"

众人都一怔,看着他。

苏见明:"我们已经掌握抓捕刘明利的线索,我们说请贵公司提供协助,是指在抓捕后,公司这边能够在调查上大力帮助。"

黎志田和刘锋等人视线交会,不知道苏见明这边的意思。

李慧琳和孙鹤阳也摸不着头脑。

李惠琳和孙鹤阳直到看见他起身,这才反应过来,连忙上前收拾桌上的材料。苏见明看着他们收拾完了材料,开口结束了这场没有结果的会面:"感谢诸位的配合,不过这个案件调查期可能比较长,除了我们之外,检察院可能也会来。还有,牵扯到这么大的案子,刘明利相关的公司可能会被查封。谢谢黎总的招待。"

苏见明等人往门口走去,走到门口时,他回头看向黎志田。

"我相信很快我们就会再见面。"苏见明笑了笑。

苏见明三人走进电梯里,直到电梯门关上,李惠琳才看向苏见明的脸。

他脸上是那副淡淡的、一切尽在掌握的表情。

李惠琳严肃地说:"我真不理解我们今天来干什么——"

苏见明摇摇头,示意她闭嘴。

李惠琳看看电梯四周,压低声音调侃道:"怕监听?您以为拍电影呢。"但苏见明依旧面无表情,笔直地站在电梯中央,仿佛在演一出戏。

与此同时，在方才的会议室里，刘锋正戴着耳机，看着电脑上的监控。

监控里赫然是苏见明和李惠琳、孙鹤阳。

等到三人终于上了车，苏见明才像是"出了戏"，大口喝着水。

看他没有回答自己疑惑的意思，李惠琳气哼哼地转头看孙鹤阳："小白脸，你懂了吗？"

"懂了……哦不，没懂。"孙鹤阳才反应过来，"我懂什么啊？"

"我们今天为什么跑这儿来？"李惠琳表面是在问孙鹤阳，但眼睛却一直盯着镜子里的苏见明。孙鹤阳眨巴着眼睛，一副状况外的样子，片刻后，他回头看后座的苏见明。

感受到二人火辣辣的目光，苏见明不耐烦地叹口气，有点恨铁不成钢。他讽刺："智商，没有智商破什么案？！"

李惠琳差点被他的话气笑："那就拜托智商高的给我们这些弱智的解释一下呗，苏老师！我们知道刘明利在澳门，不去抓却在这儿跟他们扯淡，这啥套路？"

苏见明："抓？那么容易？去办跨境手续等上面批？还有，你指望谁批钱？而且，去了之后呢？一家家酒店去找刘明利？"

李慧琳吼道："你都想明白了，那来这儿干什么？"

"我们来，不是为了从他们那儿得到什么信息。"苏见明见到李慧琳真急了，慢吞吞地说，"我们来，是为了输入一个指令，现在等系统反馈。"

苏见明往外看，街对面，远远的百丽集团大楼门口。

李惠琳看着孙鹤阳："听懂了吗？"

第三章 父子时间

孙鹤阳:"懂了。"

李惠琳:"我们坐车里干吗?"

孙鹤阳看向苏见明:"对啊,干吗?"

苏见明再看窗外。

David从百丽大厦出来,拿着一个皮质的手提包,四下张望,上了楼前车位里的一辆保时捷。

孙鹤阳开着车,李惠琳坐副驾驶,苏见明在后座。

他们前方数辆车之外,是David那辆保时捷。

李惠琳突然有一种想明白了的表情,转头朝后面的苏见明。

李惠琳:"我给你说我最烦你这种自以为是,什么事都不跟别人商量的劲儿。"

苏见明不说话。

孙鹤阳一边小心地跟着保时捷,一边困惑地转头看李惠琳。

李惠琳呵斥:"跟好了!"

孙鹤阳可怜兮兮的:"琳姐,解释一下呗。"

李惠琳:"打草惊蛇——他们看我们很有把握抓人,无论相不相信,都要去查证,又怕我们监听手机,所以必须派人过去通知安排刘明利行动的人。"

孙鹤阳恍然大悟:"所以,跟着他,就能找到刘明利的位置。"

熙熙攘攘的码头停车场,David的车停在一个车位。

他下了车,走入轮渡大厅。

苏见明远远地跟着,视线一刻也不敢离开。

David提着手提包,来到通道,打开一个公共密码储物柜，把手提包放进去，随即他走进大厅一角的咖啡馆……

苏见明三人在大厅一角观察着。

苏见明吩咐李惠琳："给局里打电话，以最快的速度，在附近派出所找个拘留的会开锁的盗窃犯来，不能损坏锁头，得能还原。"

李惠琳连忙掏手机。

远远看去，David一直在悠闲地喝咖啡，仿佛在等什么人。

轮渡大厅的拐角，三人分开在不同位置，不动声色地暗中观察。

一个瘦猴一般的犯人在一名便衣的陪同下过来。

苏见明用眼神示意二人别动，他溜溜达达走过去，几个人若无其事来到密码柜前。

犯人看看密码锁，点点头低声说："没问题，马上开。"

——专业有了用武之地，他脸上洋溢着幸福和自豪。

犯人犹豫一下，然后一脸诚恳地看着便衣和苏见明等人："领导，你们能转个身吗？我们是吃手艺饭的，不能外传。"

众人一时竟无言以对。

没时间啰唆，他们只好转身，假装悠闲旅客，用身子挡住犯人。

苏见明悄悄地看咖啡馆，远处，David喝咖啡的侧背，正在给谁打电话。

苏见明背后的犯人低声："领导，开了。"

便衣带着犯人离开。

密码柜的门看起来没变化，苏见明对二人示意，李惠琳和孙鹤阳溜溜达达走过来。

李慧琳把密码柜门一拉，开了，里边有一个手提包，苏见明拉出手提包，打开，愣住了。

手提包里面居然空空如也。

苏见明困惑的眼神。

李惠琳、孙鹤阳二人也愣了。

苏见明思考着，把手提包放回去，关上密码柜。

大厅一切正常，行人匆匆走着，咖啡馆里，David背身还在打电话。

苏见明恍然大悟，露出一丝冷笑。

苏见明："行啊，牛。"

李惠琳："怎么回事？"

苏见明："我们被反跟踪了。"

苏见明等三人走出轮渡大厅，苏见明视线游移地寻找着，甚至笑着挥挥手。

轮渡大厅旁边的洪宇大厦，有着漂亮的玻璃外墙，在它的十五层东南角的窗边，刘锋放下望远镜，微笑。

刘锋转身离开。

苏见明三人在人流中走。

李慧琳急切地追问着苏见明："到底怎么说？"

苏见明已经没心思耍帅，把自己脑子里想的说出来："David只是个幌子，黎志田只要看到我们跟踪David，就说明我们目前并没有抓住刘明利的能力。"

李惠琳和孙鹤阳明白过来，都有些沮丧。

苏见明思忖，突然停住："你们先回去，我还有点事。"

他不等回答，转身离去。

轮渡大厅的咖啡馆里，苏见明一屁股坐在David面前。

David看着他，并不惊讶。

二人都没有说话。

David站起来，准备离开。

苏见明："听着，黎志田这条船肯定会沉，你是新上船的，什么都不知道，我要是你，就会坐下来听听，给自己留条后路。"

David迟疑，不知该走还是留，最终，他还是往门口走去。

苏见明："看看这个。"

David回头，看到苏见明举着的手机，狐疑地回来看。

手机画面上，是David跟一个爆炸头的姑娘，在路边的车里接吻。

David脸色发白，只好重新坐下，说："你们这不合法。"

苏见明："专案组有权调取所有侦查需要的监控视频。"

David指指苏见明的手机："这也是侦查需要？"

苏见明："当然，我说是就是。"

David不语，垂下眼睛。

苏见明："准太子的位置不好坐吧，天天看公主和父皇的脸色，哪天能上位，能不能上位也不知道。或者上位那天，公司整个被查了也可能。"

苏见明晃晃自己的手机："这个事儿，一般人只是娱乐，你这麻烦可就大了。"

David沉默半响。

David："我什么都不知道，真的。"

苏见明点点头："我相信你。"

David感激地点头。

苏见明:"我只让你回答一个问题,你答了,我会记着你的好,船沉的那天,这个好会起作用,我有这个本事。"

David:"我知道你爸是局长。"

苏见明:"你跟刘明利熟吗?"

David:"还可以。"

苏见明:"有什么沟通细节?"

David:"没什么,真的。"

苏见明看着他,试图从他眼里判断是不是真话。

David:"真的没了。"

真话,他对自己说。

苏见明直勾勾地看着他的眼睛,又用起了他的武器:"听着,你今天回去,如实说,包括我现在和你的谈话。"

David一愣:"包括这个?"

他指指苏见明的手机。

苏见明点点头:"也包括,我威胁在监控你。当然,那里面只有你一个人。"

David皱眉思考。

苏见明:"然后,你划相册,我不小心让你看到了这个。"

David:"什么?"

苏见明在手机相册里划了一下,举起来给他看,那是一份文件。

David疑惑地念出:"……'5·20'专案组赴澳门侦办案件申请……什么意思?"

苏见明:"你不用管,你照实说就行,你这不是看到了吗?"

David看着他。

苏见明起身,最后直勾勾地看他一眼:"该怎么做,你自己看着办。"

他离开了,留下David一个人呆呆地坐在原位。

苏见明路过轮渡大厅问询处的时候,想起什么,从口袋里掏出一支签字笔,递给问询处漂亮的小姑娘,道:"刚才写字问你借的,忘了还给你。"

小姑娘甜甜地笑了。

## 6

澳门是个没有夜晚的城市。霓虹灯接替了落下的太阳,在濠江两岸闪烁着金色的光,向所有人昭示着澳门的奢华。

这是本地最奢华的夜总会。几根硕大的罗马柱之间,刘明利随着音乐的节拍,用力地摇动着身体,怀里还搂着一个金发女人,全身上下只有三点贴着金片。罗马柱后面,还藏着一圈衣着鲜艳又暴露的小姐,脚踩二十厘米高跟鞋,闪转腾挪,陪着刘明利放纵地跳着。美女们分工明确,有的灌酒,有的抚摸,还有的专门咬耳朵。

几十个顶级姿色的小姐,全部为刘明利一人服务。小姐们经过培训的笑容,和海报上的封面女郎如出一辙。

在没有窗户的地方纵情声色,让刘明利忘记了时间。他已经在这儿待了半个下午加一整个晚上。

两个保镖模样的黑衣人站在门口,面无表情地审视着场内的一切。

他们看到刘明利摇摇晃晃地走向洗手间,和美女在门口调笑了很久,这才关上门。

咔嗒一声，门上了锁。薄薄的厕所门挡不住劲歌热舞的轰鸣，但却让内外分隔成两个世界。而刘明利在洗手台上洗了把脸，看着镜子里的自己，眼神里没有一丝醉意。

他并没有真的喝醉，他一直都很清醒，清醒且恐惧。

刘明利仔细地看了看洗手间内部，确认没有摄像头，接着小心地打开洗手间的窗户。窗口狭小，但他还是艰难地钻了出来。锋利的窗沿割破了他的腿，他却浑然不觉，满脸都是逃出生天的喜悦。

他从二楼跳了下来，匆匆地往巷口跑。就在他快抵达自由的时候，两个黑影出现了。他们堵在巷口，正是那两个"保镖"。

刘明利全身的肌肉都没了力气。他扑通一下躺倒在地，从胸腔里挤出绝望的长叹。

他望着黑色的天："什么时候的机票？"

保镖："明天。"

百丽集团旗下产业众多，其中就包含金江最豪华的酒店。黎志田站在观光电梯里，看着黑暗中的金江如一条蛟龙，从自己的脚下游过。

刘锋和David站在黎志田的身后，神色紧张。刘锋试探地开口："刘明利那边——会不会有问题？"

黎志田瞪他一眼，语气冷漠："他跟了我15年。"

刘锋识趣地闭上嘴，退回黎志田身后的阴影中。

David轻轻地侧着身，态度谨慎而克制："黎总，总务部报告，龙翔广场发现了一具陈年尸骨。"

黎志田如万古冰山般几乎不变的表情终于松动，他转头看向David，眼神如刀，看得David心里一跳，连忙低下头去。但黎志田只是淡淡地问："怎么回事，谁发现的？"

David低着头，仿佛是自己犯了错："一个厨师偶然发现的。我怕公安用这个名义找麻烦——我想，咱们自己是不是调查一下——"

黎志田打断了他："你还嫌最近的事不够多？这种枝节上的事，该怎样就怎样，依法办理，咱们不用管。"

David还是有些迟疑："就怕那个苏见明——"

黎志田侧过身来，神情甚至让David觉得有一些和蔼："David，"他转头认真地看着自己的准女婿，拍拍他的肩膀，"做好你的事，掌握分寸，从小事做起。"

David抬起头，目光和自己这位准岳父对上了一瞬，接着慌忙点点头。

"叮"，电梯到达顶层套房区，刘锋伸出手，为黎志田挡住电梯门。黎志田缓缓走出电梯，却并不动作，一直等到身后电梯门关闭，才从口袋里掏出一摞金色门卡。大拇指和食指一搓，搓成一张牌的样子。他从里面随便挑了一张，接着刷卡，进门。

这是他多年的习惯——手下人永远不知道他今晚会住在哪一间房。

黎志田坐在套房宽阔的沙发上，房间的音响里正在自动播放着古典钢琴曲。他掏出手机，拨通电话。

黎莎接起来，此刻她正在洛杉矶一座海景公寓。阳台外阳光万里，远处零星可见几只海鸥。

黎志田的声音变得很温柔："莎莎，机票买了吗？"

"买了，航班号发给刘锋叔叔了。"

第三章 父子时间　113

黎志田想到David，犹疑了一下，但还是开口："你要知道，就算有孩子也没关系，可以不跟他结婚，咱家养得起。"

黎莎在电话那头也沉默了一秒："爸，David他行的，给他机会吧。"

黎志田思考着，电话那一头是海浪的声音："先这样吧。"

黎志田挂断了电话。

与此同时，刘明利已被"押解"到澳门的酒店。在他的房门口，依然是那两个保镖把持。这回，他的房间没有了美酒和美女，甚至没有窗户——这是为了防止他逃跑。刘明利躺在床上，觉得这个房间就像一口棺材。他的表情释然又悲凉——这个早就卖掉了自己人生的中年男人，不得不在明天回到金江，那个一度被称为"内陆小澳门"的金江。

等待他的，或许是一场最重要也是最后一次的赌博。

开盘的是黎志田，筹码则是刘明利剩余的人生。

# 第四章　摆渡车、女人和战争

## 1

公安局大楼对面，苏见明蹲小吃店门口的矮桌旁，吸溜吸溜地吃着面。麻团拿着抹布晃过来，一边擦桌子，一边晃荡着腰间的钱盒子。苏见明知道他是什么意思，故意偏过头去不看他。麻团见他不理自己，终于急了，他的语气痞气，但又有几分可爱："苏呆子，你今天还没有给小费。"

"好，好，等着。"苏见明见逃不过去，浑身掏钱，掏出一张二十面值的："找我十块。"

麻团大气地接过钞票："一点钱找啥子，连明天的一起了。"说着就要开溜，却没承想李惠琳从身后抓住了钱盒子，大大咧咧地在苏见明对面坐下。

李惠琳摇晃着钱盒子，听着里面的声响："你要攒钱买一辆电瓶车，是吧？家里不给你交学费，是吧？"

麻团没了刚才的痞气，呆呆地回答："是啊。"

李惠琳从口袋里拿出一百元，指着苏见明："你跟我说实话,要钱干什么?打游戏?吃好吃的?什么都行,只要是真话,这一百块就给你。"

麻团的眼神在她和苏见明之间转了几圈,有点瑟缩,又有点委屈:"我就是想买一辆电瓶车,不行吗?"

李惠琳又拿出一百块砸在桌子上。她陷入了情绪之中,几乎吼叫起来:"别说什么电瓶车,我不相信,说实话。"见麻团不作声,又抽出一百块,甩在桌子上。

苏见明实在忍不住了,一把扯过钱:"你有什么权力逼他?你们这些人,不管有钱没钱,不管是黎志田这样的大款,还是你这样的搬砖的,都他妈的聪明坏了!都想逼别人像你们一样过日子!告诉你,我们不乐意,我们他妈就想要一辆电瓶车!"

这些动感情的话,很不像苏见明。

麻团有点不知所措,他回头看看后面案台上的一对中年男女,用力地从李惠琳手中抽出盒子,撒腿溜到后面去了。

苏见明站起来,怒气冲冲地走出小吃店,留下李惠琳一人在原地坐着。

李惠琳的心里面憋着一口气。

她其实是一个私生女。

李惠琳的父亲,是从周边农村来到金江的。来金江之前,他已经有了一个女儿,和一个农村当地的老婆。

"只有一个女娃,要不得嘛,必须再生一个。"他是一定要生出儿子来的。但结果不遂人愿——他又生了一个女儿,就是李惠琳。

李父来金江的最初动机和大部分同村人不一样,他不是为了进城务工，而是为了逃避计划生育政策。对他来说，金江就像是一座丛林，是一个完全陌生、隐蔽的新世界。在这里，他可以摆脱掉那些计生委的人，摆脱掉所有了解他过往的熟人乡亲。

"这不是计划生育嘛。我们那边查得严，就到金江来了，这没得一个人认识我！"这是李惠琳上小学的时候，某天放学回家从她爸嘴里听到的。

李惠琳出生后，李父似乎也逐渐接受了命中无子的现实。自从有同乡找他合伙，他的兴趣就转移到生意经营上面。李父与合伙人找到渠道，专门低价回收金江的废弃轮船，再找人重新装修，改造成旅店、民宿，高价出租，只是一倒手，就有可观的利润。

逐渐地，金江码头边这些水上旅店吸引了大批游客，变身旅游打卡地，带火了本地文旅发展。而李父与合伙人则趁势扩大他们的规模，借力打力，后来还把生意做到了上海去。

李惠琳的父母一直没有领证，因为李惠琳她爹依然保持着和农村老婆的婚姻关系，他每年也会回老家看看母女俩，送点米面粮油。当然，他的原配老婆并不知道他在金江的旅店生意，更不知道他有了第二个家和第二个女儿。

李惠琳从小就被同学嘲笑、孤立甚至霸凌她。回了家，她还总要面对父亲的漠视。可她总是忍着泪水，不哭，更不叫。她暗暗下定决心——她一定要比男孩强，比他们更优秀。

有 次放学后，几个染着绿毛的女同学把李惠琳逼到女厕墙角。她们经常带头违反校规，领一群混混在学校活动。校方也没辙，她们家里有钱，是这所民办学校和所有老师们的衣食父母。所以，闹出事端后，老师总会担起"受害者"与"加害者"之间的外交桥梁,每一次都息事宁人,毫无例外。

女厕里,一个高年级的绿毛女早就看不惯李惠琳,要用烟头烫她。而李惠琳的回应很简单:"让我走,不然你们要后悔。"

为首那个绿毛女笑了:"听听,狂啊。"

"人不犯我我不犯人,后面半句你知道吧?"李惠琳瞪着她。

绿毛女被她看得脸上肌肉抽动,鼻环轻轻晃了晃,接着,烟头就雨点般地落到李惠琳的胳膊上、腿上。李惠琳当然不会坐以待毙,她一脚踹到对方的小腹,然后就只盯着这一个人死打,完全不顾其他人落在自己身上的拳脚。

这是她从香港动作片中自己研究出来的成果。

最终的结果是李惠琳赢了,她走出了厕所。而那群绿毛女,只能围着倒在厕所地砖上呻吟的头目,叽叽喳喳地谩骂。

从那时候起,再也没有人欺负李惠琳。

也是从那时候起,李惠琳决定长大后当一名警察。

李惠琳从麻团的小店追了出去,在局里的走廊跟上苏见明。她想说点什么,却被苏见明制止:"别吵吵,这是在局里。"

李惠琳缓和了语气:"你相信他是要买电瓶车,就像你相信刘明利一定会回来?"

苏见明看看她,停下脚步,想了想,郑重其事地说:"是。"

李惠琳犹豫再三,终于说道:"苏老师,我想跟你申请一下。"

苏见明有些不祥的预感:"干什么?"

"我跟综合处的张处打过招呼了,他说,我可以转岗到他那边去……"

苏见明惊讶地一怔,紧接着神色变得有些落寞:"你……想好了?"

看到李惠琳点头,苏见明接着问道:"什么时候?"

"你这边要是同意,明天就可以转。"李惠琳态度看起来很坚决,没有一点留恋。

"好吧。"苏见明没有挽留。虽然他心里觉得不是滋味,但他还是没有回头,只是径直朝前走去。李惠琳也有点失落。无论留不留下自己,她本以为苏见明好歹会说些话。

"你知不知道,"李惠琳看着苏见明的背影,终于开口:"咱们仨在局里头都成笑话了。"

闻言,苏见明停了下来,没有回头,只是举起一根手指:"刘明利,一定会回来的。"接着便大步向前,仿佛没有什么能阻止他。

苏见明和李惠琳一前一后地回到办公室。此刻,孙鹤阳正趴在电脑前打盹,面前摆满了外卖盒、饮料瓶,乱得像是三四天没离开过这张桌子了。二人也没管孙鹤阳,只是各自回到自己的座位上,开始发呆。

屋里静地能听到电脑风扇的嗡嗡声,配合着孙鹤阳轻微的鼾声,形成有规律的节拍。

突然,电脑发出一声尖锐的提示音。孙鹤阳被声音惊醒,他睁开眼睛,在电脑上敲了两下,投影仪便啪地亮起,投射出刺目的白光,正照在李惠琳脸上,她眯眼、皱着眉头怒视孙鹤阳:"小白脸,你找死是不是?"

第四章 摆渡车、女人和战争 *119*

孙鹤阳却没有跟她道歉的意思，满脸兴奋地伸出手叫道："姐，看！"

李惠琳回头看向身后的白墙。那是一张表格，中间一行被鲜艳的红色标记出来，她看着上面的文字，表情吃惊。而在那间小办公室里，苏见明把二郎腿翘到了办公桌上，脸上写满了理所当然。

那是刘明利的入境记录。

他现在正在飞往金江的飞机上。

苏见明来到郑刚办公室门前，轻轻在门上敲了三下，接着推开门。

他看到父亲正埋在一堆卷宗里。他进了门，却并没有把门关上，这是他入职第一天，郑刚告诉他的规矩：把门开着，是避嫌。因为他是当爹的，所以要做得更到位。因此，不管在局里，乃至其他任何工作场合，郑刚和苏见明都以职务相称。

郑刚抬头，看到苏见明走到自己面前。尽管他努力地装出一副严肃的样子，但郑刚了解自己这个儿子，他眼里闪烁着的，分明是喜悦的光。

苏见明面容整肃地立正："郑局，我们监控到，刘明利已经入境。"

郑刚点点头："知道了，晚上你跟着文辉，听他指挥，不可擅自行事。"

苏见明敬了个礼："明白。"

郑刚看着他终于变得像个警察了，心里还是有些欣慰的。但他还是保持着严厉的样子："文辉之前可能对你有点偏见，但他是老刑警了，你得把头低下，跟着他好好学。"

苏见明看着父亲，他知道父亲不会表扬自己，但他知道，自己做的这件事值得表扬。这就够了。

他点点头，走向门外。

金江国际机场位于城市腹地，一串警车闪着红白蓝的车灯飞驰而过。此刻，路灯已经亮起，但在浓雾中看不真切。警笛声由远及近劈开金江的夜，铺满小碎石的停车场似乎和城市刻意保持着距离。

文辉、苏见明、李惠琳、孙鹤阳等警察坐在车上。他们身着便衣，神情紧张。

文辉看着苏见明，胸有成竹："小苏，抓捕你没经验，等会儿听我安排。"

看到苏见明点了点头，文辉也就没再在意。他相信，要是苏见明干扰了抓捕行动，郑局第一个饶不了他。他转过头，开始向其他警察发放刘明利的照片，嘴中吩咐着："记住，不要进闸口抓人，别惊动他，让刘明利自己出关，我们看监控。不仅要抓刘明利，还要搞清谁来接应他。所有人，便衣埋伏在到达口，听我指令。"

苏见明把一个对讲机递给李惠琳："你去监控室，盯好摄像头。"

李惠琳点点头。

转岗的事，或许可以再缓缓。

她期待苏见明说出这句话。

但他没有。

## 2

David 在机场到达处张望着,他今天打扮隆重,戴上了金丝袖扣和一条金色的领带。与他一起的,还有黎志田、刘锋等人。他们伸着脖子,终于看到大着肚子的黎莎在人群中出现,她妆容艳丽,一副美国大妞儿的做派。

黎莎一眼就看到了他们。她拖着行李扑进 David 的怀里,开始旁若无人地亲吻。黎志田看着这两个年轻人,脸上浮现出一抹微笑。

从 David 怀里走开,黎志田上前两步,伸出双手,准备拥抱自己的女儿,却见黎莎面露不悦,还有些埋怨地叫道:"爸,刘叔叔。"

"怎么了?"黎志田看向 David。

David 面露讶色,脸上露出尴尬的笑:"这……"

黎莎从包里抽出个信封,拍在黎志田手上。那是一张收据,金额两万五千美元,落款是钱德勒音乐厅。她生气地问黎志田:"我那场演奏会,是你买的吧?收据都寄到我那儿了。"

黎志田一脸惊诧:"怎么会?"他看了一眼刘锋。刘锋连忙上前,从黎志田手中拆开信封。刘锋仔细阅读几秒,眉头突然舒展,调侃地对黎莎道:"你这可是错怪黎总了。"

黎莎闻言一愣,接着就听到刘锋的提问:"那个音乐厅包场演奏会是这点钱能搞定的?"

黎莎不解:"那这是——"

刘锋耐心地解释:"这是会员费,凡是在那儿演奏过的音乐家,以后买票有折扣,但要买会员资格。钱德勒音乐厅一向是会员制呀。"

黎莎听着刘锋的解释，面部慢慢转晴，最终终于笑了，他看着父亲重新张开的双臂，主动扑了进去："爸，对不起嘛。"

黎志田笑着拍了拍她的头："问清楚就行，下次可不准瞎怀疑。"一行人嬉笑两句，便拉着行李向外走去。

苏见明站在警员队伍里，看到黎志田一行人，不由得怔了怔，接着便脱离了队伍，朝着黎志田走了过去。文辉正在安排警员的行动，瞥见他离队，眉头不满地扬起，但也没说什么。倒是李惠琳在对讲机里不停地喊着苏见明，但苏见明却充耳不闻。

苏见明径直走到黎志田面前，打了个招呼："黎总，您也接人？"

黎志田今天心情很好，竟然还了苏见明一个微笑。他把拉着女儿的手向上抬了抬："接到了，再见，苏警官。"

说着，黎志田一行往外走去，留下苏见明站在那儿，疑惑地看着他们的背影。

在文辉的安排下，便衣们淹没在到达口的人流里。苏见明被安排在候机厅，他警惕地观察着，试图从庞杂的等候者中找出黎志田的手下。

苏见明走到了候机楼的玻璃幕墙边，他看着露台停车场。停车场旁的顶灯如同夜间的太阳，将停车场照得如白昼，黎志田一行人正走向一辆商务车。苏见明眯着眼打量着黎志田身边的人，确认没有刘明利的存在，但他总觉得哪里不对劲。

苏见明对着掌心的麦克风喊话："文支，确认刘明利所在的航班还没有到港吗？"

第四章　摆渡车、女人和战争　123

文辉语气惴惴:"确认过了,飞机刚刚停稳,还没出人呢。"

苏见明远远地看着黎志田一行,他终于发现了哪里不对:黎志田的准女婿David,并不在他们当中。

苏见明瞬间变色,迅速开始在大厅里寻找。他寻找了好几圈,终于在开放的二层平台上的玻璃栏杆边,发现了一个熟悉的身影。

苏见明想了想,然后大步走向楼梯。

## 3

机场的二层平台是开放式的,视野很好,可以居高临下地看到整个候机大厅,甚至可以看到出闸口里面行李大厅的状况。

苏见明径直走过去,熟人一样靠在栏杆上,看着对方:"等人呢?"

对方摘下墨镜,正是David。他并没有回答苏见明,只静静地盯着他,像是试图看出他要干什么。

苏见明见他不答,用威胁的语气放话:"如果我们等的是一个人,而你们又敢玩什么花招的话——我保证,我会以妨害执行公务的罪名把你们所有人带回警局。"

David笑了,他两手一摊:"我就在这儿站会儿,也妨害公务吗?"

苏见明摇摇头,他注意到David手中的手机一亮,通话还在继续。苏见明灵机一动,像哥们一样拉着David走向不远处的咖啡桌:"干等着多没意思,我请客喝杯咖啡。"David只是迟疑了一瞬，就已经被苏见明拉到咖啡桌旁，只能坐下。

苏见明朝着服务员伸出两根手指比画："两杯美式。"接着回头继续和David对视，二人都不作声。

过了一会儿，苏见明听到耳机里传来李惠琳的声音，语速很快："22号门开始出人了——目标出现！"

监控室内，李惠琳看着屏幕上刘明利的身影。他提着一个小号的随身拖箱，在人群中快步走着，神色慌张。苏见明轻抬眉头，他听见David耳朵上的蓝牙耳机也发出了细微的说话声。

李惠琳的声音再一次出现："目标已经通过入关口，正在前往达口方向，暂时没人跟他接触。"

文辉指挥着手下数人，缓缓包围住到达口。苏见明听见文辉语气轻松，甚至带着一丝慵懒："放松点，只有这一个出口，他没地方跑。"

服务员端上的咖啡打破了二人之间的僵局。苏见明主动拿起David那杯，却在中途一松，倒在David伸过来的手上。David一惊，手机掉在桌上。他赶紧查看自己的袖口，看到洁白的袖口边缘沾上了一片咖啡渍，不由皱了皱眉。

苏见明仔细观察他的表情，同时热情地赔礼道歉："对不起，对不起。"他一边说着，却又把剩下的半杯滚烫的咖啡倒在David手机上，最后还抖了抖，确认一滴不剩。他顺手拿起餐巾纸，擦着David的手机，顺手关了机。

"对不起啊，欠你个手机。"苏见明表现出一副懊恼的样子，他觉得，自己这一刻演技还行，像一个刑警。

David皱着眉，明显已经不悦。他一把拿过手机抓回去擦了擦，接着放进口袋。

第四章　摆渡车、女人和战争

苏见明看到他没有继续和人联系的意图，这才放松下来，端起自己那杯咖啡，轻啜一口，神态轻松："我知道你在等什么。"

David眼睛看着服务员手忙脚乱地收拾着咖啡桌，他痛苦而真诚地对苏见明说："我他妈都不知道我在等什么。"

苏见明一愣，David的话似乎是真的，他喝了口咖啡低声说道："你别给我玩儿花样。"

David拿起服务员补上的热美式，啜饮起来，轻轻地说："我有什么资格玩儿花样。"

他看起来不准备说话了。

而苏见明需要他说话。

苏见明想了想，说："给我个联系方式，哪天我给你赔个手机过去。"

David笑笑，像是听见了一个笑话："我不想和你再联系，手机联系也不行。你要曝光那视频你就做吧，总之，我不想再跟你有任何瓜葛。"他有些嫌弃地看着苏见明，从裤兜里掏出手机，朝着他晃了晃："再说了，苏警官，你一个月的工资，买得起这一个手机吗？"

David站起来，闭了嘴，离开，走时还抖了抖西装上并不存在的灰。

David比预想的厉害一些。苏见明想。

暂时不重要吧，现在的主角尚不是他。

想到这里，苏见明转头，远远地看着出站的旅客。

一拨拨旅客走出了通道，却迟迟不见刘明利的身影。

耳机里，文辉的声音变得有些焦躁："监控室，刘明利的位置呢？"

"五分钟前,进了行李大厅,现在没有他的位置。"李惠琳手上动作很快,不停地调整这监控的方向,试图找到刘明利的位置。

闻言,文辉的眉头紧紧地皱了起来,他感觉到事情有些变数了。

苏见明也意识到了问题,他快步冲向一楼。苏见明在人群中钻跑着,从出口往里,豹子一样冲进去。孙鹤阳看到苏见明的背影,立马跟上,从口袋里掏出工作证,给不明所以的安保人员解释。

苏见明冲进行李大厅,跑向那架航班的行李转盘,转盘上空荡荡的,只有一件行李孤零零地转着。

孙鹤阳火急火燎地跑来:"男女洗手间都检查了,没有人。"

苏见明眯起眼睛环视着行李大厅,对着掌中的麦克风问道:"有没有可能漏了?"

文辉语气坚定:"不可能,他肯定没有出来。"

就在苏见明正在搜索的时候,李惠琳也找了过来,喘着气,担忧地看着苏见明。

不可能漏掉,但也没有出来。

所以他一定还在眼前,就在眼皮底下。

苏见明开始扫视仓库一样的、哐当哐当地响着的行李大厅。

苏见明的目光最终回到转盘上的行李。黑洞洞的行李出口仿佛一头巨兽的嘴,在苏见明的视野中仿佛越来越大。他跳起来,灵巧地从那个行李出口钻了进去。他听到机械的隆隆声将他包裹,一咬牙,从履带框架上方猛地跳到下一层行李的履

第四章 摆渡车、女人和战争

带上，他摔在上面，满身乌黑的机油和灰尘。

苏见明跟跄地跳下履带，甩掉夹克外套，目光四下寻找着。在他眼前，是一群穿着统一、戴着头盔的中年工人，还有几辆运输吊车呆板地工作着，并发出一种沉闷的嘟嘟声，像是在发出警告。

苏见明伸手拉住一个工人："刚才有没人跳下来？"车间里声音嘈杂，装卸工疑惑地看着他。苏见明见他没听清，从怀里掏出警官证，又以最大声问了一遍。看到装卸工指了指身后的出口，苏见明飞奔而去，箭一般射向出口。

金江国际机场很大。宽阔的停机坪上，24小时都在忙碌着。每一次飞机的起落，都像是这座城市的一次呼吸。

苏见明正奔跑在停机坪上，他穿梭在飞机和往来的工作车辆间，惊险地避开所有阻碍物，压根没有放慢速度的意思——他看见前方不远处的一架飞机后，刘明利正一瘸一拐地奔跑。

苏见明边跑边喊："刘明利！"

冷风呼啸着穿过钢筋混凝土的缝隙，一刀一刀地把苏见明的声音割成碎片。刘明利脸色惨白，他回头看到苏见明，转身加快了脚步，拼命地跑了起来。二人就这样在停机坪上一前一后地追逐着。

就在刘明利从一辆运输车后跑出的当口，一辆空载的摆渡车飞快驶来，从侧面撞上了慌不择路的刘明利。他飞向半空，然后重重地摔在地上，发出沉闷的响声。所有附近的地勤人员都看向声音的源头，摆渡车急刹的声音依然在空荡荡的机场上空回荡。

唰唰唰地，像某种镰刀割下的声音。

刘明利在地上滚了几圈，接着静静地趴在地上，再也没了动作。

苏见明屏着呼吸走到刘明利身旁，眼神冰冷如刀，俯视着这个即将对自己职业生涯造成巨大影响的人物。他看到躺在地上的刘明利如同一个泄了气的玩偶，已然命悬一线。就在真相呼之欲出的关键时刻，一道名为"生死"的封锁线把他们隔开来。

苏见明对着掌心里的麦克风叹了口气："目标受伤。"

夜色中，救护车鸣叫着行驶在机场高速上，红蓝变幻的灯光后跟着一串警车。

警车内，苏见明翻着刘明利的手机，但最终只能无奈地抬起头："他把所有的通信录和微信都删了，什么也没有。"

红蓝相间的火蛇在加速。

## 4

金江市一医院，刘明利躺在病床上。他还在昏迷。而房间的玻璃门外，主治医生看着检查报告，对文辉说道："头部CT看了，中度脑震荡，部分水肿。"

苏见明从走廊的另一端赶来："医生，他什么时候能醒过来？"

医生透过玻璃看看里面的刘明利："现在给你回答的话——随时，也可能永远不会，要继续观察。"他和负责的护士交代完注意事项，便匆匆离去。苏见明在一旁坐下，翻看着刘明利的手机。

文辉走过去坐到了他的身旁,眼神上下打量:"看起来文文弱弱,没想到还挺能拼。"

苏见明抬起头。文辉的语气中充满着教导的意味:"抓到人,只是第一步,让他开口,才是最重要的。等他醒了,要看怎么审的……"

苏见明摇了摇头,打断了他的话:"文支,这个人,我来审。"

文辉没有立即答应。

苏见明强调:"我会让他开口。"

文辉还是没有回应。

苏见明在酝酿进一步的说辞。

还未说出口,文辉突然点头,同意了。原因是,一个老刑警的直觉,文辉有感觉,现在的苏见明开始像一个刑警了。同时,他也在计算给苏见明兜底的成本,如果他问不出,自己能及时补上吗?能,但他需要时间。

"两天。"

所以文辉点着头说:"给你审。但就两天,两天后我接手。"

苏见明:"两天他可能还没醒呢。"

文辉:"那就是你的命了。"

说完,文辉转身走了,去处理局里上上下下的问话和碰头会议。

苏见明留在医院,计算着接下来两天的安排。

肾上腺素开始下降,刚刚的身体对抗有了反应,令苏见明浑身发抖。他闭着眼,背弓起来,集中精力,保持计算。

计算,是苏见明的强项。

片刻，苏见明来到候诊大厅，找到了正在啃面包的孙鹤阳："去借录像设备，从明天开始，去全市的残疾人学校录像。"

孙鹤阳一脸问号："全市？那得多少人？为什么？"

"让刘明利开口。"苏见明语气笃定。

孙鹤阳不解地看看身旁的李惠琳："那惠琳姐呢？"

"她——"苏见明思考着，压根没看李惠琳，"她有她自己的安排。"

苏见明说完，转身要走，却被李惠琳叫住："等等，我啥安排？"

苏见明故意拖长语调，摆出一副恶心的犹疑样子，让李惠琳恨不得给他两拳："你不是——有别的安排——"

李惠琳站起来，仍然气势汹汹："那也等过了这两天再说。"

李惠琳走了两步，回头看着孙鹤阳："走啊，小白脸。"

孙鹤阳懵然："干吗去？"

李惠琳不耐烦地吼他："弄设备去！"

富丽堂皇的包间里，高悬的水晶吊灯在灿烂的光线下显得格外华贵，此时酒席过半，一众宾客其乐融融。在场地正中，伴随着优雅的音乐，黎莎和David在跳探戈。

黎莎身着婚纱，虽然大着肚子，但仍步伐流畅。David动作潇洒，在贴合的西装映衬下显得光彩照人。他宽阔的肩膀随着音乐律动起伏着，每一个动作和手势都像是对黎莎献上的殷勤。

在另一侧，四个服务员一人抱着一身婚纱，等着给黎莎

第四章　摆渡车、女人和战争　131

试衣。

舞毕,掌声响起。黎莎坐下来休息,接过David递来的羽衣甘蓝汁。

黎志田看着女儿,目光温柔:"喜欢哪一款?"

黎莎看着David,甜蜜地说:"我没意见,都挺好,David喜欢哪个就哪个。"

随着黎志田的目光转向David,David立刻低下头去,态度卑微:"还是看莎莎喜欢。"

听到他的话,黎莎板起脸:"你是一家之主,该你做主的,你就要做主。"她看到父亲的目光,黎莎摸着肚子,脸上的幸福溢于言表,语气里满是撒娇的意味:"爸,孩子生下来,你帮不帮我带啊?"

黎志田此刻像一个慈祥而普通的老人:"当然,你们什么都不用管,我来带。"

黎莎哼了一声:"您那么忙,哪有时间带外孙?"

黎志田笑了:"看你耍的这些小心思。"黎莎上前抱住黎志田的胳膊,黎志田摸摸她的头,转头看看David:"这不还有David工作上帮我吗?"

看着女儿露出了笑容,黎志田接着说:"好了,我们还要去谈点事,你早点休息吧。"

黎莎亲了一口父亲,又抱了抱David,接着转身离开。

随着黎莎的离开,黎志田脸上的微笑瞬间消失,他对David用了个眼神,接着便走出大门。在他身后,David、刘锋、唐大年等人紧紧跟随。一路上,黎志田都沉默着,David低着头,也一声不吭。

几人到了船上会所。进了门,刘锋站岗似的站在门边。

David看着落座的黎志田，刚想说些什么。"啪"，黎志田一巴掌把他喉咙里的话打了回去。

黑暗的船舷外，江水沉默着滚滚而下，映射出对面的霓虹灯光。

黎志田表情冷肃："这一巴掌是罚你办事不利，连人都没看到，就让他们抓走了。"David听着黎志田的话，完全没有为自己辩解的勇气，他垂着头，像一个挨了训的孩子。

厨房里的哑巴男人前来为他们上茶。茶杯放下后，哑巴男人就准备离开，黎志田却示意他站住，接着对David说："一直没给你介绍过，这个老憨儿是我的表哥，亲得很哦。"

David看着黎志田用力搂了搂表哥的肩，二人都笑呵呵的，但David总觉得表哥的表情有些奇怪。

黎志田面露回忆之色，像是在回忆美好的青春："小时候他家跑船，好有钱，每天都有肉，我们家穷，他个头也比我大，老是'照顾'我，抽嘴巴啊，钻裤裆啊。过年，我跑到他们家厨房，他就丢米粉肉的肉片给我吃，看我在地上爬着找。他丢一块肉，喊一句'狗杂种'，我都响亮地回答：'在！'你说好笑不好笑。"

表哥听着黎志田的话，跟着呵呵笑。

黎志田继续讲述："有一次我要解手，表哥带我去他们家茅坑，等我完事儿他还在外面等着，说有块肉给掉茅坑里去了，叫我捞起来。你猜怎么着？当然要捞啊，我用手捞，趴在地上。后来我把那片肉反复洗了好几遍，最后还是吃下去了，表哥那开心的，是吧？"

表哥还是笑着，只是脸上多了一丝羞赧。

黎志田突然严肃地问David："养过狗吗？"

第四章　摆渡车、女人和战争

David还没从黎志田讲述的震撼当中反应过来，本能地回答:"小时候爸妈养过。"

黎志田"哦"了一声:"那你肯定知道，一条狗，只要它尝过肉的滋味，就不会愿意只啃骨头了。"

David看着这个熟悉又陌生的男人。

"那个时候我还在捞棒棒。知不知道，做棒棒的人啊，听到声音就像蚊子找它的血源。隔了好远有人吆喝"棒棒"都要冲过去，说不定有业务啊。那天傍晚我听有人喊'棒棒'，我冲过去，那喊的人啊并不是叫我，你猜叫谁?"

看到David摇了摇头，黎志田开心地笑了:"一条狗从我原先待的地方跑过去，那人对着狗喊:'胖胖，你赶紧回来，那边脏啊!'"

黎志田指了指脚下这艘船:"后来我有了钱，买下了他们家的船，发动机拆了做成房子，让他给我做饭，还是一起吃米粉肉，就一个不同，他不能再叫我'狗杂种'啰。"

David回头看着表哥，那男人笑着朝David张开嘴。

嘴里的情况让David觉得恐怖，又觉得恶心——他的舌头被割去了一大半。David不由得倒退一步。

黎志田笑着拍拍表哥的肩膀:"坐，胖胖。"

表哥立刻顺从地坐下。

David只觉得脊背发凉，像有人用刀贴着他的脊梁。

黎志田没接话，只是轻轻摇头:"我其实不看好你，David，知道么? 本来我只是想让你在美国照顾莎莎。只是——莎莎选了你小子，我认。"

黎志田的语速逐渐放慢。"我对你，只有一个要求，"他一字一顿地说，"忠诚。"

LOYALTY，也印在David的保温杯里。

David听出了黎志田语气里的寒冷，冷漠得像是在讨论一条狗的生死："如果出问题，没有第二次机会。明白吗？"

David郑重地点点头："明白。"

黎志田指了指茶壶嘴。

David心领神会，仪式化地冲泡了一杯茶，恭敬地端给黎志田。黎志田接过茶喝了一口，指指自己左手的位置："从今天开始，David，你坐在这儿。"他对着David说话，眼睛却看向站在一旁的唐大年和刘锋。

David在黎志田身边坐下。黎志田指了指江对面那些大楼。

黎志田看着David："明确告诉你，三十年的原始积累，里面什么都有，你要学，认真学，你现在学得太慢。"

终于，黎志田露出这次谈话中最重要的话题，不是责备，而是警戒和鞭策。

David点点头，他给黎志田续上茶水。

## 5

苏见明的两天时限过去了两个半小时，时间来到清晨3点。

苏见明依旧在与刘明利的主治医生讨论，如何确保刘明利快点醒来。

如何拿到黎志田的把柄。

同一时间，顶层豪华套间里，黎志田还没睡。他的目光望着高高的天花板，想起自己刚来金江时住的那间群租房，那间房子很小,需要他猫着身子才能通过。房里的老鼠、蟑螂肆无忌惮,所有的食物都必须用塑料袋包住,挂在空中,以防止被啃咬。远远看过去,仿佛是一个塑料袋构成的森林帝国。

那时,需要自己点柴生火烧热水。十天八天能洗一次澡已经算是很讲卫生了。女儿黎莎刚出国的时候跟他说,美国人一天洗两次,甚至更多,早上醒来就洗。

而现在,黎志田的套房里,露台上有一个奢侈的私人泳池,由专人打理。早晨醒来,他要在泳池里游几个来回,作为开启一天的热身仪式。在这里,随时可以俯瞰金江,俯瞰那些挤在蜂窝车厢里的上班族。

黎志田靠在床头,拿起一根烟衔在嘴里。他从床头柜找到火机,机身雕龙画凤,做工精细,是个别致的小古玩。他擦动滑轮,火舌噌地蹿起。

他没有点烟,而是抬起左手,慢慢靠近火苗。

手掌发烫、疼痛。好像生理上的疼痛感可以减轻他的心理疼痛。

20多年来,一种火烧皮肉的揪心感总是挥之不去。回到那个记忆中的世界,他的妻子已经去世。那个晚上,等他冲进家的时候,已经来不及了。

他清晰地记得,一股又一股的热浪喷到自己的脸上。他费力地睁开眼,却只能看到一片浓烟。浓烟夹杂着颗粒,这让呼吸道有一种被灼烧的痛感。他弯下腰,爬到一扇他花重金打造的榆木门前。

高红就躺在他的脚下,躺在屋子的正中间。她穿着一件已经燃烧起来的蚕丝睡衣,一动不动。但黎志田没有时间难过,他必须尽快找到他们的女儿。

他记得自己撞开卫生间的门冲了进去——高红把女儿藏在洗衣篮，埋在浸湿的衣物里面。那时，黎莎只有九个月大，高红在她的小嘴上贴了两个创可贴，防止她发出声音，以此躲过对方的追杀。但要是黎志田动作慢了点，黎莎可能就会窒息而死。

找到黎莎后，火舌嚣张地冲破黑胡桃木门，涌到走廊上来。黎志田把黎莎紧紧地裹在怀中，冲出火墙。就在那一刻，他的身后传来一声巨大的爆炸……他的家，在火光中消失，在他身后化为灰烬。

事后，黎志田惩罚了几个不得力的手下，解决了一些蠢蠢欲动的对手。但他冥冥中总觉得，真正的凶手他还没找到。

到底是谁背叛了他？他还没找到答案，但二十多年来，他没有对黎莎透露过只言片语。

黎莎只知道，母亲生她的时候由于难产而死，她没有多问。作为黎志田的女儿，她很早就明白，她知道得越少才会越幸福。

她曾一度抗拒怀孕，但有了David的孩子后，她似乎又对这件事充满期待。

黎莎永远不会也不能知道真相。黎志田这样想，不管付出什么代价，他都要保证黎莎是一个快乐的、无忧无虑的人。

## 6

第二天上午9点，刘明利醒来了。时间很快，医生也无法解释。

可能是苏见明的命数在起作用。

守了一夜的苏见明第一时间给郑刚致电。郑刚平静地"嗯"了一声,然后提示苏见明,刘明利已然成了侦破"5·20"爆炸案的关键人物。

"不仅是'5·20'案,还有很多。"苏见明补充。

郑刚又平静地"嗯"了一声。

接着,郑刚亲自部署,局里从刑侦支队抽调了两个特警出身的警察,24小时轮流值守在刘明利的病房门口。

苏见明去厕所洗了把脸,再次来到门口,朝值守的警员点点头,推门进入病房。房间里,刘明利浑身到处裹着纱布,只露出了眼睛和嘴。看到苏见明来到窗前,刘明利闭上眼睛,像是把背好的台词大声念出来:"干脆点,'5·20'爆炸案是我做的,送我去看守所吧。"

苏见明摇摇头:"我要知道的是,谁指使你做的?"

不仅是"5·20"案,还有很多。

刘明利语气坚定:"我自己做的,没人指使。"

苏见明一针见血地点名了刘明利目前的困境:"你被人威胁了。"

刘明利睁开眼,瞥了他一眼,又闭上眼,语气冷淡:"别浪费时间,是我自己做的。"

苏见明点点头,他打了个响指,身后的门开了,孙鹤阳和李惠琳推着一台液晶电视进来又离开,还带上了门。

刘明利睁开眼,看着液晶电视,露出眼神疑惑又不屑。苏见明解释:"你删掉了手机上所有的资料,只有一处,你忽略了——网站的浏览记录。"

刘明利最初有些紧绷,但听到苏见明揭晓的谜底,又松了一口气,他轻轻地晃了晃脑袋:"那又怎么样?"

苏见明拿出一叠文件翻看:"三个事实:第一,你和你老婆关系疏远,她认为你外面有女人,只是你藏得很好。第二,你的浏览记录显示,你一直在看有关唐氏综合征的网站。因此,第三,我加急检测了你的基因,发现你的基因中,在21号染色体长臂区有唐氏综合征的基因片段。"

刘明利看着他,眼神不再坦然。

苏见明合上文件:"这三个事实说明了一件事——你有一个私生女,患有唐氏综合征。而且,是的,是你带给她这种病的,不是她的母亲。"

刘明利垂下眼睑,语气没了刚才的淡然:"为什么确定是女儿?"

苏见明举起刘明利的手机,手机的桌面是一只小手举着公主的布娃娃。刘明利瞥了一眼,又迅速垂下眼睑,仿佛毫不在意。但苏见明看到,他的眼皮在微微地颤抖着。他决定乘胜追击:"'5·20'爆炸案,你能扛下来,说明你已经不在乎自己的结局,那只有一种可能,有人拿这个私生女威胁你。"

话毕,隐藏式耳机里传出李惠琳的声音:"对了!心跳一百。"

此时此刻,李惠琳和孙鹤阳正在一墙之隔的房间,看着刘明利的实时心电图。

孙鹤阳捏了捏拳,为苏老师小小的胜利庆祝了一下。

苏见明表情郑重地继续推进:"不知道你了解不了解,唐氏综合征的孩子,智力受到抑制,但感情发展是正常的,换句话说,他们和你我拥有一样的情感。我们录了本市残障儿童学校一些画面,可以从他们的表情中看到真实的情感表现。你想看吗?"

第四章 摆渡车、女人和战争　139

刘明利不语。

李惠琳的语气更加兴奋："又赌对了，心跳有变化，他想看。"

苏见明打开电视，开始播放录像。画面上是本市市区的残障儿童学校里所有唐氏综合征孩子的图片和视频，孩子们在屏幕上开心地笑着，仿佛永远不会有什么事让他们感到困扰。

刘明利一开始还想逃避，但还是难以自抑地看向屏幕上的画面。

李惠琳盯着心电图，指挥着苏见明："八号有心跳反映，重复八号。不对，接着放其他的——等等，重复十一号。"

心电图仪器上的起伏开始变大，李惠琳终于激动而笃定地宣告："十一号！就是她！"

病房里，刘明利目不转睛地看着电视上那个七岁的女孩，眼眶开始变得湿润。

画面里的女孩眉眼间距很宽，一双杏仁眼很漂亮，但眼神有些迟滞。她正在用明显慢于常人的速度做着广播体操，脸上还时不时露出开心的笑。视频结束了，女孩的动作定格在那里。苏见明看了看手中的材料，接着真诚地看向刘明利："刘晓晓，七岁。"

刘明利没有说话。他看着苏见明，眼中情绪复杂。

刘晓晓出生后两个月，她的母亲就跑了，至今没有音信。这些年，刘明利始终独自照顾女儿，为了给女儿治病，辗转各城市间。直到这次事件，他第一次把女儿带回了老家，交给了乡下的老婆。

纸醉金迷的澳门之行，是刘明利要赌一把，赌自己能为女儿准备好未来的路。

苏见明坚定地看着刘明利:"我们会保护她。你是相信公安机关和政府给她的保护和照顾,还是相信黎志田的承诺?"

只要刘明利点头,苏见明承诺给刘晓晓安排更好的辅导机构,并把她们母女安排到安全的、隐蔽的地方,绝不会被黎志田的人碰到。

刘明利呆呆地看着窗外,西边,太阳将落的方向,也是女儿晓晓的方向。

经过漫长的沉默,最终,刘明利认命一般地说道:"明天下午2点,叫上检察院,我给你口供,我会告诉你们幕后指使是谁,时间、地点、人物……全部。"

苏见明笑了笑:"谢谢。"他准备离开,但走到门口的时候,刘明利叫住了他,语气里充满了不确定和期盼:"你说,他们和我们有一样的感情……是真的吗?"

苏见明回头:"是的,他们知道谁爱他们,也知道谁不喜欢他们。"

刘明利点点头,闭上了眼睛,好像卸下了半辈子的负担。

市局会议室里,郑刚、刘波、文辉等人在听苏见明的汇报。面前的录音机正播放着苏见明的"战果",那是刘明利缴械的声音:"明天下午2点,叫上检察院,我给你口供,我会告诉你们幕后指使是谁,时间、地点、人物……全部。"

文辉打量着苏见明,猜不透这小子如何撬开了刘明利的嘴。他对这个公子哥有点刮目相看了。郑刚沉思片刻,然后和刘波对视一眼,轻轻颔首表明了自己的态度。

刘波郑重地点点头,接着宣布了会议结论:"通知检察院。"

第四章 摆渡车、女人和战争

# 7

江畔，晚风习习。今夜的金江似乎比以往更柔软和动人，但也许只有心情好的人才会这样觉得，比如郑刚。他穿着连帽衫，正沿着江边夜跑，嘴角微扬。

刘明利即将供出的证词，不仅标志着苏见明的凯旋，也同样标志着郑刚的胜利。

他从江边上了正街，从一个面馆的正门进去，穿过厅堂，又从后门出来，进入后巷。

穿过一片树林，郑刚来到山脚下的一个住宅小区。小区上方，一条新修的轻轨线路盘旋而过。白蛇似的轻轨车厢蜿蜒前行着，载着轰隆隆的响声。

他小心地左右观察，确认附近没有可疑的人，他走了进去。

这是老城区的一栋居民楼，建造时间距离现在有些年头了，不过最近刚开展过"美丽家园"工程，面子上维护得还不错。每次只要轻轨开过去，隔壁邻居的哈巴狗就会叫不停，像农村里的狗追着汽车跑，只不过哈巴狗根本望不到架在高空的轻轨。

晓薇的住所在顶楼，郑刚很熟悉。郑刚刚准备敲门，门就已经露出一条娇羞的细缝。

两双眼睛透过门缝彼此确认。郑刚有些诧异："你怎么知道我来了？"

晓薇得意地说："脚步声，我熟。"

郑刚快速闪进门内，顺便给门上了锁。晓薇则伸手一把抱住了他，用脸颊轻轻蹭着他的胸膛，郑刚温柔地抚摸着她的头发，像在抚摸一只猫。晓薇抬起头，委屈地仰视他："你知道你多久没来了吗？"

郑刚愣了一下："多久？我一有空就来看你了。"

晓薇拿出玄关边的一本台历，努着嘴，语气娇嗔："你自己看看嘛。"

郑刚很认真地数了数上面画的叉。21天。自从"5·20"爆炸案以来，他神经紧绷，没想到已经过去三周。郑刚没在这件事上再做纠缠，他一把抱起晓薇，走进卧室。

这是一个老式单元房，两室。一间堆满旧家具和破烂，另一间住着晓薇。这里就是她所有情感和个人意识的物理承载。房间朝北，只有十几平方米，对一个单身女孩来说足够了。房间里，顶天立地的大衣柜，占满了一整面墙。衣柜门上镶了个大穿衣镜，这么一来就把十几平方米从视觉上放大到了二十几平方米。房间里最让晓薇满意的是那扇窗，大到几乎占据一半墙。窗像个画框，装着变化莫测的天，这是梦的窗口，让人想入非非。

窗户下摆着一方90年代的木桌，桌面上压着一块四四方方的大玻璃。玻璃下，晓薇压进去好几张自己的照片，在角落里，还有两张特殊的照片，分别是晓薇和母亲、和姨妈的合影。奇怪的是，晓薇长得像她的姨妈，像到让人产生分辨困难。

有时候，郑刚会在这方玻璃桌前停留。他会看会儿天，再看会儿玻璃下面压着的照片。晓薇曾经以为他是在看自己。那天，她凑过去，有些臭美地问："你喜欢哪张？"出乎她意料的是，郑刚指了指她和姨妈的合影。照片里，姨妈和她在一个

第四章　摆渡车、女人和战争　143

市区公园里，午后的阳光在她们身上织起一件金纱。

晓薇从回忆中走出，她被扔到床上。窗外，星星点点的夜幕像一张温柔的网。她的视线回到郑刚身上，他明明已经五十多岁，却像个三十出头的年轻人，各个方面都是。

完事后，郑刚把用过的避孕套打了个结，扔进马桶，按下冲水键，看着它被冲进下水道。郑刚回到床上，靠在枕头上，长出一口气。

晓薇侧身抱着他，余光看到台灯下郑刚的那部手机，自己送的硅胶壳不见了。

她知道，手机放在这儿，是有意让她看见，也在无言地警示她不要越界。

晓薇盯着手机，又往郑刚怀里钻了钻。

她心里隐隐叹息，但也觉得踏实。

这样的人，总不会如她父亲那样情绪无常，生活随着彩票开奖那样大起大落。

郑刚环视屋内，五斗柜上的镜子花了，但仍然在暗夜中映射出他和身边这个年轻女孩，他感觉有些恍惚，好像这是现实以外的另一个时空。他从镜子里看着晓薇那张年轻动人的面庞。她的长发披散在胸前，像极了油画里的场面。

郑刚捋着她的发梢："你还是把头发放下来比较好看。"

晓薇打开了郑刚的手："单位同事会说闲话。"

"这有什么可说的？"

"狐狸精喽，单位里搞不清状况，觉得我的背景似有似无，总有人要试探试探。"晓薇嘟了嘟嘴。郑刚"哦"了一声，点点头，疲惫地闭上眼。

晓薇靠在他的胸口上。她也闭上了眼睛，用手轻轻地抚摸着郑刚的腹部，依旧很平坦，只是有两处"疙瘩"，那是多年前某次枪战遗留的痕迹。算起来，那时候晓薇刚刚出生。当时郑刚在云南参与一起缉毒行动，一枚毒贩自制的子弹在郑刚体内留下了碎片残骸。

晓薇想象着当年枪战中的郑刚，又抬起头看看眼前这个安静躺着的男人："你说，是不是无论什么时候，无论什么地方，都是这样人要搞人的？"

郑刚睁开眼睛，他叹了口气："是的，一直是这样。"

"那还能睡得好吗？"

"我几十年都没怎么睡好了，"郑刚笑了笑，"可能只有某些人死了，另一些人才能睡踏实。"他看向窗外，窗外是黑魆魆的远山和零星的灯火。

晓薇从郑刚的语气中听出了不祥的气息，她不由得抱紧了郑刚："你会一直保护我，对吗？"郑刚"嗯"了一声，低头吻了一下晓薇的额头，晓薇知道，这是幽会结束的信号。

郑刚如晓薇预料般起身，穿上衣服。晓薇侧躺着，神情慵懒："要走了？"

郑刚点点头，对着镜子里的她点点头，微笑着戏谑：

"嗯，该去打仗了。"

什么仗，晓薇不知道。

她猜，可能又是搞走哪一个银行副行长之类吧。

夜已深了，江上雾起，远方的霓虹灯在雾里暧昧地闪烁着，看不真切。浓雾下的江畔已经没了行人，只剩下树，和沉默着的、黑黢黢的砂岩土。

郑刚在地上抓了一把，放在鼻子边捻着。这样的气味让他回想起多年前，自己还是科员的时候，这里还是连成片的农

第四章 摆渡车、女人和战争　145

田。那时，每逢清早，太阳刚刚升起，总有野狗伴着鸡鸣狂吠，露出獠牙，此起彼伏地围着江边寻猎。

而如今，再也看不到野狗了。平日里的江边，来溜达的都是牵着狗绳的宠物犬。

郑刚站在高耸的大桥匝道边俯瞰，从这个地方，正好可以看到黎志田的私人船上会所。他拿出手机，拨出电话。

此刻，黎志田正在酒店楼顶泳池旁躺着，他神色悠闲，看着远处城市的灯火。电话响起，他看了看来电人，笑了。

他接起电话，声音爽朗："郑局，难得啊。"

郑刚什么话也没说，只是把录音机打开，贴在话筒上。

黎志田听着手机内传出刘明利录音的声音："明天下午2点，叫上检察院，我给你口供，我会告诉你们幕后指使是谁，时间、地点、人物……全部。"

黎志田听着录音，笑容渐渐收敛。他听到郑刚的语气里带着不容置疑的命令："20分钟，在你的会所。"

20分钟后，黎志田已经坐在了会所里的竹椅上。他拿着鱼竿，看着平静的江水。他身旁的小桌上，放着两个杯子，一杯里是热气腾腾的茶，另一个杯里，只有茶叶，没加热水。

听到身后开门的声音，黎志田的眉毛微动。他轻轻地攥了攥手里的鱼竿。

来人是郑刚。他对这里的情况很熟悉，像个主人一般径自走来，坐在黎志田对面。

哑巴夫妇听见有人来，连忙出来迎接。见到郑刚，他们笑容满面，手上比画着，嘴里呵呵地发着难以辨认的声音。

郑刚和蔼地拍拍男人的肩，感慨道："是好久没来了，你也老咯。"

寒暄过后,男人给郑刚的茶杯里倒上热水,黎志田一副家常姿态:"老郑,吃点什么吗?"

看到郑刚摇头,黎志田挥了挥手,让哑巴夫妇下去。

二人就这样对着夜里的金江坐着,都不说话。黎志田神色悠闲,手里还握着那根钓竿。

还是黎志田先打破了沉默:"'5·20'爆炸案,跟我没关系。"

郑刚点点头,道:"我知道。"

黎志田:"那是谁?"

郑刚:"是我。"

黎志田不语,一片安静。

郑刚筹谋很久,从公交车,到刘明利,再到此刻的夜话。

是他做的。

——终于,战火正式打响。

# 第五章　谈判

## 1

索道旁,今晚照例是郑刚和苏见明的"父子时间"。

苏见明心里想着,要与郑刚讨论,自己撬开刘明利口风的办案思路。他在索道售票处买好两张票,摩拳擦掌。可半个小时过去了,郑刚还是没有出现。

这是父亲第一次爽约。

行人渐少的江边,入夜潮湿起来。苏见明犹豫着,但他没有打郑刚的电话。

广播声响起,预示着最后一班索道即将出发。苏见明迟疑了一下,还是踏进了轿厢。他坐下,回忆着和父亲在这里的一次次对谈。但是现在,情势不一样了。曾经的他,是连自己都不太瞧得起自己的"二世祖""公子哥",每天在局里按部就班地混着日子;可如今,他已经掌控住了"5·20"案的关键人物刘明利,一切即将按他的预期推进。

然而,空荡荡的轿厢里,没人能和他分享他的方案。

苏见明有些怅然。

这半生，从未有人和苏见明分享他的人生方案。

别急。

明天下午，很快了。

苏见明回到家时，何秀丽已经睡了。他不愿打扰母亲休息，就坐在客厅，数着钟表发出的机械的声音。他看到茶几上摆着一本科普杂志，于是随手拿起。他发现有一页折了个角，于是打开身旁的落地灯阅读起来。

这是一篇介绍扁头泥蜂的文章。

扁头泥蜂可能是世界上最阴毒的捕食者之一，它们喜欢活捉蟑螂来喂食幼虫。

首先，扁头泥蜂妈妈会在蟑螂的背部产卵，然后用毒针麻痹它，使其前腿瘫痪。接着，它会将蟑螂的触角折断，吸食其中的血液。饱餐后，它会再用毒针刺入蟑螂头部，注入一种神经毒素，使蟑螂暂时恢复行动能力。

而诡异的是，蟑螂虽然暂时恢复了行动能力，却不能自主活动，只能配合扁头泥蜂的所有行动。扁头泥蜂将会拽着蟑螂拖进自己的巢穴。在这个过程中，蟑螂的配合度极高，如同被催眠一样。

最后，扁头泥蜂会在蟑螂腹部产下它的最后一枚卵，然后离开洞穴。不久，扁头泥蜂的幼虫便孵化出来，开始慢慢啃食蟑螂的内脏，直至将其吃光。

整个过程中，蟑螂依旧是活的，但毫无反抗能力。

看完科普文章，苏见明有点鸡皮疙瘩。他放下杂志，想起郑刚以前提起黎志田的时候，也用过蟑螂这个比喻。

苏见明打了个寒战，知道自己再睡不着了。

他关了灯,拿起钥匙。

今晚他不想在家里睡了,他要去找一个人。

江边,郑刚和黎志田的谈判刚刚开始。

郑刚点点头,大方承认:"是我做的。"

黎志田早有预料,他叹道:"苦肉计?"

郑刚不置可否:"刘明利是你的人,所有人都会相信是你干的。"

黎志田手里的鱼竿抖了抖:"怎么做的?老刘,我了解,给钱是没用的。"

"是人,就有弱点。这你应该也清楚。"郑刚品了一口茶。

黎志田口吻里只是好奇,他控制着语气中的担忧,仿佛此事与自己无关:"光凭他的口供,就能把案子坐实?"

郑刚笑笑:"你们有通话记录,有资金往来,有股权关系……明天,等他的口供和证据一出来,市局可以立刻逮捕你。"

许久,黎志田道:"你想要什么?"

郑刚:"你走。"

黎志田一惊:"走?"

郑刚:"离开,去国外。我给你说了几次了,你该走了。你不听,我只能出此下策。"

黎志田看着他的背影思考。

郑刚:"现在,已经不是求发展了,到了收的时候了。上面已经开始审查我了,我在找人想办法,但肯定不会简单过关,你我必须得有一个人……"

黎志田:"我明白,背事儿。"

郑刚转过头看着黎志田。

黎志田眯起眼睛:"我要是不走呢?"

郑刚转回头:"爆炸案,就是给你准备的。"

黎志田点点头:"也能在上面给你洗白,对你的那些举报,好像都是敌人对你的打击报复。"

郑刚不语。

黎志田看着他,沉思片刻,下定了决心。

黎志田:"老郑,我给你句踏实话儿,要走你走,我黎志田不会逃,跑到一个我他妈连名字都不会叫的岛上晒太阳。还有,我女儿也回来了,我死也会死在这儿,你有什么招儿,你尽管来。"

说着黎志田起身准备离开,也准备接招。

郑刚:"等等。"

黎志田停下。

郑刚:"还没说完。"

黎志田又坐了下来。

郑刚:"不想走,还有一个办法。"

黎志田干脆地说:"你说。"

郑刚停顿片刻,道:"年初的时候,我介绍你和一个叫高进的人谈生意,你脾气大得啊,把人给轰出来了。"

黎志田沉默良久。他看着眼前的夜景,叹了口气,收起钓竿,语气诚恳:"老郑,咱们这么多年了,这金江是你我的,何必内斗呢?"

郑刚不语。

黎志田脸上露出少有的真诚,不知是不是表演:"老郑,钱外有钱,官上还有官,没个头的。我都腻了,你还不腻?"

第五章 谈判 151

郑刚依旧不语,只是拿起手边的渔竿,将钓线扔进黑不见底的江水。

黎志田看着郑刚:"说吧,多少都行。那个高进,不行。"

郑刚摇摇头:"老黎,你还不了解我?我做到这个位置,从不是为了钱。上面已经在查我了,高进的生意,你要做。"

黎志田似笑非笑:"我也不傻。我出52个亿,向高进担任董事长的中创汇泰买下60%的股份,然后再和他的影子公司合股,等于再送还给他。一来一去,他轻轻松松就把中创汇泰这个近千亿的国资公司装进了自己的腰包。"

黎志田:"你并不亏,高进会让你在其他地方挣到钱。"

黎志田有些激动:"我不是心疼这几十个亿,重要的是,中创汇泰是国有资产,以后我随时可能因为不当交易被查,被证监会查,被检察院查!谁不清楚,需要的时候我是'白手套',不需要的时候,连条狗都不是。"

郑刚没有任何表情:"没办法,上面选了我,我只能选你……"

黎志田:"他上面的人,能帮你过关?"

郑刚点点头。

黎志田打断了他:"然后上面就满意了,年底人代会,你就可以更上一层楼。而我呢,随时会被抓、掉脑袋。然后这金江,就是你一个人的了。"

郑刚苦笑着放下手中的鱼竿:"你以为我想要的是升官?我只是想保住命!我这把年纪,要么更进一步,要么必须退下来。如果这件事做不好,我年底就要退二线,然后明年初,我就会被调查——我会比你更早被踩死。"

黎志田从胸腔里挤出一声长长的叹息,这声叹息苍老又疲惫，仿佛来自不可知的幽远之地。他端起茶，喝了口，才发现茶已经凉了。

郑刚的身子往黎志田的方向倾了倾，语气诚恳："老黎，你不想，我也不想，真的。可这事儿必须做。这不是钱的问题，而是生死之局。所以，你觉得，我会不会罢休？"

黎志田深深地看着郑刚。两人眼中饱含相似的沧桑和疲惫，像两头苍老而无力的雄狮。

"这么多年了，局里头那些要调查你的请示审批，都被否了。不是因为我，你也不会有今天。"郑刚收回目光，望向远方幽深的黑暗，"你就当是还债吧。"

黎志田眉目低垂，露出了从未在他脸上出现过的、一副极度悲哀的神情。他轻声回应："所以，我们这么多年的交情——只是养了一个随时能被牺牲掉的白手套？"

郑刚摇了摇头："停下，就会被牺牲。商场、官场都一样，不进则退。"

黎志田没说话，和郑刚一样，望向天边。

"洗一洗上岸？我也想，做梦。"郑刚笑了，但表情惨然，"你我都只能接着往前开，后面永远有车嘀你、超你——你只能铆足了劲儿，一条道儿走到黑。"

黎志田沉默了。他们坐在船边，一齐望着远方的黑暗的天空。他们都知道，那里什么都没有，但也有着不可名状的、庞大的、强大的某种东西。那东西俯视着他们，偶尔伸出触手一拨，他们就只能像两个棋子一样按着他们的想法移动。要是那东西稍微多用点力，他们就要东倒西歪，甚至被它从棋盘上扫落，落到泥土里、尘埃里，最终破碎，叫人践踏而过。

黎志田最终还是点了点头："你赢了。"

郑刚点点头,表情严肃地交代:"明天下午2点之前。签完合同,刘明利就什么也不会说。"

黎志田默契回应:"我知道。"

郑刚:"他在附近,你见一见。"

郑刚拨出电话,振铃两声后挂断。随后,远处的甲板上传来了闲庭信步的脚步声。一个身影从暗处出现。

郑刚站起来:"介绍一下,这位是中创汇泰的董事长,高进。"

高进走过来。他面容沉静,泛青的胡茬儿从人中一直延伸到喉结。虽然他年龄比二人小了不少,气场却压住了二人。郑刚伸手请他在自己的位置坐下,态度恭敬。

黎志田脸上悲哀的表情已经消失了,他站起身,微笑地向高进伸出右手。

可能因为光线暗,高进好像没看到黎志田的手,他兀自稳稳坐下,脸上倒带着温和的笑意。

高进语气很平易近人,他慢慢地说:"郑局给我介绍过黎总,有实力、人脉广,屁股擦得也干净,聪明人。"

"哪里。"黎志田看着他,面带微笑。

高进一锤定音:"明天中午12点,在威斯汀签约,合同已经准备好了。"

黎志田:"好,明天见。"

高进满意地笑了一下,他挑了挑眉:"不错。以后,实业少做,咱们多合作。"

高进离开了。

二人看着他的背影,各自心里盘算着未来。

这一夜,黎志田失眠了。

临近清晨时,他将拨出一个陌生号码,那边接通,却没有声音。

黎志田告诉对方,执行第二个方案。

同样无眠的,还有另外两个人。

就在郑刚会见黎志田的时候,苏见明去见了李惠琳。

苏见明左绕右绕。他穿过金江下游附近一条狭窄的街道,来到江边。这里停着一艘改造成旅馆的轮船。他跟着已经等候在门口的李惠琳,走过摇摇晃晃的浮桥,来到船上。走廊的地上散落着瓜子皮和烟蒂,走廊里传来混合在一起的复杂的来自于生活的气味。

走廊两边的舱房里住满了人,透过舱门缝隙,可以看到各式各样的人,打牌的、喝酒的……他们的叫嚷声从门缝里挤出来,并最终汇合成嘈杂的声流,震动着整个轮船。

李惠琳带着苏见明来到自己的房间。一进门,苏见明就感觉眼前一亮——房间不大,但五脏俱全。被褥叠得像豆腐块,四四方方贴在床头,这是李惠琳特警时期的生活习惯。不大的台面上没有一丝灰尘,与江上旅店的其他地方有天壤之别。能看出来,李惠琳把自己的生活打理得井井有条。

打量完了房间,苏见明坐到了舷窗旁,好奇地望向窗外的江岸渔火。他拨了拨窗户上悬挂的风铃:"住这儿有个性。"苏见明有些好奇地四处看。

苏见明:"房子装修,在这儿过渡一下。"

苏见明看到桌上相框的照片,正要拿起来看,被李惠琳一把扣在桌上。

李惠琳:"别乱动。"

苏见明想说什么，似乎又不知怎么开口。

李惠琳看着他："你半夜跑过来，不会是怀旧加抒情吧？"

苏见明迟疑地说："我睡不着，有些话想说说……"

李惠琳："哦？这倒新鲜——以前你从来没这样过呀。"

苏见明自嘲地吐了口气，往外走："算了，没事儿，我走了……"

李惠琳："站住！"

苏见明停下。

李惠琳走过去，拉着他走到床边。

李惠琳："躺下。"

苏见明："不！"

李惠琳瞪眼："躺下！"一把推倒他。

李惠琳自己也并排躺上床。

苏见明局促："你要干什么？"

李惠琳："放心，不办你。"

随即，李惠琳和缓了声音："闭眼，放松……"

苏见明终于闭上眼，慢慢放松下来。

李惠琳："说吧。"

苏见明眯着眼："我觉得不对。"

李惠琳开始不耐烦了："说人话！"

苏见明转头看着她："我问你，你以前当特警的时候，有没有在大雾天气下执行过射击任务？"

她觉得莫名其妙，但还是想了想，接着回答："两回。"

李惠琳点上一根江城香烟，这是金江本地烟，十二块钱一盒，备受本地群众喜爱。

她递给苏见明一根儿，苏见明摆了摆手，认真地说："那你应该能明白我现在的感受。"

李惠琳把手里的烟插回烟盒,补充道:"但那两回,我都没敢开枪。"

苏见明:"对啊,就是这感觉。"

李惠琳笑了笑:"不过,我的队友开枪了。而且事实证明,他是对的。"

苏见明:"我还是觉得不对。"

李惠琳:"谁跟谁不对?"

苏见明:"这个案子的起点动机不对,'5·20'爆炸案如果是为了炸死我们家领导,这中间的偶然性也太大了。一般情况下,他不会亲自去接触爆炸物。"

李惠琳不说话。

苏见明:"接着,抓捕刘明利又太顺利了,好像是给我们送到嘴边似的。"

李慧琳道:"顺利?你勇闯行李区的事迹都被传开了,顺利?"

苏见明摇摇头:"是顺利。而且,刘明利这么戏剧化地交代,甚至精确到几点……"

李惠琳侧头看他。

苏见明越说越快:"这一切背后好像都有某种关联,更像是一场表演!"

李惠琳打断他:"行了,别说了。"

苏见明一愣。

李惠琳:"有些盒子,压根就别打开,打开了,谁都装不回去。"

苏见明坐起来:"那真相呢?"

李惠琳:"这水可就深了,你要想好了。"

苏见明有所触动,扭头看李惠琳。

李惠琳也定定地看他。

苏见明的目光,痛苦而纠结……

李惠琳看着他,忍不住伸手,想摸他脸颊。

他身体一颤。

李惠琳的手停住,垂下来。

苏见明站起来,走到桌前,翻开扣倒的相框。

李惠琳跳起来阻止,已经来不及了。

相框上,是他们俩在办公室的一张照片。

苏见明看着照片:"我们的事儿,我爸妈他们不同意,其实不是主要原因,也不是你的问题。"

李惠琳看着他。

苏见明琢磨着措辞:"我这个人,好像很难跟别人走得太近,朋友也好,谈恋爱也好。"

李惠琳:"你这是病,得治。"

苏见明:"我已经很努力了。"

李惠琳:"唧唧歪歪,把你办了,病就好了。"

苏见明苦笑,往外走。

李惠琳看着他的背影。

苏见明轻轻地关好了门。

## 2

第二天清晨,苏见明刚到局里,就接到了郑刚的电话,叫他来自己办公室一趟。他上了楼,敲门走进郑刚的办公室,刻意留着打开的门,却听见郑刚叫他关上门。

郑刚伸手示意让苏见明坐在自己对面。他罕见地在局里提起私事:

"昨晚局里开会,没去索道。"郑刚说。

"嗯。"苏见明说。

"你去了。"

"去了。看你没来,知道你有事,也没等多久。"

两人看着彼此,都觉得对方有些奇怪,这场父子对话,好像有点太走心了。于是双方都默契地停顿,等待其中一方继续推进话题。苏见明坐在郑刚的沙发上,顺着郑刚的视野,看向了窗外。这是他第一次坐在局长办公室里看窗外的风景,想了想,苏见明找到了话题。

"今天雾很重啊。"苏见明说。

郑刚打断了他,拉回话题:"刘明利那边,你有几成把握?"

"刘明利那边我倒是不担心,只是……"苏见明有些迟疑,他不知道该不该说。

"哦?关键时候了,别有变数。"

苏见明想了想,最终决定说了:"只是……我担心'5·20'爆炸案是个幌子,恐怕另有隐情。"他说这话时直视着郑刚,呼吸也变得需要控制。郑刚也看着他。

苏见明继续:"这背后的隐情……"后面的话,苏见明没说出口。他想说,这背后的隐情,恐怕不是自己能承担的,所以自己昨晚失眠了,准确地说,最近经常失眠。他感觉自己就像掉进一个黑洞里面,完全不知道等待着他的是什么。

郑刚眼神带着鼓励,他摇了摇头:"很正常,我年轻的时候第一次办案,也有你这种感觉。更何况你遇到的更麻烦。"

"是吗?"

郑刚点点头:"你的表现已经比我当时强了。"

苏见明心中的忐忑变成微微的动容。

这是少有的、来自父亲的肯定。

但面上,苏见明只是"哦"了一声,平静地从椅子上站了起来,换上了一副公事公办的样子,严肃开口:"郑局,叫我来,就是鼓励鼓励我?"

郑刚笑了:"你以为呢?"

苏见明也笑了,摇摇头,最终也没有把对李惠琳说的那些怀疑说给郑刚。听见门外响起刘波的敲门和报告声,他看了眼父亲,点点头,接着转身离开了。

金江市第一医院的大楼坐落在山坡上,这是这座城市的特色。最近,在附近的居民中流言四起,有说医院里住着大官的,也有说医院在解剖外星人的……街坊间谣言的论据,是因为这几天医院停车场里总是停着警车。

单人病房内,床上躺着的刘明利已经拆了一部分的纱布,露出脸。走廊上,看守他的两个警察坐在门口的凳子上,正看着报纸。

与此同时,威斯汀酒店的会议厅里,大群记者早已架好了长枪短炮,等待着一个重要消息的宣布。

David站在场内,冷静地指挥着工作人员摆放着装饰。

电梯里,黎志田表情木然,刘锋和唐大年照例站在他的身后。三人穿着几乎一样的黑色正装,表情也都同样肃穆。他们下了电梯,走进宽阔的走廊。

郑刚正在酒店的另一个套间内等候，他透过窗子，看着下面忙碌进出的工作人员，表情无悲无喜。门开了，程斌进来报告："黎志田他们到了。"他打开桌上放着的电脑，屏幕上出现了监控摄像头的画面：黎志田等人进入行政套房，和等候的高进握手寒暄。

郑刚从怀里掏出老花镜戴上。他看着屏幕，在心里松了口气，过了今天这一关，事情大约就会重回他的掌控。

套间里，黎志田和高进相对而坐，唐大年坐在黎志田的下手侧，表情严肃。黎志田伸出手，请高进喝茶："恭喜高总啊，年轻有为。"

"以后还得和黎董事长多多讨教。"高进说。

套间里屋，两方的工作人员正在整理着材料。高进看看腕表，又看看那些工作人员："差不多了吧？楼下记者还等着发稿。"

黎志田也看向刘锋那边。刘锋闻言回头，正与黎志田的目光相撞。他和黎志田在半秒内交换完了眼神，接着对着高进点了点头："很快，我们把这几个数据核实就OK。"

## 3

约定的下午2点，马上就到了。

时过正午，江上的雾正在散去了。太阳眼神毒辣地盯着这座城，它的目光跨越万里，穿过山尖和玻璃，直射在刘明利的床上、脸上，为他苍白的脸上添了些色彩。

刘明利眯着眼，看着床前摆开架势正准备询问自己的苏见明三人，以及检察院的检察官赵国强和他的助手。看到苏见

第五章 谈判　161

明点点头,助手打开录音笔,放在刘明利的床头。

重头戏开始。

赵国强浑厚的男中音响起:"6月12日下午两点整,地点金江市一医院住院部45号病床,我是市检察院赵国强,根据市公安局提供的线索,对嫌疑人刘明利进行谈话录音。"

苏见明看着刘明利:"刘明利,我需要你陈述'5·20'爆炸案的情况,以及其他你自身,或受他人指使进行的涉及司法不公、行贿、刑事犯罪方面的活动内容。"

刘明利看着他们摆出的架势,丝毫不为所动:"两点钟到了吗?"

苏见明指了指墙上的钟,指针刚好变成两点零一分。

刘明利笑了,像是成年人识破了小孩的伎俩:"苏警官,你是聪明的——早上,你们说为了安全,给我换了个房间。墙上看似无意地挂个钟,时间和这些医疗器械上的时间也一致。"刘明利环顾屋内,脸上露出惋惜的表情,"可是你们忘了一点,护士给我换药的时候,我看到了她的表——墙上这钟,整整快了30分钟。"

李惠琳无奈地看着苏见明。

从侧脸来看,他的脸色并不好看。

刘明利收起笑容:"我说过,两点钟,北京时间。"他闭上眼睛,手指敲击着病床上的白被单,犹如计时的鼓点。

苏见明提高了音量:"为什么一定要两点?"

刘明利一副浑不在意的样子,在床上翻了个身,背对众人:"我有强迫症。"

苏见明看着他,思考了几秒,突然站起来,拍拍赵国强的肩膀:"我们走,不听了。"就在所有人都还是一头雾水时,苏见明看着刘明利的背影，语气发冷："刘明利，要么现在就开始，要么，你就永远别说了。"

众人会意，对视一眼，向外走去。房门打开的声音响起，刘明利睁开眼："闲着也是闲着，先给你们点前菜。"

苏见明停下脚步，回头看着他。

刘明利坐起身来，语气神秘："龙翔广场五层，墙体夹缝里是不是挖出了东西？"

苏见明一凛，他当时本能地认为这两个案件有联系，但苦于没有证据。现在，他终于知道，自己没有错。看到他的反应，刘明利笑了："墙体夹缝里有尸体，只能是盖楼的时候砌进去的。"

苏见明坐回刘明利床前："所以呢？"

刘明利看了看苏见明，继续循循善诱地说："龙翔广场原来是百丽集团的产业，由百丽集团旗下的地产公司建造，五年前卖给了龙翔。"

苏见明点点头，他渴望知道更硬核的信息。可刘明利没有继续往下说，他突然垂下头，语气消极："这可能是一个很好的抓手。如果今天之后，我有什么意外，希望你们想起这一点。"

"那具尸体是谁？跟黎志田什么关系？"苏见明在两点前就想要挖出点内容。

刘明利再次躺下，闭上双眼："我不知道，我真的不知道。所以这不算硬菜，只是前菜。"

苏见明攥紧了拳头。

苏见明脑海中，觉得事态不对劲的声音越发响亮了。

到底是哪里不对劲？

第五章 谈判　163

同一时间，郑刚正通过显示器，看着里面即将臣服的黎志田。

## 4

二十八年前，这是一个下午。

阴雨绘就的青石板毛茸茸，一直通向山顶。山脚的桥下，这家15平方米左右的王嫂面馆，有着金江最好吃的红油小面。"红油凶得很，辣死不负责"，10个笔锋凌厉的大字拓在一块招牌上，骄傲地宣告着自家饭菜的彪悍。

年轻的郑刚吃完最后一口面，放下筷子，从怀里摸出一块纸巾，擦了擦嘴，又叠好放回。

面馆外的雨声渐大，郑刚掏出一包红梅，倒了倒，却发现空了。他懊恼地低骂一声，把盒子揉掉。

这个点，店里没什么人。只有在靠窗的位置，坐着一个正在吃面的年轻人。他穿一件旧绿色的确良短衫，似乎是淘汰的军装夏服，衣服虽然旧，但洗得很干净。身边竖着一根已经被用得光滑的木棒，约有一人高。郑刚知道，这是棒棒专用的兵器。

郑刚走上前搭讪："兄弟，有烟吗？来一根。"

棒棒嚼着面抬起头。他面颊消瘦，脸上似乎蒙着一层青灰色的纱，但眼神却并不如常见的棒棒那般黯淡，反而闪烁着机警的光。他叫黎志田，是个刚来金江讨生活不久的棒棒。

黎志田看着他，慢吞吞地从口袋拿出一包瘪皱的江城："你给钱不？"

郑刚一愣，觉得这个人挺有意思："给嘛，一根好多钱？"

黎志田想了想："一根不好整，你给五角钱，拿三根走。"

郑刚笑了："你钩子好黑——一包朝天门才2块3角，欺负那些不会算的，我就要一根，好多钱？"

黎志田也笑了，他抽出一根烟扔过来："不要钱，我请了。"黎志田低下头继续吃面。郑刚在他身后坐下，点起烟。

雨还在淅淅沥沥地下，砸在青石板上，发出清脆的响声。郑刚深吸一口烟，眼神无聊地观察着黎志田：他的头发蓬乱，无意识地抖着腿，上衣扣得很紧。

看着看着郑刚微微变了脸色。

他拖着凳子，坐到黎志田身旁："兄弟，有啥子过不去的，非得冒险呢？"

黎志田脸色一变，随即低下头扒着面，口齿不清："你在说什么，不明白。"

郑刚看着他："你衣服下面，右边腰里，是把刀。"

黎志田下意识地抓紧了衣襟。

"你不停地瞄山上下来的路，心里紧张，腿一直在晃。"黎志田立马稳住腿。

"棒棒吃饭一般不来这儿，嫌这儿贵。而且现在是下午3点钟，不是棒棒经常吃饭的时间……全都不对，所以，你在等山上下来的一个人，打算捅了他。"

黎志田垂下眼睛。再抬眼时，他的眼里出现了激动的光和一种逼人的戾气。

"他们太欺负人咯，我们五个一天赚那么一点钱，要被他们抽走一半。"黎志田愤愤地说，手从裤兜里摸出一张钞票举起来，"等我缓过来才发现，他狗日的给了我张假币。我们跑了一天一身的汗，不光没挣钱还赔了真钱！我去找他理论，他

第五章 谈判 *165*

们还打人。"黎志田的左袖口露出一块青肿:"我弟弟也给他们打伤了,现在还躺在床上动不得!"

郑刚看着他的伤,有些同情,但他依旧理性地帮助黎志田分析:"捅了他以后呢,你怎么打算?"

黎志田不语,胸口因愤怒而不断起伏着。看着他的样子,郑刚只能苦笑着拍拍他的肩膀:"兄弟,你运气不好,今天是办不成这件事了,我不能看着你捅人。"

黎志田的手一直放在腰间,警惕地看着郑刚。看着他的眼神,郑刚耐心地解释:"我是警察,刚分到这个片区,今天是第一天。"

黎志田的警惕似乎一瞬间没有了用武之地,他懊丧地垂下头去,似乎在抱怨着运气不好。郑刚伸出手,黎志田犹豫了一下,才不情不愿地从腰里拿出一把尖刀,郑刚收起来,态度温和:"不要搞事情,要不要得?"黎志田眼神木然,他点点头。

窗外,雨已快停了。

一个模样痞气的男人从山上下来。黎志田眼睛死死咬住那人,仿佛想用目光杀死他。郑刚也看到了痞子,转头看到黎志田的表情,瞬间恍然:"是他?我会跟他谈谈,他以后应该不得再欺负你们。"

但郑刚起身要走过去,痞子身旁的树后就跳出一个年轻人。他头发蓬乱,手里还拿着一把尖刀。

郑刚意识到,他拿的刀和自己手里这一把一模一样。

痞子也看到了年轻人,但还没回过神,腰上就已经被扎了一刀。随着痞子慢慢软倒,年轻人撒腿朝山上跑去。

跑走的年轻人,正是唐大年。后来,唐大年因此蹲了8个月的监狱。

郑刚看着倒在地上的痞子,半天才回过味儿来。他冷笑着看向黎志田:"好你个龟儿子,耍老子?"

黎志田脸上再没有那种木然的表情,取而代之的是一种从容。

他说:"我没有耍你,干啥子事,总要有个备手。"

黎志田静静地看着郑刚,他丝毫不惧。

谁又能想到,当年那个穿着布鞋、头发蓬乱的棒棒,成了如今的金江首富呢?

郑刚坐在真皮沙发上,思绪飘得很远。

每次回想起这段往事,他都会有一些新的感受。

黎志田棒棒出身,也许棒棒这个只在这座城市出现的特殊群体,正隐喻着这座城市的某些运行规则——人们凭力气吃饭,江湖规矩靠拳头制定。

郑刚把思绪拽回当下。他面前的桌上放着一台电脑和一只电子时钟。时钟上的巨大数字规律地跳跃着,已经是1点49分了。

郑刚紧紧盯着电脑屏幕。郑刚吩咐程斌:"推到黎志田脸上。"程斌得令,迅速操作。监视画面一点点向黎志田脸上推进。

郑刚不由自主地靠近了电脑屏幕。屏幕上,黎志田的脸上没有那晚的郁结,而是一种似笑非笑的从容。这一幕对郑刚来说似曾相识,记忆中的那张脸,迅速与屏幕上的这张脸重合,郑刚恍然发现,这么多年过去了,黎志田一点都没有变。

他依旧喜欢做两手准备。

郑刚站起来,甩下老花镜,迅速拨出电话。电话的那一头是文辉:"郑局?"

郑刚语速很快:"以最快的速度调动特警部队,全副武装,前往市一医院。"

文辉习惯于服从,他没有问为什么,在自己的办公室立正回答:"是!"

郑刚挂断了电话,拨出另一个号码。

市一医院的病房里,苏见明的手机响起,他看了看来电人,有些疑惑地接起。

郑刚语速依旧极快:"离开病房,现在,立刻!"

"离开?我们已经……"苏见明不明所以。

郑刚喝道:"到一楼大厅去!观察形势,等文辉,快!"

放下电话,郑刚觉得自己的两腿有些发软。他几乎是瘫倒在沙发上。

他懊恼地闭上眼。自己还是少算了一步,不该笃定自己能掌握全局。也许是这么多年以来,优渥的生活过惯了,他已经没了最初的那份警惕。

偏偏是个最关键的时刻。

度过了最初的懊恼,郑刚的脑子里一片空白,他想起自己看到过的一句话:"君子慎始,差若毫厘,谬以千里。"

挂了电话,文辉迅速调动特警紧急集合,他看了看表,此时是1点50分。他迅速跑下楼,登上防暴车,前往市一医院。

他不知道将要发生什么。他只知道,郑刚这么紧张,情况很少见。

与此同时,市一医院的病房内,苏见明跟赵国强交代两句,便带着李惠琳和孙鹤阳出门下楼,还在思考郑刚到底什么意思。

保险起见,苏见明叫孙鹤阳再去安全屋,确认刘明利妻儿的安全。

刘明利躺在病床上。他隐约听到了郑刚给苏见明的电话内容,他闭上眼,在面前这片黑暗的虚空中,他似乎隐约看到了自己的未来。

黑暗中,他想起一只举着玩偶的小手。

刘明利睁开眼,用恳求的语气对赵国强说:"能让我打个电话吗?"

## 5

威斯汀行政套房内,郑刚靠在沙发上,面色依旧难看,他只能等待。

电脑屏幕上,两份合同摆在桌上,高进和黎志田坐在长桌两侧,准备签字。

郑刚深深地看着黎志田,仿佛认识他很久,又好像第一次与他见面。

看到黎志田缓慢地拿起笔,郑刚吩咐程斌:"放大,看他签字的位置。"

画面上,镜头逐渐放到最大,郑刚已经可以清楚地看到文件上的字。

现场,高进面带微笑,静静地看着黎志田落笔。

黎志田迅速写完,最终优雅地抬起笔,像是完成了一个伟大的作品。

他并没有写自己的名字。郑刚看得很清楚:黎志田画了一个拳头,只是在拳头的正中,巨大的中指伸了出来,仿佛正在疯狂地生长。

高进接过合同,低头瞟了一眼,笑容瞬间僵在了脸上。他冷冷地看向黎志田。

黎志田姿态优雅地靠在椅背上。他看了看表,接着轻轻闭上眼,双手微张,仿佛虔诚的信徒,在迎接神圣的降临。

郑刚啪地合上电脑,长叹一口气。

同样是1点49分。

市一医院的安全通道后门口站着一群汉子。他们衣着破烂,如流浪汉般守在安全通道厚重的铁门口。他们或站或蹲,为首的甚至干脆躺在柏油路上,正午的阳光被高耸的楼宇切割成片,从高空飘落,落在为首那个汉子的脸上。他眯着眼,不断调整着脸的方向,太阳就在他的视野里明灭闪烁着。他偏过头,看了看手表,时间正好跳到1点50分的位置。他爬起来,摸了摸乌青的下巴,语气硬邦邦:"干活喽。"

汉子们笑起来了。坐在门口的那个挤开身旁的人,后退两步,从怀里掏出一把手斧在手中掂量着。这把手斧显然被保养得很好,木质的手柄被细密地卷了一层蓝色的麻布,麻布上有着或深或浅的、连成片的黑色痕迹;斧刃很亮,闪烁着寒冷的光,显然是被精心打磨过。汉子把手斧高高举起,一个箭步向前劈下,安全通道上颇有年代感的铁锁就被瞬间劈碎,落在地上,发出沉闷的响。

汉子们沉默地进入通道,又沉默地向楼上走去。他们没有姓名,或者可以说,他们拥有太多姓名。几乎是每换一个地方,他们就要换上一个新的名字。记住这些名字对他们需要做的工作来说是一种负担，于是他们逐渐习惯了保持沉默。

泥煤块一样的汉子们上了楼，他们脚上的劳保鞋沾着泥土、粪便和牲畜的血，他们走过，留下一个个黑色的脚印，像是某种疾病逐渐蔓延。他们走到了刘明利所在的楼层，安全通道的门一打开，另一帮熙熙攘攘的人已经在走廊里了，等着他们会合。

安排的另一群人，群体要大得多，约200人，此刻还在不断到来。老、中、青都有，造型是讨薪农民工，打着横幅：无良商人刘明利还我血汗钱。两群会合后，立刻鼓噪起来，沿着走廊向前移动。

然而，病房里的人们还不知道汉子们和短斧的存在。

病床上，刘明利拿着赵国强的手机，对面是他的女儿刘晓晓，正处在苏见明安排的、位置保密的安全屋里。刘晓晓口齿不太清楚，还有些结巴："爸爸，你……在……在哪里？什么时候……回来啊？"

刘明利露出一个悲哀的笑，他语气轻柔，努力地安抚着女儿的情绪："晓晓，你在学校要乖……爸爸还要忙一阵，忙完就回来。"

刘晓晓很努力地组织着语言："爸爸，想……你。"

刘晓晓哭了。刘明利连忙哼起儿歌，试图安抚女儿。但他哼到一半，也控制不住地抽泣起来。他用很大的力气捂住手机。他不想让女儿听到自己也在哭。

赵国强很同情刘明利，他也是一个父亲。他刚想说些什么，却突然听到一阵杂乱而急促的脚步声。他听出来走廊上人数众多，不由得提起警惕。

病床上，刘明利却没听到越来越大的嘈杂声似的，用力

第五章　谈判　　171

压抑着自己的情绪,气促地说:"晓晓,叫爸爸,再叫一声,好不……"

"砰",门被粗暴地踹开,露出汉子们残忍的笑。刘明利一哆嗦,手机摔在了地上。

汉子们走了进来,静静地看着刘明利,眼神很锋利,像是看着猎物的毒蛇。

赵国强看看这些不速之客,又转头看向刘明利。刘明利看着汉子们,疲惫地笑了,似乎终于松了一口气。

"来了。"刘明利认命般地叹了口气,接着对赵国强解释道,"他们是武庆人,都是些牲口。"

赵国强和武庆人们的目光碰到一起。

赵国强当过兵。他知道这些人眼里那种摄人心魄的光是什么。

这种光,还有种通常的叫法:杀气。

无须号令,武庆人默契地举起手斧,在狭小的过道上吼叫着发起冲锋。

赵国强手无寸铁,只能拎起手提包勉强地保护要害部位。他的助手被武庆人撞开,横飞出去,倒在角落。

武庆人迅速把刘明利按上轮椅,推着他向外冲去。

赵国强雪白的衬衣已经被血染成红色,他顾不上查看助手的伤势,奋力爬到手机旁,拨号求救。

## 6

苏见明和李惠琳下到医院大厅。这个时间,来看病和看护的人不多,大都去吃饭了。

苏见明还是不知道父亲为什么让自己离开房间,他踱着步,再次环视大厅。他看到在大厅的一角,隐蔽地蹲着一个中年汉子。他目光凶悍,谨慎地瞟着苏见明,与此同时,他把手机贴在耳朵上。

苏见明的目光扫过时,正好和他对上了眼。二人视线交锋一个回合,苏见明感觉到一股戾气扑面而来。他看到中年汉子对手机说了句什么,接着放下。苏见明心中疑惑更甚,他朝男人走去,但突然,警铃大作,他停下脚步。

李惠琳警觉地四下张望,却没有发现任何异样。

苏见明很快反应过来:"楼上。"

二人向电梯冲去。

武庆人正推着刘明利在走廊上走着。

他们一边吼叫着,一边放肆地挥舞着手斧。

走廊的两边正巧是电梯和厕所,苏见明两人和那两个警察在走廊两端同时走出。看到走廊上混乱的场面,他们不约而同地呆住,脸色变得苍白。

武庆人不疾不徐地向电梯走来。

闻讯而来的保安队长气喘吁吁地从楼梯出来,他举着防暴叉棍吆喝,试图和这帮野蛮人谈判:"你们不要乱来!"

武庆人置若罔闻,继续前进。

见他们不理自己,保安队长举着防暴叉棍冲向对方。

苏见明看到一道寒光闪过,然后是骨头碎裂的声音。紧接着,是喷射而出的血,洒满了整个走廊,猩红的花朵布满了四面八方。

保安队长直挺挺地倒下。苏见明这才看清,他的脸几乎要被斧头劈成两半。

第五章 谈判

保安队长身后的旁边的几个保安原本打算跟着队长冲上去，可看到这个画面，他们两腿发软，向楼梯跑去。

两个武庆人弯下腰，在队长的尸体上连砍了七八斧，毫无必要的补刀，仿佛就是为了心理满足。

为首的武庆人用手斧把手上的麻布擦了擦手上的血，上面的黑色痕迹更深了。他举起手斧，野兽一般低吼道："不怕死就来嘛！"

苏见明感觉到自己的双手颤抖。

他看向轮椅上的刘明利。那张脸已经变得毫无生气，他甚至对苏见明笑了笑。

气氛像是一张拉满的弓。

苏见明抄起手边的灭火器，大喊着提醒那两个警员："枪！"

苏见明和李惠琳从技术部门出来，没有配枪，只有那两个负责保卫的警员带着，以防不测。

可是在对面，警员刚从腰间掏出枪，还没来得及打开保险，就看到一柄手斧向他劈来。他试图闪躲，但还是被砍到了手腕。血光顿起，他的手腕几乎被齐根砍断，只剩下露在外面的肌腱还连接着。枪和血线一齐飞出，在空中画出一个张扬的圆弧，警员惨叫着休克过去。

另一个警察还没来得及摸到腰间，就被冲来的武庆人一横斧抢到墙上。他的腹部被开了一个巨大的、可怖的伤口，内脏顺着伤口流出。他伸出手去捂，却被一斧彻底砍断了手。那只手飞出，又在地上滚了两圈，滚到了刘明利的轮椅下。

苏见明被一脚踹中，后脑重重地撞在墙壁上。武庆人脸上又露出了那种残忍的笑，他高高地举起手斧，准备劈碎苏见明的脑袋。

武庆人的斧头在苏见明惊恐的眼神中落下。他闭上眼，等待黑暗将自己吞噬。

但黑暗迟迟没来。

他睁开眼，看到李惠琳挡在自己面前。她双手正用力地撑着斧柄，像撑开了一片空间，不让死亡朝苏见明落下。为了救下苏见明，她的额头前方被削掉了一块皮，此刻正汨汨地流出鲜血。

二人僵持，武庆人似乎不愿和李惠琳纠缠，向后甩开她，接着便继续朝电梯走去。李惠琳看到那支飞出的枪落在不远处，连忙爬过去捡起，打开保险，大喊："停下，我开枪了！"

武庆人连头都没回。

李慧琳开枪了，迟了。

电梯门已经迅速关上。

苏见明从地上爬起来，他踉跄地走到警员的身体边，从他的腰间拔出了枪。

李慧琳和他对视一眼，瞥了眼电梯离开的方向，他们冲向楼梯间。

# 7

市一医院大楼已经进入全面封锁。附近的居民围在警戒线外，议论纷纷。有好事者举起望远镜，窥探着医院内的情况，更有人甚至打开了直播。他们嘈杂地猜测着医院内的情况，就像是讨论一件远方的事。

电梯里，几个武庆人抓着轮椅的把手喘息着，他们浑身是血，像是紧张，又像是在享受这种血腥的气味，猛烈地鼓动着鼻翼。他们握斧的手上，黑色的青筋高高鼓起，如蠕动的蚯蚓。在他们的中央，刘明利端坐在轮椅上，脸色惨白，双眼紧闭，宛如一尊雕像。

文辉终于赶到一楼电梯厅外，特警们排成扇形，举起冲锋枪，紧张地对准了电梯门。

"叮。"

电梯门缓缓打开。

电梯内空空如也。

特警们面面相觑。文辉看向另一部正在急速上升的电梯。他迅速明白过来，连忙指挥特警登上电梯："楼顶！"

苏见明和李惠琳小心翼翼地端着枪，推开顶层走廊的门。走廊上没开灯，露天平台的铁门缝隙里透出来些许光线。

他们冲到尽头，一脚踢开露天平台的门。

其他几个武庆人已经不知去向，只剩下两个。

一人把着刘明利的轮椅，半边轮子已经探出平台边缘。另一人蹲在轮子旁，左手拿烟，右手紧紧抓着轮椅上的刘明利小臂，面对着来路。

二人表情麻木，看向这边，好像已经等了他们很久。

苏见明举起手枪，大喊："别动！"

在他们身后，响起一阵杂沓的脚步声，是文辉到了。

特警们迅速散开，枪口都对着武庆人。

苏见明抵抗着眩晕，努力让自己的声音变得更有说服力："你看，跑不了，别急，没什么大不了的，坐下来，我们谈一谈。"

站着的那个武庆人环顾四周，从容而平静，他操着半生不熟的普通话,背书似的开始说:"仔细听着,刘明利带着我们拆迁,不给钱,我们气不过,这是讨薪,对不对?刘总?"

刘明利没作声,他嘴上被贴了胶布,即便没胶布,他也不想说什么了,他太熟悉这一套说辞,早已有笃定的结局,他对此不抱任何希望。

这一刻,他只想到,在以后漫长的人生里,晓晓会不会像普通孩子一样,会慢慢遗忘,忘记自己。

刘明利缓缓抬起眼睛。他看向苏见明,眼神像是求救,又像是在诀别。

苏见明预感到不对,他缓缓放下手枪表示诚意:"没事儿,你慢慢说——"

武庆人根本不理他,他紧紧把住刘明利的轮椅,用仿佛喊山歌号子一样喊出:"走起喽,上青天喽!"

然后,双腿猛地一蹬。于此同时,另一面蹲着的汉子也向后仰。

三人从平台上消失了,落向30层下的地面。

苏见明愣愣地看着空荡荡的平台,除了眩晕,耳边更响起了刺耳的蜂鸣。

他还没明白这一切为何发生、如何发生。

他听不到沉闷的落地声,只听到周围居民楼传来刺耳的尖叫。

他想明白了,自己失败了。

同时,这也是郑刚的失败。

第五章 谈判 177

## 第六章　弱点

### 1

威斯汀酒店的行政套房内,黎志田看了看表,已经两点了。他缓缓起身,脸上很诚恳:"高总,我还没准备好,咱们这个约,可不可以迟一点签?"

高进脸色瞬间变得很冷,他死死盯着黎志田的脸,仿佛要把他的样子刻进脑海里。

高进:"哦?迟多久?"

黎志田:"等到情况再清楚一些。"

高进重新露出谦和的微笑,点点头,转身离去。

黎志田轻松地挥了挥手,也准备离开房间。他走了两步,突然回身,抬头看着屋角的隐藏式摄像头。

郑刚盯着屏幕,仿佛正透过监视器与黎志田对视。

黎志田点点头,转身离去。

另一边,刘锋走入会议厅。David热情地迎上去,刘锋却视若无睹地径直走向舞台中央。他脸上依旧是标志性的微笑:

"各位，不好意思，今天的签约仪式，因为准备工作不充分，宣布取消，感谢各位到场。"

话毕，刘锋迅速走下舞台，留下还没反应过来的一众人等。David惊讶地看着刘锋离去的背影，大脑一片空白。

随着场内的记者们开始聒噪地抱怨，他才恍然大悟，原来整个签约仪式就是一场戏——黎志田早有他自己的安排，却没有告诉自己——他的女婿。David觉得无奈又愤怒，为了这个签约仪式，他一夜没睡，忙前忙后地联系、安排……结果到了现在，他还不知道到底怎么回事。

David走向唐大年，他的声音带着委屈："叔，今天的签约到底是怎么回事儿……"

唐大年回以淡淡的轻笑。

仿佛在说，要当黎志田的女婿，David还是欠练。

否则，David将成为弱点。

市一医院的楼下，大批新闻记者蜂拥而至，再次架起摄像机，举起麦克风，试图从进出的警员嘴里套出更多关于案件的信息。这样的恶性案件随着近几年的打黑行动的展开已经很少见了。

结论是4死9伤。短视频平台上、微博上，舆论一片哗然。

医院走廊里的血腥味还没散去。苏见明和李惠琳穿过走廊，医务人员和警员们戴着一次性鞋套和橡胶手套从两人身边匆匆走过。

李惠琳面带疲惫，她凑到苏见明身边小声问道："从这些人查起？"

苏见明揉了揉山根，轻轻摇头："跳下去的那个已经说得

第六章 弱点　179

很清楚了,顺着这条线索往下查,最多就是个农民工讨薪不成,报复老板的社会案件。"

李惠琳点了点头,心里有点担忧。这是苏见明生平第一次经历这种血腥的场面,一个小时前,他还不知所措,但现在,似乎已经调整过来了。但她知道,这只是一种应激反应引发的心理防御机制。她在特警时期有过专门的心理辅导,这种状态在短时间内可以自我保护功效,但可能会留下严重的心理问题。

"请个假休息几天吧。"李惠琳建议。

苏见明用沉默拒绝了她的提议。

不能休息了。

这段不到一百米的路漫长无比。两人终于来到医院监控室。房间很小,霉味和老旧设备运行时发出的嗡嗡声充斥着整个房间,让本就有些轻微脑震荡的苏见明的头更疼起来。但他没说什么,坐上已经崩开皮的椅子,操作起电脑来。

"咱们在找什么?"李惠琳坐到另一台主机面前。

"刘明利是昨天什么时候醒的?"苏见明没看她,没头没脑地问。

李惠琳努力回忆着:"小白脸……孙鹤阳通知我们的时候,上午10点左右。"

苏见明目光依旧专注地看着屏幕:"我们是下午才来的医院。查上午10点到下午2点12分之间的监控录像,看有没有可疑的人。"

李惠琳恍然:"你怀疑,有人见过刘明利?"

苏见明点了点头,又觉得头晕,扶额道:"刘明利一见我们,就立刻提出第二天下午2点坦白的计划。为什么,我们还不清楚,但这个计划只可能是他醒来的这段时间产生的。所以只要他一醒,应该立刻有人来和他勾兑。"

李惠琳明白了,二人分头忙碌起来。然而几个小时过去,还是没有任何结果。李惠琳感觉自己已经有些精力不济,她看向苏见明。苏见明脸上依旧保持着严肃,好似充满干劲,只是眼里逐渐增多的血丝暴露了他的虚弱与疲惫。

李惠琳非常知道他的干劲是哪里来的:"和郑局打过电话了吗?"李惠琳轻描淡写地问。

苏见明一怔,抬头迷茫地看看李惠琳,接着才摇摇头。他的反应已经有些慢了。

"你尽力了,他会理解的——"

苏见明打断她:"发现什么了吗?"

"医院太老了,监控死角太多,像素也有问题。"李惠琳指了指屏幕,"核查了两遍,就后门这儿有个人影。"

苏见明划着座椅来到李惠琳身边,屏幕上,后门口站着个穿运动服的中年男性,看起来身材不错。

"看不清脸。说实话,我们都看不清他进来没有。"李惠琳苦笑着补充。

"放大。"苏见明仿佛没听见似的出言打断,"再放大!"苏见明的音量随画面一起放大。他身体前倾,几乎要贴到屏幕上。

画面已经放大到了极限,苏见明的目光有些呆滞地看着男人。他戴着一顶鸭舌帽,步履矫健。看着这个男人的身影,苏见明身上的肌肉变得僵直,额头渗出了汗。

李惠琳推了推苏见明:"你觉得呢?"

苏见明沉默良久才开口,他的语气平静:"你怎么看?"

第六章 弱点　181

李惠琳皱了皱眉:"医院到处是病人家属和路人,看起来没什么意义。"

苏见明没有说话。他很熟悉这个身影——

他今年快六十岁了,但身材还是保持得很好,看不出年纪。

他是郑刚,是我爸。

——苏见明在心中呐喊,但他抑制住了将这个秘密告诉李惠琳的欲望,他压抑着情绪,面色依旧平静。

## 2

苏见明走出医院大楼时,天色已经暗淡下来。

警戒线和警车依然隔离着医院和外部,而线外的生活早已恢复日常。晚高峰的堵车和忙碌与平日别无二致。苏见明站在路边,看着这熟悉的风景,苏见明突然感觉一阵虚幻。他似乎跨过了一道坎,再也无法回到从前。

不远处的地面上,刘明利和武庆人盖着白布,安静地躺在那里。苏见明抬头看向大楼顶层,30层,100多米。他打了个寒战,强制自己不再抬头看。他低头蹲下,揭开其中一张白布。

白布下躺着刘明利。他的表情算不上可怖,眼睛大大地睁着,直勾勾地望着天。原本有些微胖的身体在重力的作用下,已经显得有些瘪——苏见明知道,他的内脏和骨骼已经碎成了一块一块,再也支撑不起他的身体。

苏见明看不下去了,他扭头走开。他见过很多尸体,但每次看到刘明利的尸体,他就会想起自己的错误。他觉得自已完全就是麻团口中的"呆子",在刘明利命悬一线的时刻,他却还在一本正经地"谈判",完全没有意识到那是他最后的机会。

如果他调查再严谨一点、计算再精密一些,刘明利结局会不会变得不一样?

苏见明出神地看着李惠琳头上的伤。血从纱布中渗出来,苏见明看着,就已经感觉到了疼痛。他想起李惠琳挡在自己面前的身影,如果不是她,躺在走廊里的尸体就要多一具了。

苏见明低声对李惠琳说:"帮我包扎一下头上的伤。"

李惠琳看了看苏见明的头,创口不大,已经开始结痂。她想起自己头上的伤,掉了一块头发,这也就意味着,在未来很长的一段时间,她都要顶着一块秃掉的脑袋生活了。她翻了个白眼:"你没事。"

苏见明一把抓住李惠琳的胳膊:"别废话了,我头晕。"说着便拉着她坐在了马路牙子上。刚坐下,孙鹤阳便不知道从哪儿冒了出来。他松垮地坐在二人身旁,看着他们的伤,脸上写满了四个字:胆战心惊。孙鹤阳目光发直:"妈的,本来以为分到刑科所,是《CSI:犯罪现场调查》那样的高科技节奏,怎么还演上动作片了呢?"

李惠琳打断了他的自言自语:"小白脸,怎么去这么久?"

孙鹤阳无精打采地回答:"刚从刘晓晓那边赶回来,路上交通事故,堵了大半天。"

苏见明低头靠近,小声确认:"那边怎么样?没人发现吧。"

"放心吧头儿,安排了两个便衣盯着,有情况第一时间汇报。"

李惠琳啧啧:"你运气好,不然少说也得和我们一样挂点彩。"

苏见明扬起下巴,看着刚刚被血洗的大楼:"昨晚,我要是信自己的直觉,把今天的安排取消了,是不是……"声音越来越小,肩膀蜷缩,像个做错了事的孩子。

孙鹤阳呆住了,从没看过这样的苏见明。李惠琳也没看过。

片刻,李惠琳岔开话题:"我查了,那个叫麻团的小孩。"

苏见明有些诧异:"怎么了?"

"他真的是从福利院被收养的。"

苏见明垂头,瞥眼看着远处金江的夜色。

"你都没算错。"李惠琳有些无奈,又感到一丝欣慰。

苏见明的视线再次回到前方的两具尸体。他摇摇头,表情里第一次透露出某种悲哀、自责与悔恨。"不,我全算错了。"苏见明抱着头。

李惠琳和孙鹤阳看着他,眼神中充满着疑惑。

是郑刚。

——又一次,苏见明在心中吼道。

## 3

就像总要等到战争结束以后,它对士兵的影响才真正开始。苏见明的PTSD也是在刘明利坠楼事件后慢慢发酵。亲历恐怖事件后的心灵,就像被猎鹰撕扯过的猎物,支离破碎、血肉模糊。从此以后,每个夜里都会提醒苏见明,整个世界好像对他关上了窗。

"我爸呢？"苏见明在门口就开始努力做出一副平静的样子。

他不想让母亲担心。

何秀丽在厨房里做饭，大声回应道："开会。"苏见明看到电视里正在报道市一医院的惨案。

苏见明想了想："出了这么大的事儿，我爸没说什么？"

苏见明又想起医院监控里的那个背影。

何秀丽端着最后一道菜从厨房走出来："没有，怎么了？"何秀丽看到了苏见明头上简易的包扎，仿佛早有预料，"这种案子你爸也要谨慎对待，更别说你。第一次参与办案，什么经验都没有，千万不要冲在前面去当炮灰。"

苏见明听到母亲的语气，莫名觉得有点怅然："我不是去当炮灰，我快要查出来了，真的，只差一点。"

"年轻气盛，行百里而半九十。"何秀丽盛满一碗饭放在他面前，语气平静，"既然决定了要吃这碗饭，就要沉得住气。"

苏见明拿起筷子，扒了一口米饭："知道。"

何秀丽想了想，给出了鼓励："你爸最近老是说你表现得不错，比他想得要好。他刚刚打电话，说今天要加班开个会，还特意问你的情况，让你别有心理压力。"

苏见明点点头。此时，电视里已经结束了本地新闻播报，转而播放起了购物广告。苏见明的视线扫到了在电视柜上的一张家庭合影——那是好几年前，一家三口在巫山的旅游纪念照。照片里的郑刚穿着运动服，笑容亲切，和普天下其他的父亲一样。

苏见明看着照片，突然问道："妈，你真的了解我爸吗？"

何秀丽没接话,只是抬头看了他一眼。

苏见明自顾自地继续说:"他有没有什么事,是咱们不知道的?"

"确实,你一点也不了解你爸。"何秀丽在他说出不该说的话之前及时地打断了他,她用平静的声音说道,"当初要带你回家,是你爸的主意。"看到苏见明愕然的眼神,何秀丽顿了顿,接着说道:"我本来是不同意的。"

苏见明囫囵咽下嘴里的饭,缓缓放下了筷子。这句话让他有点受伤。

似乎是感觉到了这句话内涵的不妥,何秀丽继续补充道:"以他们当时的位置,会有很多人说闲话。你应该知道的。"

"他们?"

何秀丽放下筷子:"你爸,还有我爸——你外公,最近他身体不大好,你抽空去看看。"

苏见明点点头。

"关于你爸,你只需要知道,他很爱你。"何秀丽语气平淡,"他是个称职的父亲。"

何秀丽顿了顿,补充:"起码,他想当个称职的父亲。"

母子之间的对话就这样迅速结束了,二人沉默地吃完了这顿饭。苏见明洗了碗,回到房间,轻轻地关上门,开始查询关于郑刚的所有公开资料。

他选择使用一种常用的舆情搜集分析方法,将所有资料导入一个数据库,用程序进行统计,最后得到一张云图。图上的关键词越大,就意味着相关报道中,此类的观点频次越高。

郑刚的云图中,"清廉""好官""扫黄打黑"等官方话术是最常见的字眼,其次是金江市民亲切地给他取的绰号——

"郑阎王""金江判官"，苏见明每次看到这样的字眼都觉得好笑——简直像是画本小说里人物的名号。苏见明又对海外资料做了一次筛查，结果大同小异。

只是，云图的角落里，窝着两个不起眼的词条：

第一条是一篇近30年前天涯某个论坛里的八卦，大意是：郑刚有望成为金江市公安局二把手，却不顾他人非议，领养了一个男婴。

第二条则是另一家论坛八卦，五年前的消息：市公安局局长郑刚安排养子进体制工作。

苏见明看着屏幕上的这两条消息。

父子关系或许是家庭关系中最难处理好的，郑刚是苏见明的偶像和权威，然而权威的阴影也会给苏见明带来困扰——他似乎难以摆脱父亲的光辉，从小到大，他总是被叫作"郑处""郑局"的儿子。他总是在扮演儿子，而不是他自己。

所以，刚进警局的时候，虽然郑刚叫他去刑侦口，但苏见明却只愿意待在舒适区。他现在才明白，那时的他怕别人将他和郑刚做比较，怕自己"不配"。直到他发现郑刚有危险，那个沉睡在苏见明体内的声音像是逐渐苏醒。那个声音说道：去吧，去证明你自己，去实现你自己，去保护你该保护的东西……

苏见明站起身在桌边踱步，努力让自己平复下来。他抬头看了看时钟。此时已是深夜1点，郑刚还没回来。

"别太晚。"何秀丽起夜，从苏见明房门口路过，看到房间里的灯还亮着，关心地打开门叮嘱他。

苏见明点点头。

苏见明突然下定决心。他坐回电脑前，给李惠琳发了一条信息。李惠琳也没睡,今天的事太过暴烈,谁都很难睡着。

苏见明要李惠琳帮他一起搜索郑刚的信息。这次,范围扩大到警察系统的内部文件。李惠琳没问理由,干脆地答应了。

城市两端,李惠琳和苏见明都噼里啪啦地敲击着电脑。

那一夜,苏见明一直等到天亮,郑刚都没有回家。

郑刚正在去找高进的路上。

## 4

高进住在一家城郊的、独栋别墅样制的酒店。

郑刚的车等在停车场的最角落,一个不引人注意的地方。

几十年的刑侦经历,让他获得一种本能,要想把事情做好,永远到最前线。

就像此时,不管怎么说,到最前线来。

他并没有和高进约好见面,他只是给对方发了一个信息:我在停车场。

没有回应。

"郑局,已经半个小时了。"秘书程斌提示郑刚。

郑刚没有说话。

郑刚坐在后排,靠着车椅后背,闭着眼,计算自己原本胜券在握的战局。原先,刘明利是郑刚手里最大的牌。现在,这张牌从楼顶摔下来,摔得支离破碎,黎志田开始掌握这场战局的主动权。郑刚一时想不到黎志田具体的动作,他只知道,自己也必须展开行动。

"郑局,半小时了。"程斌又用合适的音量提示了一遍。

"查查，高进之后的行程。"郑刚睁开眼，下了这个程斌并不完全理解的指令。

然后，郑刚隔着车窗玻璃看向酒店那边，看向高进所住的、亮着灯的房间。旁边，程斌手指翻飞地操作着手机，试图完成他并不完全理解的指令。

沉默地度过了五分钟。

郑刚看见高进房间的灯熄灭了。

几乎同时，程斌也获得消息，高进买了后天早晨7点的头等舱机票，离开金江。两个信息叠在一起，同时表明，高进不会见郑刚了。

三十四岁的程斌一脸担忧地看着郑刚。郑刚却微微地笑了一下。

"这是好事。"郑刚说。

"他晾着您。"程斌说。

"高进要走了，说明他并不想针对我。晾着，就只是晾着而已。"

"他要是背后使绊呢？"

"那他会跟我谈。"

"什么意思？郑局。"

"没有纯粹的使绊子，所有威胁、合作、使绊子，都是为了谈生意。"郑刚看着漆黑的夜说。

程斌听懂了，但不知道是不是该高兴。

所有的官员和生意人，只要是局内人，他们的一切动作都是谈生意。只有黎志田，一个生猛的人，骨子里不属于这个阶级，这一次的行为极不寻常，他变得危险。程斌跟了郑刚五年，已经知道很多事情。他明白，黎志田虽然不比高进有权有势,但对于郑刚来说,这个老朋友有着更强的破坏力。

黎志田会打哪张牌呢?

程斌不知道。

"郑局,下一步去哪儿?"程斌问道。

郑刚想了想,说出一个疗养院的名字。

程斌一愣,明白事情的严重性。

郑刚轻易不会去那个疗养院的,那里住着一个叫何炳坤的老人。他也是何秀丽的父亲,是郑刚的岳父。

"开车吧。"郑刚催促有些愣神的程斌。

程斌搓了把脸,发动汽车,开进黑夜里。

车上,郑刚计算着抵达的时间。应该还好,何炳坤不至于已经睡下。想到这里,郑刚开始想措辞,思考用怎样简练的语言说清楚一系列事件。

郑刚揣测何炳坤的思维方式。

就在这个时候,郑刚的手机响了,是一条信息。

这条信息表明,郑刚完全猜错了何炳坤的思维方式。

短信来自陌生的号码,发来的是何炳坤的病例,一堆医学术语的最后,是四个字:建议静养。

郑刚瞬间明白,这条信息出自何炳坤的授意,意思是,何炳坤在养病——起码在所有人看起来,他在养病——不便受到打扰。这是拒绝郑刚探访的意思。

郑刚背脊发出一阵冷汗,接着揣度这条信息更深的意思。

不难想,程斌这种段位的人也能想到:何炳坤并非对发生在金江的、发生在郑刚和黎志田之间的战争一无所知。相反,何炳坤知道得很真切,认知范围甚至可能超过郑刚。

这是真正令郑刚背脊发汗的原因。郑刚突然觉得,自己也像是一枚棋子，受到更高维棋手的掌控，在金江的战场里沉浮和拼杀。棋子的结局多半是死，换来的，是不知面孔之人的利益。

就像孔三顺的、刘明利的命运。

轿车还在沉默地进行。程斌并未看出郑刚内心里的激烈震动，直到郑刚淡淡地说："行了，掉头，别去了。"

程斌张大了嘴，想说什么，最终咽下，说："好。那去哪儿呢？"

是啊，那去哪儿呢？

郑刚望着车窗外的黑夜，想了想，说："就这里吧。"

不管去哪里，先一个人静静，郑刚这样想。

车正好行驶到江边，郑刚沿着江边的步道行走，旁边是生机勃勃的、夜跑的人群。望着人群的烟火气，郑刚心中浮现起一个想去的地方。

他想去晓薇那里。

可随即，郑刚就本能地警醒。

他不仅今天不能去，随后一段时间，或许是很长一段时间，也不能去。

郑刚从夹克的内层口袋，掏出一部备用机，这部备用机仅用来和晓薇联系。

"来吗？"晓薇接起电话，声音轻快。

"不了。"郑刚说。

"那明天呢？"晓薇接着说。

沉默。

"最近忙，都别见了，也少联系。"郑刚说。

又是一阵沉默。

"那，还会见吗？"晓薇语带悲观。

"会。"郑刚说。

两人都没再说话，郑刚先挂掉电话。

水声拍岸，郑刚在风中平复了心情。

他意识到自己正显露出罕见的狼狈，不断整理着被风吹乱的头发。

风太大了，郑刚的整理和弥补显得有些徒劳，但最终还是恢复了镇定。

他不是棋子。他会赢。像往常一样。郑刚这样想。

就在这个时间、在郑刚行走在江边的这个时间，一辆吉普车开在盘山公路上，向一家隐秘隐蔽的旅馆驶去。

## 5

多年以后，苏见明还是会反复想起那个场面——武庆人跳楼前癫狂地笑着，接着，他们坠落，如断翅的鸟。他们坠落时，太阳正发着红光，缓缓沉下。

自己终究还是没能救下刘明利。苏见明试图搞清楚自己到底是什么情绪，是悔恨、懊恼或是对自己无能的愤怒？但是他终究想不明白，只能任由这不明的情绪将自己包裹住，然后如刘明利一般坠落。

刘明利死亡的第二天，苏见明顶着黑眼圈回到局里。

"请几天假吧！"李惠琳再次对苏见明提议，他真的很担心苏见明的精神状况。

"不。"苏见明果断地拒绝了李惠琳的建议，他认为自己目前需要的是弥补之前犯下的错误，而不是逃避似的休息。

李惠琳妥协了。但她继续看着他,似乎有话要说。

苏见明挑眉看向李惠琳:"怎么了?"

李惠琳压低了声线,仿佛这样话就不会太沉重:"他们找到了刘明利家人。"

苏见明愕然。

距离金江市120公里的山腰上,一家很旧的小旅馆。

苏见明给刘明利的妻女安排的房间正在那里。他以为保密工作做得很好。

一个渗着血的蛇皮袋躺在屋子正中,袋口系了死结。

刘晓晓生前被人装进蛇皮袋,用钝器活活打死,手里还攥着那只玩偶。

刘明利的妻子躺在床上,就像是睡着了。只是她的头上套着一个黑色的垃圾袋。

凶手就在旁边,自首了。仍旧是武庆人,口供及理由与杀害刘明利的一样。

太阳即将没入地平线,暮色和风一起从破碎的窗里钻进来,让整个房间充斥着死气沉沉的气息,这种气息宣告着苏见明在刘明利一案上的惨败。

也标志着苏见明在成为郑刚儿子一事上的、阶段性的惨败。

李惠琳走过来,想要安慰苏见明,手轻轻拍打他的脊背。

苏见明本能地闪开,离得远远的。

李惠琳愕然,觉得这一瞬,他又变回那个冷热不吃的冰疙瘩。

那家小旅馆离九龙村不远,那里是刘明利的老家。

也是黎志田的老家。

建国以后,九龙村在行政上被划给了邻省,但在文化上却与金江同根同源。这个村子坐落在群山环抱的一个盆地,东依巫山,北靠米仓,南枕云贵高原,西边则与无数连绵起伏、叫得出和叫不出名字的山脉相接。

这里已经不复当年穷苦的模样,大多数家庭都在宅基地上盖起了小楼。其中一幢门口摆着一溜花圈,叔伯兄弟模样的人前后递着烟招呼客人。小楼后面的空场搭了几个大棚子,开着流水席。村里的师傅在后厨忙活着,一道接一道的菜如流水线一般传到棚下。灵堂旁,几个被雇来哭丧的人卖力表演着。随着一声嘹亮的唢呐声,白幡在风中高高扬起,如被魂灵缠绕。

刘明利和老婆孩子刚刚死去,丧事就已经在九龙村举行。背后是黎志田的推动。

一辆轿车驶来,在小楼门口停下。黎志田下了车,身后依旧跟着刘峰。看到他下车,一众人等跑过来接驾,全然不复刚才轻松的模样,个个热泪盈眶。

黎志田表情如身上的黑衣一样沉重,他摘下墨镜,走进灵堂。灵堂内,黎志田对着刘明利的遗照闭目而立,手捧三炷香,似乎是在心里默念着什么,就连香灰落在手上,也没有反应。上罢香,黎志田与家属握手,主持丧礼的兄弟们眼里除了泪水,还充满着期待。

黎志田身后,刘锋拿出一个白色信封交给刘明利的长兄。他接过来时用手捏了捏,感受到里面是张银行卡,于是向黎志田的背影深深地鞠了一躬。他没有多说什么,大恩不言谢。

流水席上,黎志田和刘锋单独坐在一角,人们远远看着,不敢靠近，更不敢打扰。

黎志田远远地看着刘明利的兄弟亲戚们，他们正在畅饮本地用大米和谷壳酿的酒。这种酒度数高得惊人，几乎有六十多度。有的半大小子从大人那一桌偷出一杯酒，或自己偷偷喝掉，或用筷子蘸一点，给更小的娃儿舔。眩晕的娃儿们在人群的缝隙里追逐着、嬉戏着，仿佛身处游乐场。

黎志田看着这样的场面，不由陷入想象中。如果那一年他没有走出这个小村庄，没有选择到金江做棒棒，也许现在，他也会是那些醉汉中的一员。他端起一杯喝了一口，一种久违的灼热让他喉头一紧——这是他已经快要忘记的口感。

在这里，天无三日晴。到了严冬，比其他地方要更加湿冷难熬，阴风不会放过每一个空子，像蚂蟥一样往人袖管里钻。于是酿酒饮酒就变成了一种老少皆宜的传统取暖方式。因此，这里自古以来就是酿酒胜地，家家户户都有酿酒的传统习俗。这种白酒是底层出力者消解疲乏的良药，曾是黎志田最熟悉的味道。

黎志田喷出一口酒气，犹有余味。他依旧看着不远处的人们，用很小的声音对刘锋说："后续的钱不用省，给足。"

虽然刘明利背叛了黎志田，黎志田也对他们全家都下了杀手，让刘明利这颗棋子扎扎实实死透。但是，对死透的曾经的兄弟，黎志田要守住体面。

刘锋想到这一点，语带安慰地说："他成了郑刚的人……"

刘明利和我们没关系了，这是刘锋的意思。

黎志田摇摇头："他现在又是了。"

刘锋噤声了。

他逐渐理解了这次黎志田近乎鱼死网破的行动。与高进

第六章　弱点　195

合作可以获得暂时与郑刚偃旗息鼓,但几乎可以肯定,未来会引爆大雷,自己被作为棋子牺牲掉。今天的2点钟可以不说,明天呢,明年呢?然而即便如此,从算账的角度考虑,也应该暂时吞下这个苦果,再寻对策。

但他是黎志田,他最不能忍受的就是背叛,背叛不仅毁了背叛者自身,也毁了黎志田对自己判断力的信任,毁了他社会关系的基础。

LOYALTY。

毕竟,他这样的人,没有任何资本,只能靠这个。

如同那个没人能说得清楚的、带走他弟弟和猫儿精的车祸。

酒席仍在继续,黎志田告别了刘明利的亲戚朋友们,叫上刘锋出发,他们在村里的行程还有一站。

村子向北大约十里,是这附近一带最为肥沃的紫色土壤。千万年的地质运动让这些原本藏在水下的紫色砂岩重见天日。历经长年风化,成为一块远近闻名的风水宝地。

四分之一个世纪以前,黎志田将肩头的棒棒永远地卸了下来——那根陪伴他多年,已经包浆了的"硬头黄"楠竹。那一年,黎志田花重金请来几位风水大师,卜算前途,最后选中这一块紫土之地,修建了自己的香堂。黎志田将自己用过的棒棒、索索还有木杵供奉在香堂的神龛之上。

一根楠竹棒棒放了下来,接着是无数根无形的棒棒压上去。这么多年以来,黎志田的肩头,始终扛着重担,无一日不如此。

每一年,黎志田都要带弟兄们来香堂祭拜,为的是"饮水思源"。在仪式上,黎志田会亲自用香油隆重地擦拭这根

"硬头黄"楠竹。

香堂的墙上还裱着几张照片,有"棒棒五人组"早期合影,也有外国记者拍的历史照片——黑白影像里,一群棒棒抬着沉重的货物艰难前行在正午阳光下的乱石河滩,他们身体瘦弱,或赤着脚,或穿着破烂的草鞋,但都同样地佝偻着背,像一群沉默的羊。

黎志田对着这些照片双手合十,虔诚地作拜。最终,他走到香堂的另一侧——那里摆着一张黑白照片,照片里的人与黎志田眉眼间有些相似,他戴着金边眼镜,嘴角露出腼腆的笑。那是黎志田的弟弟,黎志刚。

黎志田和刘锋为黎志刚烧完纸,两人一路沉默地走到门口。

二人走出大门,轿车已经停在门口等候。

黎志田看向刘锋,没等他问出关于安排的事情,就抢先说了:"下一步,盯紧他。"

"明白,会盯紧郑刚的。"

"不仅是郑刚,"黎志田接着说,"盯紧那个养子,苏见明。"

刘锋一愣,接着点点头。

# 6

金江大剧院是金江演出条件最好的剧场。

一个女舞蹈者,带着队伍在铺着红色地毯的舞台上翩翩起舞,她的装扮充满着革命的英气,在舞台上穿梭移动。在她的头顶,追光灯紧紧跟随。前排,一位歌手正唱着《南湖菱花开》,她的声音激昂而深情,仿佛可以从她的歌声中窥到革命时代。在他们身后,南湖红船在舞台背景中熠熠生辉。

台下座无虚席。

人群的正中间坐着首长,周围的观众簇拥着他,用身体语言说明了地位的差距。簇拥着他的官员表情出奇地一致,一眼望去,竟让人分不出区别。

台上和台下是两个世界,每个世界都由局内人和局外人组成。在舞台上的世界,唱歌的、领舞的,是局内人,其他舞队里一众人都是局外人。而在台下,坐在领导附近,说明你是局内人。

郑刚和首长坐在一排,距离不远不近。他和台下所有人一样静静地看着舞台,表情标准,毫无瑕疵。

在官场上,成为不同层级的局内人,有精确的比例:淘汰九成的人,才能进入公务员体系;再淘汰九成,才能坐到县处级的位置;淘汰九成五的同僚,恭喜你,你成为厅局级干部;最终,要成为一名省部级领导,就不是努力淘汰多少人的问题,取决于你在这生态中的位置和天意。

这正是郑刚走过的路线。他能走到今天,容不得一丝一毫失误。他若还要继续走下去,就更不能允许丝毫闪失。

早上,郑刚从局里听闻刘明利家人在安全屋遇害的消息。他知道这是黎志田在戏耍高进之后做出的多余反击,这个多余的动作,是为了表达一个决心和态度。

所以,局内人郑刚要来找首长。

首长这次是路过,在金江停留一天。

除了岳父何炳坤,首长是郑刚认识的另一个权力顶端。首长与何炳坤是同一拨退休的,不同的是,首长有检察院和组织部的领导经历。

这是此刻的郑刚最需要的。

演出结束了,大厅里响起如潮的掌声。舞台的灯光大亮,首长和一众领导上台与演员们握手。郑刚不管宣传口,可上可不上,他没有上台。

他站在首长离开的必经之路上,静静地等待着。

握手合影的环节很快结束,首长准备离开。走到门口,他在人群中瞥见了郑刚。他向郑刚走了两步,拍了拍他的胳膊,神情里带着对下属的宽慰和鼓励:"迟点吧,看看晚上迟点能不能抽个时间。"

郑刚适时地露出带有敬意的笑,他点点头,然后知趣地退后半步,目送着首长和书记一行离开。

晚上迟点,意味着9点以后。

郑刚低头查看手机,岳父何炳坤还是没有回信。

他忽略了苏见明发的很多信息。

郑刚在街上随便吃了晚饭,又一个人喝了会儿茶,出来时是8点40分。

他走过两个街区,就是庭院式的金江国宾馆,国内国外的高级政要来访金江,都会住在这里。郑刚走进国宾馆,花园幽静,小楼旁的池塘里几朵睡莲。三号小楼门口道路,以及旁边的小停车场,一辆接一辆,二十几辆黑色轿车静静地停着,如同待命的士兵。郑刚心里清楚这些轿车的主人,几乎代表着整个金江政治生态圈的最高层,他们都假装没看到对方,尽管车牌号暴露了主人的身份。

这是个悖论,他们不想让同僚知道自己在这里,又害怕

第六章 弱点　199

同僚认为自己不在这里。

郑刚上了自己的车，独自坐在后座上等待。他拿出一支烟，但没有点着，轻轻地在扶手上墩着。他从车里向外看去。小楼门口，武警全副武装守卫，面无表情的工作人员如同机器，偶尔进进出出。

他看到程斌从小楼里小跑过来，坐进驾驶座："马副书记刚走，现在应该是范老在里面……首长最近喜欢国画。"

郑刚看了看手表，有点焦虑。

程斌补充道："时间上有点危险，今天见不上，明天首长就回北京了。"

他的话音刚落，郑刚就看到一个中年男人的身影出现在小楼门口，朝这边走过来。程斌也看到了他，语气略带紧张："陈主任出来了。"他连忙下车，姿态恭敬地迎上。

陈主任是首长的人。

陈主任走到近前，程斌才看到面色阴沉的高进在他身后跟着。

竟然是原本应该已经离开了金江的高进。

陈主任没理程斌，径自打开门，坐进了后座。 郑刚脸上露出笑容，但陈主任笑眯眯的，并未和他交流视线。

副驾驶座的门也被打开了，是高进，表情有些阴郁。

陈主任没说话。他探手拿起中岛的矿泉水，拧开，仰头大口喝了两口。郑刚也没有主动开口，他赔笑地看着陈主任，又看向坐在前排的高进。他看到高进透过车内后视镜看着自己，眼里透出愤然。

陈主任喝完，把矿泉水放回中岛，不知是有意还是无意，瓶子没放稳，倒在郑刚的脚下，大半瓶水汩汩涌出，湿透了郑刚的鞋。

郑刚没有动,只是看着陈主任。

陈主任叹一口气,拍拍郑刚的肩膀,又拍拍高进的椅背。他拉开门,下车,向小楼走回去。

高进什么也没说,下车,向其中一辆黑色轿车走去。

从头到尾,三个人没有视线的交流。

也没有说一句话。

但这已经很说明问题了。

这事儿算了了,以后再没瓜葛。这是高进的意思,也是首长逼迫他表的态。

这事儿之后,所有破事,自己处理。这是陈主任的意思,也是首长的意思。

情况不算最糟,但也足够糟糕。

郑刚的笑容随着两个人的离去凝固在脸上。他扶起脚下的矿泉水瓶,扔出窗外。

程斌上了车,他什么也没问。

黑色轿车缓缓开出停车场,遁入渐暗的夜色中。

"郑局,去哪里?"程斌又问出这个显得蠢笨的问题。

"江边,街心花园,可以看见金江的地方。"郑刚说。

他想歇一歇。

郑刚来到江边的街心花园,看着熟悉的人群,和下棋大爷打了招呼。对方看到他的模样,一愣,似乎是见惯了穿运动服的他,今天换了身衣服,倒是有点生疏了。

郑刚没管他们的反应,他径自走到画画的小女孩那里。小女孩抬头看他,看到他肩膀上的警徽亮晶晶的,好看极了。郑刚看了看女孩的画布,小女孩的笔触仍然稚嫩,大桥只画到

第六章 弱点 *201*

一半。小女孩有点不好意思地咧着嘴："还没画到您呢。"

郑刚蹲下身子看着小女孩，神色和蔼："能不能先画爷爷，再画大桥？爷爷等不及了。"

小女孩为难地思考了一会儿，勉强答应："好吧。那您站到那边去，不要乱动哦。"

郑刚走到小女孩指定的位置。他欣慰地看着灯火辉煌的江面，看着匆匆而过的行人，腰杆挺得笔直，胸膛高高挺起，像是参加授勋仪式的、高傲的将军。

晚风吹过，面对万家灯火，郑刚喉头涌动，他的神情有些悲凉。

也就是在面对万家灯火的时刻，郑刚明白自己被什么东西牵绊住了。

从来没有弱点的郑刚，最近仿佛有了弱点。

他总是想起苏见明。想起在公交车爆炸瞬间护住自己的苏见明，想起在专案组办公室里耍宝的苏见明，想起刘明利死亡之前的那个早晨、和自己一起望着金江畅想未来的苏见明。

坏就坏在，郑刚留的底牌，是让苏见明进了专案组。

还有别的办法吗？郑刚在想。

没有了。

郑刚打开手机，浏览苏见明给自己发的信息。关于刘明利的死，刘明利家人的死，郑刚出现在刘明利的医院，郑刚提前知道武庆人的到来，云云。

郑刚没有回复具体的信息，而是回了很有力的四个字：

"父子时间。"

# 7

　　缆车在空中摇晃。苏见明比郑刚早到八分钟。自刘明利死后，郑刚一直没有回家，也没有回信。苏见明一直在等这次对话，所以即使晚上回到家，也不洗漱，穿戴整齐地，随时等待郑刚的回应。

　　这次"父子时间"很罕见，是临时决定、不按规律的。

　　这意味着，这次谈话很重要。

　　父子俩都开门见山。

　　苏见明问郑刚是不是见过刘明利，让他指证幕后的主使。郑刚点点头，说确实是他。接着，郑刚问苏见明还查到了什么。

　　苏见明沉默了很久，拿出一个优盘。

　　里面有那份在刘明利医院拍到郑刚的监控录像，还有近期与李惠琳一起查到的、关于郑刚和黎志田的信息。

　　——三十多年前，郑刚还是个片警，上任第一天就办了个案子：山脚桥下王嫂面馆附近的持刀捅人案。他们惊讶地发现，这个案子的主犯是唐大年。虽然卷宗里没有提到黎志田，但苏见明的直觉告诉他，这个案子与黎志田一定脱不了干系。那一年，五个棒棒已经齐聚。

　　——苏见明还看到许多废弃的申请表。这些表格都直接或间接地和黎志田相关，但这些陈年旧案都莫名没了下文——调查申请都未被批准，也没有经费，自然就没法深入调查。而这些，似乎都和郑刚脱不了干系。

　　在苏见明的心里，郑刚的形象正在从清晰变得模糊。他已经不知道自己熟知的父亲究竟是个什么样的人。

苏见明想问很多问题,最终浓缩成一句:"你和黎志田,到底什么关系?"

郑刚看着他,突然说:"你回去当你的书生吧,当什么警察?"

苏见明一愣。

郑刚在轿厢里踱步。

郑刚:"明确告诉你,我跟黎志田很熟,你小时候,他抱过你,初中你闹着要游戏机,也是他从香港给你买的。"

苏见明愣住。

郑刚放缓了声音:"我们一起走过了30年,我们有过很多合作。"

苏见明:"合作?"

郑刚:"坏人奸,好人要更奸!我们还不是一般意义上的好人,我们只是站在坏人对面的那些人!"

苏见明看着郑刚,猜测他话里的意思。

郑刚:"因为之前有比他更坏的人,有毒贩,有为了50块钱可以敲开人后脑的团伙,有组织黑社会、流窜全国身背11条命案的王家兄弟,对这些更坏的人,我要用黎志田这个坏人去灭掉那些人。"

苏见明不知道说什么。

郑刚摇摇头:"我知道你想问什么,但这中间很复杂,你只用知道几点:第一,金江的很多事,确实都和黎志田有关,但他都逃过了制裁;第二,我没有拿他的钱,咱们家没有隐藏在海外的巨额财产;第三,我的立场和你一样,我要想办法,我要动他。"

郑刚眼里是果决、正义的表情。事实上，他说的确实是实话。

苏见明侧开脸，把优盘交到郑刚手中，尽力维持着神情的平静，说："既然复杂到说不清，那你自己去交给纪委，把事情说清楚吧。"

郑刚看着苏见明："你怎么不去交？"

风声由远及近。

苏见明深吸一口气，像是很用力，声音却很小："你是我爸。"他的眼眶被风吹红了，几乎是祈求地看着郑刚，希望他不要再错下去了。

这是一张祈求的脸。

郑刚轻轻地拍了拍苏见明的肩膀，挤出一个苦涩的笑容："我以为你要求去办案，就是成长到了一定的年龄，做好了准备，走进一个不是非黑即白的世界，一个成人的灰色的世界。"

苏见明："我——"

郑刚打断他："简单一点，你还愿意信你爸吗？"

"信什么？"

"信我是在用我的方法，对抗咱俩共同认定的敌人。"

沉默。父子对视。

随即，苏见明摇了摇头："刘明利死了，公交爆炸案结了，再往下，我觉得应该也查不出什么。"

郑刚摇摇头，拍了拍儿子的肩膀："你要是还信我，咱们就还有机会。"

苏见明听懂了郑刚话里隐藏着的提议。他是要自己配合，扳倒黎志田。即使这种扳倒的办法可能并不完全符合一个警员的准则。

第六章 弱点 205

苏见明犹豫了："我们是警察。"

郑刚俯瞰着缆车下面的金江："警察，就是要抓住恶人。有时候要用些手段，要不惜代价……你爸我，和黎志田合作了大半辈子，也斗了大半辈子。现在，我快退了，我要了结这一切。"

苏见明看着郑刚，辨识着他脸上复杂的表演。

"可是——"

"别那么瞻前顾后，就一句，干不干？"

"刘明利家人为什么会死？局里有黎志田的人。"

郑刚："我知道，所以我才让你进专案组，现在，你是不是要继续干？"

说完，郑刚看向苏见明。

这是最关键的时刻，决定着郑刚能不能让这个养子站在自己这边，帮助自己除掉黎志田。

轿厢里再次陷入沉默。父子对视间，风声更大了。

苏见明做出决定。他将装有郑刚监控的优盘，丢进了江中："怎么做？"他问父亲。

郑刚提点："你年轻，脑子好，好好想想，黎志田的帝国里，还有什么弱点？"

"弱点？"苏见明愣住了，除了已经被时间磨平的陈年旧案，黎志田似乎没有弱点。

"他唯一的弱点，是他的女儿。"郑刚看着苏见明，突然垂下了眼睑，"孩子，是所有父亲的软肋。"

"可他女儿……"苏见明只觉背后一阵凉意。

郑刚点点头："对，David，是个真正的弱点。他算百丽集团核心人员，急着上位，又不够老辣。你好好想想。"

"哐啷",轿厢到站了,门打开。

郑刚拍拍他的肩膀:"再勇敢一点。"

郑刚离去。

苏见明跟着他走出来。

## 8

自从黎志田钦点了David当副总,他的自我感觉就瞬间上了个档次。他第二天早上就打印了几百张新名片,加上了副总的名号,又买下十几套定制西服,以供四季更换。

David的今日行程如下:

早晨起床,睁开眼后的第一件事,是轻吻身边的未婚妻黎莎,并且皱着眉说,今天又是忙碌的一天。上午,他会陪同黎志田、唐大年等人参加集团会议,会议由他主持,主要是做黎志田的传声筒。

由于前不久,黎志田刚在签约仪式上给高进摆了一道,并且金江最近舆情也开始泛滥。集团对接了几家颇有影响力的公关公司,趁势要让百丽集团的形象更上层楼。David也开始为自己接班造势,接受了各家媒体采访,甚至还拍了好几套杂志写真。

午饭时间,David代表黎志田陪老客户吃饭,培养感情。下午也是满当当的行程,在间隙中再顺带盯一下各部门的阶段性工作。

David晚饭是和建筑工人一起吃的,只不过建筑工人是一菜一汤,他的是三菜一汤。他监工到9点,结束他日常的一天。

黎莎回来了,她这几天在看婚礼场地,忙着试吃酒席菜肴,显得很兴奋。但今天回到家,黎莎突然拿出手机和David对峙。手机上是市一医院暴动案相关的现场视频。黎莎开着翻墙软件,这是上传到外网的视频,在大陆的热搜里只出现了半小时,就消失得无影无踪。

黎莎神色严肃:"David,这个事儿是不是和我爸有关?"

David有些尴尬,他拉着黎莎坐下:"别看这些暴力内容。你现在需要胎教,多看些美好的东西,对宝宝好。"

黎莎有点生气了:"我不看不代表它就不存在。"David觉得黎莎的反应有点大,可能是孕期激素波动造成的。

黎莎继续追问:"视频里的这些人和我爸有关吗?我认识刘明利叔叔,他以前经常来我们家玩,后来他生了个孩子,好像有点问题,来我们家就没那么频繁了。"

David安抚道:"都过去了,视频里面就是一些讨薪的暴徒。刘叔叔他运气不好,碰上了这群丧心病狂的疯子。"David顺势摸了摸黎莎的肚子,"我们的孩子一定没有问题。"

黎莎一巴掌拍掉David的手,嗔道:"你别转移话题,这些暴徒背后总有人指使吧?你是不是知道什么?"

David两手一摊,一脸无辜:"我什么都不知道。"他轻轻地吻了吻黎莎的嘴唇,靠近她的耳边低声说,"我只知道,要全心全意,给你把婚礼办好。"

David哄人的功夫很厉害,黎莎想到婚礼,注意力转移了,便也不再提起市一医院的事。

他轻声细语地哄黎莎入睡,等她呼吸声逐渐平稳才起身,开启下半夜的"工作"。

David穿好衣服，来到B2停车场里的一个不起眼的角落。这里是摄像头的盲区。他四下张望，确认没人后，他打出电话。

David："大年叔，听得见吗？"

电话里传来唐大年的声音："半小时后，江边的会议中心三楼，茶餐厅。你有15分钟的时间。"唐大年说完这句话，就迅速挂断了电话。

那天从威斯汀酒店出来后，David给唐大年打了电话。

"叔侄"二人，在唐大年家花了两个小时谈心。

刘明利一事，令David感到兔死狐悲，所以，商界新人David开始给自己寻找一些其他的靠山、一些大厦将倾时的后路。

David这样想着，发动了自己的轿车。

而此时，苏见明和李惠琳的车，正停在500米开外。

苏见明已经做出了选择，成为郑刚勇往直前的底牌。

同时，也是一枚渡过楚河、再无法回头的小卒。

# 第七章　过河之卒

1

David和唐大年通完电话，开着助理名下的一台车疾驰而去。而苏见明和李惠琳就跟在他身后，他们绕了几个弯，最终开上了江边的大路。

此时已是晚上10点，但江边的会展中心依旧灯火通明、车水马龙。李惠琳觉得不对："这里在搞什么活动？"苏见明没有说话，他看着地图，脸色在路灯的光下显得阴晴不定。李惠琳看到他的表情，意识到了什么，于是皱眉问道："你知道他要去哪里？"

苏见明点点头："他应该在找出路。"

李惠琳反问："他今后肯定上位，找什么出路？"

苏见明头也没回："他虽然年轻，但是个商人。"

李惠琳一愣，想了想："刘明利之后，盯David？"

苏见明点点头。

李慧琳发现最关键的问题所在："这是你的主意？"

苏见明不语。

李慧琳："这是郑局的主意？"

苏见明点点头。

"算是吧。"苏见明最终说。

20分钟后，David到了位于江畔的会展中心。他把车停在会展中心门口，泊车门童为他开门，接过车钥匙。

苏见明和李惠琳把车远远地停下，没有跟进去，而是绕到了宴会厅后方。苏见明钻进了树丛里，他举着望远镜，透过玻璃观察着David。

"什么计划？"李惠琳装作江边散步的路人，刻意和苏见明保持着距离。

"看着，顺水推舟。"苏见明低声道。

"'顺水推舟'是什么计划？"李惠琳继续追问。

"你觉得David和黎志田之间能一直这么和气吗？"苏见明反问。

李惠琳摇头："那又能怎么样？"

苏见明最后补充："只要他们内部出了问题，我们就有机会抓到黎志田的把柄。"

李惠琳突然觉得这个技术科的呆子看起来有些陌生："这些，又是谁告诉你的？"

苏见明不语。李惠琳追问："还是郑局？"

苏见明点了点头。

一时间，李惠琳不知该对苏见明说什么。应该高兴啊，这个养子好像终于得到了养父的肯定和指导。但是李惠琳高兴不起来。直觉告诉她，苏见明正向一个看不见底的洞穴滑落进去。

David一直四下观望，不停地挪着位子，还不停地抬头张望，像是在寻找谁的样子。这表明David根本不认识高进，只是接到了消息，来碰碰运气。这次会面也不是约好的，他连具体时间和位置都不确定。

一切迹象表明，David是个突然登上高位，惶恐中为自己找寻后路的年轻人。

一个普通的年轻人。

李惠琳突然看见一个穿着白色连衣裙、套着西装外套的高挑女人走近David，两人有礼地打了个招呼。李惠琳走过来提醒苏见明："来了。"

苏见明也看到了二人，他笑着慵懒地斜靠在栏杆上："不急，且等一会儿呢。"

李惠琳看着那个女人，揣测："从她的谈吐和穿着来看，不像是来接洽的秘书，而是某个更高层次的人来试探David。"

苏见明最终总结："综上所述，高层次的人显然还没决定要不要见他。"

两人默契地不再说话，同时看向David的方向。他们看到女人塞给他一个东西，接着笑着离去。而David留在原地，面露难色。

女人给他的，似乎是一张房卡。

会展中心的20层以下是商铺和高级写字楼。20层以上是酒店套房。

David整整思考了五分钟，向通往酒店房间的电梯走去。

再后来的事，苏见明和李惠琳就不得而知了。

"你暂时不想调走了，是吧？"苏见明突然问。

李惠琳点了点头。

"所以，我还算你领导？"

李惠琳咬着牙，又点了点头。

"那练练你，David上去，你觉得会发生什么？"

李惠琳看着面前的高楼，调动自己对于上层人士的所有认知，开始了以下推断：

女人跟高进压根无关，是David新勾搭的商界女强人，二人正处在暧昧阶段，今天晚上会是一个转折点。

这是李惠琳的猜想，看向旁边的苏见明。

苏见明皱着眉看她，说："你是不是劣质网络小说看多了。"

李惠琳说，"那你猜，要我猜，那只能往狗血和戏剧化猜了。"

听完李惠琳的话，苏见明笑了。

终于笑了，李惠琳想。

苏见明敛住笑，想了一会儿，道："行啊，David不是个傻瓜。——高进。"

李慧琳："什么高进。"

苏见明："一个商人。"

苏见明拿出手机按了几下，打开一张照片，给李慧琳看。

照片上正是前些天，高进与黎志田并购的发布会现场。

刚才那个女人在会场高进一边的台前忙碌着。

苏见明露出兴奋的微笑："David开始勾兑高进，给自己找靠山。"

李慧琳："高进是个大人物。"

苏见明："应该是背后有大人物。"

李慧琳："今天结果怎么样，你的推论呢？"

在苏见明的推论中，David只是被叫进了房间，见到高进。高进最多说三句话，类似于：我知道你是谁。我知道你想干嘛。以后不要再来了。

"不合理。"李惠琳敏锐地发现了一个点，"如果是要拒绝David，为什么让他在楼下等？"

"就算是要拒绝的人，高进也要面对很多，要排队的。"

李惠琳沉默了。

两人正好讨论完毕，看到David走了出来。

他脸上没有兴奋，也没有屈辱、不甘、愤怒，只有深深的不解和疑惑。

这种表情证明，苏见明的猜测方向很可能是对的。高进简单地拒绝了他的热络和投诚，把他当作一个普通的无名小卒，像孔三顺、刘明利这些人一样。

女婿，到底只是外人。

## 2

事实上，苏见明的推测很准确，高进就是跟David说了那三句话。

我知道你是谁。我知道你想干吗。以后不要再来了。

这种轻描淡写的蔑视令David在漆黑的跑车中呆坐了五分钟。苏见明和李惠琳没有立刻追上来，而是等待他冷静，等待他对于黎志田的不满和怨言在心中继续。

David终于发动了车。

苏见明也发动了车，跟随David的车。

会议中心总算彻底入了夜，门前往来的人群逐渐散去，江风吹着江畔的树叶，David把油门踩到底，发动机在黑夜中发出咆哮。

苏见明连忙踩下油门跟上。在第三个红绿灯路口，苏见明的车终于别在他的车前。David停下车，挂上空挡，摇下车窗，愤怒地看向前方，压着火："跟踪我？"

苏见明笑吟吟地看着他："先预祝你新婚快乐！新郎官。"

David警惕地探出头，四处观望。此时夜已深了，这条路上只有他们两辆车。

"放心，没其他人。"苏见明看到他警惕的样子，不由得笑了起来。

David还不放心，他眯着眼看向苏见明车内。李惠琳干脆探出头："今晚我们在这片儿执行任务。"

David松了一口气，但态度依旧恶劣："你们想干什么？"

"放轻松，我们想送你个新婚礼物。"苏见明态度友好，好像和David很熟一样。

David重重踩了一脚油，引擎发出巨大的轰鸣，像只发怒的野兽："不需要。让开。"

苏见明笑笑："你现在的处境很微妙。往好处说，你马上就是黎志田的亲人，会有很多人来巴结。往坏了说，有很多事，不能做了。比如今晚的会面。"

David沉着脸："我只是来参加一个商业活动。"

苏见明哂笑着："你觉得你们黎总会相信吗？"

"你们到底要干什么？"David机警起来。

"我说了嘛，送礼物。"苏见明从夹克里掏出一个小盒子。David看着苏见明脸上意义不明的笑容，有些犹豫，但他最终还是接过来打开，里面是一部手机。

David端详着:"干什么?"

"我说了要赔你个手机。"苏见明解释说,"就是普普通通一个手机。"

苏见明这样定位他们当下的这次见面:金江市最大的两股势力的子代,在漆黑的夜中偶遇,私人对私人,苏见明送给David一份新婚礼物,他们偶尔应该打打电话。

David审视地看着苏见明,眼神警惕。

片刻,David领悟过来,说:"你想拉拢我?"

"算是吧。"苏见明开门见山地说。

"苏警官,这合法吗?"David也开门见山。

"黎志田身上肯定背着案子,这是查案。"苏见明说。

David嘲弄地笑了:"你确定不是在把我往火坑里推?"

苏见明没有要和他开玩笑的意思,正色:"你想好,我们是在帮你,或者说,可能是在救你。"

David依旧不以为意:"放屁。"

苏见明提高音量:"你不是在找新的靠山吗?我难道不算靠山的选择之一吗?"

终于,David脸上玩世不恭的表情僵住了。

看着David松动的表情,李惠琳适时地补充道:"我们想保护你。"

最终,David收下了手机。

他抬起头,望着苏见明的眼睛:"礼物我收了。但丑话说在前头,拉拢也好,保护也罢。关于刘明利,关于我岳父的生意,我真的什么也不知道。"

苏见明耸耸肩:"现在不知道,不代表以后不知道。"

David的表情变得有些玩味:"你就这么确定,我会帮你?"

苏见明:"再说一遍,是我在帮你。"

说完,苏见明升起车玻璃,准备离去。

突然,David大声地叫住他。

"喂!"David声音沙哑,"我凭什么信你,信你能当我的后路?"

苏见明上升的玻璃停住,两辆车在夜幕中对峙。

半晌,苏见明那边传来一句简单而有力的回答:

"我爸是郑刚。"苏见明说。

## 3

David回到酒店房间的时候动作很轻。对此,他已经很娴熟了。他要娴熟地保证,动静只会让黎莎慵懒地在床上翻个身,丝毫没有察觉。

David把那只手机藏在自己的皮鞋盒里。

显然,苏见明和李惠琳跟踪他有段时间了。David靠在床头,看着皮鞋盒的方向。他知道,自己来到了一个十字路口。虽然黎志田曾钦点自己接班,但像签约仪式这么重要的计划,David作为副总,却完全被蒙在鼓里。他去找唐大年谈的就是这事儿,唐大年委婉地给了他确凿的证词。David明白,自己是傀儡而已,傀儡想做点什么,却被高进无视了,还被两个小警察上了一课。

现在,躺在黎莎身边的David在烦闷地回忆这一些事件,首先思考什么才是令自己辗转反侧的真正原因。结论是,他被所有人轻视了。

黎莎再次翻了个身,David的视线落在黎莎的孕肚上,思绪打了个岔,想到再过不久,他就要成为一名丈夫了。所以,他不能再被所有人轻视。作为一个准父亲的David看清了面前的十字路口。分叉的两边,不是黎志田和苏见明,而是世界和自己。他不想再被谁掌控,不想再做自身难保的小卒,他要做下棋的人。

下棋,需要一张上桌的入场券。

入场券,需要是大家都重视的东西。

是刘明利,是百丽集团生意里不能为人知道的东西,等等。

就这么干。

想到这里,David有些感叹自己的机智。半年前,百丽集团公司内部系统升级,David在里面留了个小漏洞,他决定从这里入手。

每天清晨5点59分,公司系统会在存档和清存时留一个间隙。

说不定能在这个间隙里找到入场券,David想。

从淋浴房出来,黎志田披上丝质睡袍。房间里灯光柔和,唱片机里还放着一曲老歌。窗外,太阳刚刚升起,整个金江都沐浴在金色的晨曦里。

"现在,我还有什么弱点?"黎志田靠在沙发上,目光游离地思考着郑刚的反击。

很快,黎志田就想到了David。

David是他一眼看中并一手栽培的,他太了解David了。当年,正是这个小伙子的干劲和勤奋打动了自己,由此诞生了百丽集团助学基金。基金出钱,资助David完成留学,顺便也让David定期照顾黎莎的私人生活。

黎志田对David有一个最基础的判断，他有小聪明，但缺少大智慧。可糟糕的是，这样的一个人和自己走得太近，他知道的太多，想要的也太多。这些关键词叠加在一起，往往只意味着一件事——安全隐患。

尽管如此，黎志田也必须考虑到黎莎的感受。也正是因为这一点，才让David钻了空子。公司电脑系统里的漏洞，刘锋在半年前就给自己汇报过。因此，黎志田只是装作不知情。如今，他要看看David会搞出什么小动作。

黎志田打开电脑，上面是酒店的监控画面。画面上，David鬼鬼祟祟地出了房间，电梯直达B2停车场。直到半夜两点，David才回到房间。

黎志田打开手机，给刘锋发去了自己的房号。

之所以要报房号，还是因为黎志田他多年以来的"安保"习惯。

每天随机选择一层酒店去住，并在同层酒店中，随机选择一个房间入住。这样以来，就连他自己也不会提前知道，今晚会住在哪个房间。

刘锋在天快亮时出现，面色凝重："董事长，有个情况。"

"David干了什么？"黎志田像是未卜先知地问。

刘锋详细汇报，称唐大年晚些时候打来了电话，称David去找过他，问了很多黎志田的性格、前史和弱点。唐大年是个忠心的副总，没说什么关键的，最终只能用高进还在金江来搪塞他。David听完，很高兴，风风火火地出门了。然后，他去了江畔会议中心。凌晨两点返回后，David在房间待了一个小时，然后就去了机房。

第七章　过河之卒

"放心,系统的那个漏洞,我都看过。"刘锋说,"David什么也查不到。"

黎志田点点头。

然后,黎志田脸上是深思的、阴冷的表情。

秘书刘锋熟悉这样的表情,试探:"David和小姐的婚礼——"

黎志田打断:"照办。"

刘锋不再说话了,等待老板的进一步明示。

黎志田接着分析:"David还没那个谋反的胆子,可能只是想手里攥个筹码。"

"忠诚——"刘锋有些为难地说,"他已经不是百分之百的了。"

黎志田冷冷地看向刘锋:"他是我闺女挑的人。"

刘峰知道自己说多了,赶紧额首退下。退到一半,又被黎志田喊住。

黎志田要他安排一次见面。

和郑刚。

## 4

豪华的酒店宴会厅,David小跑着进入会场。

场地中央,黎志田陪着黎莎确认两天以后的婚礼细节。

黎莎看到了David,表情嗔怪:"你怎么才来?"

"抱歉,工作。"David摸了摸黎莎的头,又转向黎志田,神色拘谨:"爸,不好意思。"看到黎志田笑着摆摆手,他这才放心下来,牵起了黎莎的手。

过关了。David 心想。

其实，他刚刚还在研究从机房里偷拷出来的财报数据，看看里面是否有黎志田的把柄，是否有可以让他上桌的入场券。

今天他们需要确定的是典礼上的鲜花方案。宴会厅的两侧摆放着数十米长的条桌，都铺着洁白的桌布，桌上陈列着一捆捆品种各异、颜色不同的鲜花，十个统一制服的工作人员直直地站在桌旁，仿佛等待检阅的士兵。每走到一盆花前，都有工作人员上前介绍花的种类、装饰方案等信息。整个宴会厅里繁忙却又秩序井然。

David 陪着黎莎走过宴会厅，脸上带着微笑，听着工作人员的报告，心里却早已打起了哈欠：说到底，婚礼这件事不过是大小姐的兴趣，和他没多大关系。他只需要适时出现，顺着流程走下来就行。

David 百无聊赖的时候，黎志田突然叫住他，去试男方的礼服。

偌大的更衣室，只剩翁婿两人。

黎志田开门见山地说："我知道你干了什么。"

包括 David 私下拉拢唐大年，包括他去见高进，包括他从公司偷偷拷贝出财报。

David 张大嘴，脸涨得通红。黎志田的指控实在太过具体，具体得令 David 一时无法想出谎言推脱。

"但无所谓，"黎志田继续说，"你需要一点安全感，我可以理解，只要别太过分。"

黎志田的大度进一步令 David 吃惊。

"知道我为什么对你宽容些吗？"黎志田定定看着 David 的眼睛。

第七章 过河之卒

David的喉头艰难地上下起伏："因为我是莎莎挑的人。"

——还好，David没有失智，给出了黎志田想要的答案。

黎志田点点头，两双有力的大手重重钳制了一下David的肩膀，帮他整理身上的西装。然后，黎志田走出去。

"哦，有件事，务必办妥。"黎志田杀了个回马枪，令David几乎窒息。

黎志田看着David的眼睛，用不可推脱的语气交代：

"给我女儿一个，她最满意的婚礼。"

黎志田离去，David很久才回过神来，额前已经布满一层细汗。

他知道，手里有什么财报都没用了。他需要一条后路，一条独立于黎志田的路。

David想起那只放在鞋盒里的手机。

David全程微笑地走完婚礼彩排，最后，他给苏见明发了短信。

与此同时，郑刚那边，同时面临近乎战场的局面。

市政府大楼内的一间办公室内，郑刚坐在盖着白色蕾丝装饰的布沙发上。

在他的对面，坐着组织部来的三个人。整个房间气氛肃穆，郑刚正襟危坐，像面临一场审判。

阳光很好。

郑刚不动声色地试探："组织上有什么决议？"

为首的工作人员并不接招："想先听听你的看法。"他叫吴俊，处长。在职级上，他比郑刚低了很多，但在此刻，他才是能宣判郑刚命运的人。

郑刚斟酌片刻，语气如会议发言："'5·20'爆炸案以来，金江社会动荡又牵连出刘明利及其家人的恶性案件，且当前幕后主使仍不明朗。这些事件对金江和人民的影响极大，我负有主要领导责任。"他严肃地看着吴俊的眼睛，"我申请，不再兼任市公安局局长的职位。"

吴俊和其他两个工作人员对视一眼："郑市长，现在人大同级别的位置是满的。"

郑刚一顿："那组织上的意思是——"

"政协的刘树声副主席，上个月去世了。"吴俊低头翻看着笔记本，然后补充道，"我们会向上反映你的情况，正式决议后续上面会发出，再等等吧。"

听到这话，郑刚感恩似的点点头。随即，三人起身，握手告辞。

最终，只剩下郑刚一个人坐在屋里。他看着窗外，神情落寞。日光向天中挪步而去，太阳照在他的身上脸上，映出金色的光。在金江，郑刚也曾是如同烈日般耀眼的存在。可如今，他的眼神中，滤得只剩硝烟过后的疲倦。

正这时，程斌进来了。

到了郑刚与黎志田见面的时间。

5

黎志田的会所，郑刚和他望着江面对坐。两人都有些恍惚，对于当下的时间没什么实感。毕竟，同样内容的对话，在两人之间已经进行过太多次了。金江重要的两个人在各自发展和合作的过程中，总有利益相左、需要谈判的时候。每一次，两个人总是能达到微妙的平衡，化险为夷地向前走去。

但刘明利和高进的事之后呢？

两人心里都不清楚，但大约都是悲观的倾向。

"老郑，是不是咱第一次在面馆见面之后，就注定我们会走到这一步？"黎志田先开口，怅然地望着江面。

"那我们今天还来谈什么呢？"郑刚冷笑着。

黎志田顿了顿，眼中露出郑刚眼中从未有过的东西——属于父亲的恳切。

"我女儿马上结婚，又怀着，能不能，咱们先渗渗，等她把孩子生下来？"黎志田说。

郑刚："去把高进请回来。"

黎志田摇摇头。

郑刚表情冰冷："你现在有什么资格跟我谈条件？"

黎志田苦笑："老郑，咱俩之间除了刘明利，还有好些事情啊。"

郑刚看着他："威胁我？"

黎志田摇摇头，与郑刚对视："谈不上威胁，我只是想跟从前一样，和郑局好好接着做生意。成吗？"

"哪儿还有生意可做？"郑刚说，"现在是退场时间。"

"那就这样？"黎志田说。

"就这样。"郑刚说。

两人都知道，今天的见面是一场宣战。一场平静得令人恐惧的宣战。

最后的体面底下，是双方的宣言，意思是：如果说刘明利爆炸案一事还更多是计谋的成分，那么这个维度的战斗已经翻篇了。此后双方的行动，都将是残酷的、不可回旋的、直戳命门的杀招。

就这样吧。他们都同意了。

江风很冷，渐渐令两人清醒过来。他们各自侧开头，都觉出自己的荒诞，然后各自歇斯底里地笑起来。然后，他们一前一后走出会所，走进黑夜里。分别时，两人都没有看彼此，仿佛是再也不会见面。

然而，这场重要的会面有人在看。

苏见明把车停在远处的野路上，见证了郑刚和黎志田的会面。

苏见明尚是冷静的自己，不是受摆弄的棋子。

他一边顺从郑刚的指示，一边对他留了个心眼。

现在，苏见明终于确认，郑刚和黎志田之间在进行某种交易。随之确定的，还有许多苏见明一直不愿意承认和面对的事情。

他需要和郑刚说清楚。

苏见明搓了把脸，用几乎颤抖的手给郑刚发去信息。

四个字："父子时间。"


金江的夜很静，远远的，不知道哪里放的歌曲飘荡在城市上空。伴着这莫名的歌曲，仿佛是整座城市的命运迎来一次剧变的前奏。前奏由三部分组成：

第一部分，是一场偷情。

憋屈的David来到城西边的一家高级酒店，与一名浓妆的女子互相抱着，滚进丝绒的床单里，粗暴地揭开彼此的衣服……

第二部分，是一场父女谈话。

黎志田不放心女儿的婚礼陈设,回到婚礼现场。他看着黎莎挺着孕肚,指挥婚礼现场的摆件。黎莎看见黎志田欲言又止的样子,笑着过来,挽住他的手臂,将头靠在他的肩上。

黎莎替黎志田说出他不便说的话:"爸,现在形势很难,对吧?"

刘明利的事情之后,警察常来,黎莎也感到了集团里紧张的氛围。

黎志田摇摇头:"没事。"

黎莎攥紧了他的手臂:"不要觉得我什么都不懂。爸,你碰上事儿了,对吗?"

黎志田一愣,对于黎莎的成熟,同时感到惊讶、欣慰和心酸。

"如果可以,婚礼,我们要改得低调一点。"黎志田最终说。

黎莎沉默了一会儿。就这一会儿,令黎志田揪心。可片刻之后,女孩就绽开笑容:"我明白,我是黎志田的女儿,我能屈能伸。"

于是父女俩开始指挥下面的人,拆掉刚刚还在精心筹备的陈设。

像是拆掉精心构筑多年的堡垒。

第三部分,是苏见明和郑刚的"父子时间"。

6

索道缆车上,二人看着江城夜色。苏见明的瞳孔里倒映出江水的波光,郑刚发现儿子的眼神变了,这是作为父亲既欣慰，又有些陌生。

"爸，你知道我为什么选择当警察吗？"苏见明问。

郑刚看着他，依旧沉默，等候他的自问自答。

"因为还有那么一丁点儿相信，世界没那么操蛋。"

停顿。

"还有——对你的崇拜。"苏见明的声音低沉，如冷风穿过峡谷。

苏见明不再看江水，而是看着郑刚问道："爸，你是个好警察吗？"郑刚的眼中闪过一丝惊讶，然后取而代之的是一种深沉的悲伤。

他的声音中带着悲凉的宿命感："我不知道。"

郑刚看向漆黑的夜空和金江，他确实不知道。

苏见明看着郑刚："我从小的理想就是成为一个刑警。"

"我以为你不感兴趣。"郑刚苦笑。

"不是的，是因为自卑，我觉得我不行。"苏见明说，"高中考大学那年，我跟你说，我想把名字改成'郑见明'，跟你的姓，这对你来说很容易，可你拒绝了。你和妈对我很好，可你一直把我当别人的孩子，你不希望我成为你。"

苏见明眼里有复杂的痛苦。他的眼角开始泛红，有一种无法掩饰的脆弱。郑刚想说什么，又不知从何说起。

苏见明的眼睑微微颤抖着："你从来没有真正把我当自己的儿子。"

郑刚抬起头，坚定地反驳："你错了——"

苏见明不等郑刚说完，大声地打断了他："'5·20'爆炸案，是你做的！"

以郑刚的老谋深算，一定能搜寻一个解释，但他没有。

第七章 过河之卒

他沉默着。

苏见明克制着心中的愤怒和悲伤,继续说:"刘明利坚持要求到下午两点才交代,为什么?因为有一个事件要在两点前进行,这个事件发生了,他才会交代。所以,交代是一个威胁。"

郑刚依旧只是听着,嘴唇紧闭。看到他的反应,苏见明心里了然,但还是自顾自地继续说着:"孔三顺拿着炸药包,指名要你来,所以这案子一定跟你和黎志田相关。那么这到底是谁对谁的威胁呢?黎志田能通过刘明利的交代威胁你吗?没有人能信,而反过来,刘明利如果交代是黎志田指使他制造爆炸,黎志田就完了。"

苏见明知道他即将踏上一条很难的路,但不得不挑战父亲的权威。他的语气激动:"所以,整个爆炸案,是你炮制的,去对付黎志田。"

听到苏见明的结论,郑刚的眼神飘到了窗外。他久久地看着夜色。父子二人如同被定格在画框中的演员,静止在无声的剧本中。

郑刚最终还是开口了:"你说得对,这是我对付黎志田的局。"

"你怎么能这么做?"苏见明质问道。

郑刚的眼神中闪过一丝狠厉:"这里面牺牲的是孔三顺、刘明利,他们每一个人都罪大恶极,而成果,是搞掉黎志田。"

看着郑刚呆呆地看着窗外,苏见明道:"我们不是算账的商人,我们是警察。"

郑刚提高了声音:"我能怎么做?黎志田所有的犯罪行为,屁股都擦干净了。检察院和法院里头,也有大批人马前赴后继地争当黎志田的靠山和保护伞,这些你都知道吗?你告诉我,要除掉这个金江最大的黑势力,该怎么做?"

苏见明一时无语,脑海中的千万种念头快速闪过,可他抓不住任何一个。这个问题挑战着他过往的认知与道德底线。最终,苏见明只能无奈地说:"我不知道。"

郑刚吼了起来:"我知道!我和他们这种人打了三十年交道,我知道。"

苏见明看着郑刚暴露血丝的双目,他的脸色铁青,手紧紧抓住轿厢内的铁栏杆,似乎是需要某种支撑。他深呼吸着,迅速冷静下来:"以前,黎志田虽然在金江手眼通天,但我在局里能制住他。现在,我要从公安局退了,就让黎志田继续这么逍遥下去?"

苏见明叹一口气:"现在,刘明利死了,唯一的线索,只能是那些亡命之徒。"

郑刚摇头:"没用,死的那两个你查不出线索的,其他杀手现在肯定也早已经消失了。抓他们,又得好几年。"

苏见明点点头。他的世界经过一番土崩瓦解,亟待重建秩序。他必须从废墟中站起来,走出这阴霾,重建这一切:"我准备用刘明利透露给我的龙翔广场尸骨的线索,这是个抓手。"

郑刚一票否决:"别管那个,陈年旧案,又没线索,太慢了。"

苏见明有些不甘心:"可是——"

郑刚蛮横地打断了他:"和你说了,那个没用——我已经说过了,你要有更高层次的思维,要找的是黎志田整个体系的弱点。"

弱点。David。

苏见明突然冷笑出声："你想让我把David，用成第二个刘明利？"

郑刚不置可否。苏见明眼前又闪过刘明利的结局，同时开始想象David的结局。

郑刚："无论成不成功，他女婿的结果，恐怕……"

苏见明："这么做太不道德了。"

郑刚冷哼了一声，眼里流露出无奈："枪杆子里出政权，谁的拳头足够硬，谁就是真理，谁就能书写道德，自古以来如此。"

苏见明无话可说。

说了这么多话，郑刚已经有些疲惫了，但儿子的成长还是让他觉得很欣慰："我估计很快会离开局里了。我可能不能陪你战斗到最后，不过，你可以。"

苏见明震惊地看向父亲，他仿佛看到父亲的身影在江岸灯火下慢慢萎缩，那个曾经宽阔的肩膀变得模糊不清。

苏见明："为什么这么快？"

郑刚的眼中有倔强，更多则是无奈："市长季军是两年前空降过来的，下一任也会空降。我曾经想打破这个惯例，但黎志田中止了这个进程。接下来怎么办，你自己选吧。"

郑刚看着脚下的万江灯火，苦笑道："你要想当个菩萨，就不要当警察。"

玻璃墙壁被外面的风敲击着，震动传到苏见明的太阳穴处。苏见明感觉到太阳穴处的脉搏跳动，他深呼吸，让自己平复下来。

"爸。"苏见明低声唤到，声音有些颤抖，"我就要你一句实话。你做的这些，到底是为了金江，还是为了你自己？"

说完，苏见明闭上眼睛，不看郑刚的表情。

郑刚看着他，今晚苏见明的字字句句都穿过了他的心理防线。

"为了金江。"郑刚低声说。

"我要退了。"郑刚柔软地说，"你说得对，刘明利的事，说明局里不干净，我也不知道……"

郑刚话说到一半，定定地看着苏见明："我也不知道还能信谁，除了你。"

苏见明，是郑刚现在仅能相信的人。

父子间珍贵的信任，是郑刚的底牌。

苏见明点点头。

索道即将到站，郑刚整理衣服和情绪，准备平静地迈出缆车。

远方，一个闷雷落下。

孤零零的轿厢在空中艰难地晃动着。

整个金江在等苏见明做出一个决定。

## 7

局里的礼堂内，大红色的横幅悬在空中：热烈欢送郑刚局长转赴新的工作岗位。郑刚和刘波走进礼堂，程斌亦步亦趋地跟在两人后面。

几个人进了礼堂，一愣。偌大的礼堂空空荡荡。

办公室主任王昆气喘吁吁地跑过来，看到几人困惑的眼神，表情尴尬地解释道："刚才一直跟您打电话打不通。上面说是——新规定，类似欢迎、欢送这样的活动，最好不要搞，政府办公厅打过来电话说的……"

刘波一怔，而郑刚则是大度地一挥手："就应该这样，我就说不要搞这些场面。"说着，郑刚转身走出小礼堂。在转身的一刹那，他的鼻子一酸，只是他很快控制住了。

他走了两步，又回头看向刘波说："我去收拾收拾东西，刘局，咱们一会儿碰一下。"说完，大步离去。

刘波看着郑刚远去的背影，颇有些质疑地询问："王主任，到底什么情况？上面怎么可能这么搞突然袭击？"

王昆皱眉："咳，哪有什么突然袭击。您让办公室下发的通知里写着，欢送会是自愿来的，结果根本没来几个人。这个时候，谁敢来露面？"

刘波懂了："所以你就——"

王昆叹了口气："总得让人有点面子吧，找了这么个说辞，也算是给个体面。"

郑刚走回到了办公室，从抽屉里拿出配枪，庄重地擦拭着它。他知道，这是他最后一次擦拭它了。这把枪跟了他许多年，是他最亲密也是最忠诚的伙伴。它曾见证过无数次英勇的战斗、午夜的无眠和坠入深渊的迷茫。

郑刚深情地抚摸着枪身，庄严地感受着它的温度和重量。

是时候说再见了。

这是一个时代的结束，也是一个新时代的开始。

郑刚正式地与金江市公安局告别。

郑刚和刘波在前面走着，程斌和王昆在后面跟着。

他们从一个个处室门口走过，里面的工作人员迅速站起来，有点尴尬地赔笑。

他们走到了警察局的大厅，大厅中央矗立着一座纪念碑，这是郑刚主导建立的，上面刻着金江所有的殉职警察的名字。郑刚站在纪念碑前脱帽致敬。他在金江市公安局待了几乎一辈子，见证了金江这座城市的变迁。在这段人生里，他抓过凶犯、击毙过歹徒，也包庇过罪恶、藏起过秘密。在他的职业生涯中，曾有很多个时刻，他都差点成为这些殉职警察中的一员，成为这一个个石刻的名字中的一员。

一行人向警局外走去。

到了大门口，郑刚转身，对着整栋大楼，他标准地敬了一个礼。

郑刚知道，这也是自己作为警察的尽头了。他回头看向程斌，程斌将怀里抱着的盒子交给了刘波和王昆。

王昆打开盒子，里面是郑刚的配枪和警徽。它们在灯光的照射下，反射出凌厉的光。

孙鹤阳从大厅跑回负一层的刑科所，看着在电脑上还在研究头骨建模的苏见明："郑局长正跟大家告别呢。"

李惠琳呵斥道："别瞎凑热闹！"她有些担心地看向苏见明，她是最知道苏见明对父亲复杂情绪的人。

苏见明没有抬头，他坐在那儿想了片刻，接着他站起身，走向休息室。他打开柜子，里面挂着一套警服。

一楼，郑刚和程斌走出门。夕阳西下，刺眼的光线下，国旗仍然猎猎招展。

郑刚回头看看大楼，大楼矗立着，像一座坚固的堡垒。他突然问程斌："你跟了我这么久，说句真心话，我，算个好警察吗？"

程斌思考良久："说实话，我不知道。但要说感觉，我觉得是。"

郑刚笑了笑，有些落寞地走向门口，但还没走两步，就被程斌叫住："郑局！"

郑刚缓缓回头，他看到一个身着警服的笔直身影站在门口，姿势标准地向他敬礼。

郑刚看着那道身影，缓缓地笑了。他知道，那是他的儿子，苏见明。

郑刚转过头大步向前，不再留恋："好了，走了。"

郑刚转过头时，脸上有真正的笑容。

苏见明做出了决定，成了他的过河之卒。

以上，是金江命运变奏曲的全部，标志着金江将不可阻挡地向某一个方向滑去。

还有一支不重要的、几乎被遗忘的插曲。

龙翔广场墙体里的那具尸体，正躺在技术科的操作台上，用空洞的双眼，等待着命运改变的来临……

## 第八章　卒的结局

1

苏见明穿着便衣到了码头边。金江的码头是这座城市粗犷的缩影。码头上长长的、向上延伸的石阶磨损得厉害，这里是江边著名的景点，斑斑驳驳的岁月痕迹遍地。周围的建筑物都是典型的工业风，线条硬朗，大片水泥灰墙。

此时已经有游客游览此地。江风带着湿润的气息，将他们的吹得衣角翻飞。就在游客人群里，苏见明坐在阶梯一角。他在等人。

David选在婚礼这天上午与苏见明见面。他认为最危险的时候，就是最安全的时候。

两人以人来人往的游客作为掩护的背景，展开特务一样的接头。David从手提包里掏出一叠复印件，塞进苏见明手里。

这是当年龙翔广场的施工进度表，上面还有不同阶段的施工负责人，用于调查龙翔广场墙体里的尸体。

苏见明翻看着，淡淡问："杀了刘明利一家的武庆人呢，还有没有线索？"

听到"杀"和"刘明利"这两组字眼，David缩起肩膀，他摇了摇头："查不到了，还有……他们怎么可能跟我说这些。"

作为黎志田系统里可悲的弱点，David已经很尽力了。

苏见明深知这一点，他起身准备离开。David想了想，还是忍不住，问出心里的疑惑："你手里有足够的东西把他抓进去吗？"

"会有的。"

"什么时候？"

"你别管了。"

苏见明低头看向David，嘱托道："到此为止，咱们别见面了。"

David有些蒙，感觉总之不是好话，应该是预示自己会遇到危险。他还想问什么，但被苏见明的一句话堵回来了。

"新婚快乐。"苏见明说。

还有10分钟就是10点，黎莎和David的婚礼即将准时举行。

与其说这是一场婚宴，不如说它更像是一次华丽优雅的私密社交场合。迎宾台签到处，没有客人给现金红包，那样就是普通的婚礼。宾客们签下名字，接待者便会与他们商量，然后在每个人的名字旁写下一个具体时间。等到了约定时间，客人再和新人单独晤面，送出礼物。

此时，黎志田正在自己的房间里等待仪式开始。黎志田对着镜子整理仪容，他穿着一套的深蓝色燕尾服，剪裁精细，修饰出他挺拔的身姿。一枚镶钻的领带夹固定住领带，使其在他胸前保持恰当的弧度。黎志田看向窗外，酒会现场已经人来人往。他看了看表，该下去了。

突然，敲门声响起。黎志田打开房门，果然是刘锋站在门口。但他双手握在身前，沉默不语。看着他踌躇的样子，黎志田开口发问："有问题？"

刘锋犹豫再三："您……还是自己看吧。"他进门打开电视，插上优盘。黎志田坐在沙发上坐下，看着画面，表情阴森起来。

画面上是酒店一个房间的监控画面。一男一女，两个人赤裸地趴在窗台旁，男的耸动着身体，女的则陶醉地发出呻吟。女的是谁，黎志田不认识，而男的，黎志田很熟悉，正是他的好女婿、接班人——David。他俯下身，在姑娘耳边说了什么，两个人都笑了，笑得很忘情。

黎志田面无表情地看着两个人在屏幕上肆无忌惮地交媾。许久，他的视线才从屏幕上移开。

刘锋全程低着头，呆呆地看着地毯。黎总脚上是一双拖鞋，还没来得及换皮鞋。

黎志田拿出一根烟，点着深吸一口："野鸡？"

刘锋摇摇头："查了下，是个老相好，应该是他出去留学之前，两人就谈朋友，回来不久又勾搭上了。"

黎志田又吸了一口烟，用烟头指着屏幕上David的脸，又问："什么时候的事？"

"昨天下午。"刘锋小心地观察着黎志田的反应，连语气都变轻了。

黎志田沉默良久，最终只是叹了一口气："给我一份拷贝。"

刘锋并没动作，摆出一副有话却不敢说的样子。黎志田看着他的表情，更加不悦："还有？"

刘锋拿出另一个优盘插到电视上，屏幕上播放起一组照片。黎志田盯着屏幕，眼睛里的光从惊讶转变为了愤怒。

照片是偷拍的，很模糊，但仍然看得清。一系列照片清晰地显示，David和苏见明在进行频繁的见面。

"在查什么？刘明利？税单？"黎志田问。

"不，"刘锋摇摇头，"不止。"

"不止？"

"还有龙翔广场的档案。关于墙里的那个……"

话没说完，刘锋噤声了，黎志田愁眉闭目，思考着。黎志田已经给过David一次机会了，但他还是选了苏见明那边。这显然已经触犯到黎志田最大的痛点。

可是，今天是David和黎莎的婚礼。

黎志田思考了片刻，决定再给David找一个借口。

"可能只是和苏见明接触。"黎志田说，"等婚礼结束，再找他谈谈。"

如果David只是和警方接触，不涉及郑刚，就还有回旋的余地。黎志田想。

对此，刘锋不敢说话。

楼下宾客的欢笑声越来越大，但都砸在玻璃上，变成一声又一声的闷响。套房里，只能听见黎志田手上香烟的燃烧声。"有话就说。"黎志田突然睁开眼，对刘锋说。他的声音里能听见压抑着的怒火。

刘锋："我有点担心。"

黎志田沉吟:"担心什么,看紧他。"

然后黎志田闭上眼睛,像是在做很艰难的决定。

刘锋犹豫地问道:"婚礼……"

黎志田睁开眼,站起身。他整了整礼服,精选的高级面料泛着光:"照旧。"

黎志田认为,在女儿黎莎记忆里,应当有一个快乐的婚礼。

他起身往外走去。

## 2

富丽堂皇的大堂里,回荡着庄严的婚礼进行曲,宾客们表情肃穆,站在台下两侧,静静地等待着新人的出场。

在众人的目光中,黎志田挽着黎莎出场,一步步缓慢地走向新郎。他们走到一半时,天空中有粉红的花雨落下。在漫天的粉红中,黎莎像一个高贵的公主。

黎志田看着前方,眼里有光在闪烁。他偏过头,低声对女儿说道:"莎莎,以后,你要让自己幸福。"他握紧了女儿的手,"你可以一生不问世事,可以没有成就,但,你一定要让自己幸福,哪怕是最傻逼的幸福。"

黎莎看看父亲,认真地点头:"爸,你放心。"

这条通道仿佛无比漫长,黎志田走到David面前,看着女儿在聚光灯的照耀下显得无比耀眼,他自豪又有些感伤地靠近女儿耳边:"我所做的一切,就是为了今天。"他轻轻地把女儿的手放在David手上。他的眼神没有异样,仍然对女婿微笑着。

宴席中传来阵阵掌声与欢呼。

主持人把麦克风递给黎志田，请他致辞。

黎志田接过麦克风："亲爱的女儿莎莎，"黎志田顿了顿，"今天，是你人生中最重要的日子，是你步入婚姻殿堂的时刻。我感到无比荣幸和欣慰，能够在这个时刻站在这里，为你送上最深切的祝福，见证你的幸福。"

黎莎看着黎志田，抑制不住泪水。

黎志田继续说着："莎莎，今天你将开始一段崭新的生活，将要面对许多新的挑战。我知道你将会是一个优秀的女儿，一个称职的母亲。"

黎志田没说惯常会提到的："一个合格的妻子。"他在说这话时，目光移到了David身上，David的表情有些僵硬，但还是回以坚定的目光。

"在婚姻中，你们需要相互理解、包容和支持。在相互扶持的旅途中，无论遇到什么困难和挑战，都需要用行动去证明你们的爱情……"他说完，又感谢了一通亲朋好友，接着现场音乐再次响起，欢呼声、鼓掌声雷鸣般响起，气氛达到顶点。

David牵着黎莎向舞台一角走去，到了切蛋糕的环节。三层白色蛋糕上方，扎着一朵鲜红色的绸带，做成盛开的玫瑰，孤零零地鲜艳着。黎莎拿起蛋糕长刀，David双手握住新娘的手，两人要从最高一层切开这座雪白的蛋糕塔。

David调整着发力角度。他向前一步，却正好踩在黎莎的裙摆上。David想扶住桌子，蛋糕却突然向桌边倾斜而去。紧接着，巨大的蛋糕如大厦般轰然倒塌，糖霜像雪花一般，纷纷扬扬地洒落。

黎莎惊呼一声，人群哗然。这像是一种不祥的预兆，

David站在那里，手足无措。

主持人也吃惊不已，正在他想着该说什么的时候，黎志田做了个手势。"David，我知道你今天很激动，"黎志田笑着上前打圆场，"这个蛋糕，就别分了，回头我让人给你们补一个更好的。"

David看着和蔼的岳父，一时语塞。黎志田拍拍他的肩膀，转头对众宾客道："小插曲，过日子哪有不磕磕碰碰的，今天就当提前演练了。"

众人大笑，又报以一阵热烈掌声。

欢庆的氛围里，David看着岳父。

这瞬间，作为弱点的David恍惚地生出一种感激和愧疚。愧疚自己向苏见明透露了些不利于岳父的事；而感激则更加深刻，他恍然发现：黎志田，改变了他的命运。

的确，黎志田即将改变David的命运。

## 3

车里，李惠琳的手机播放着热搜上实况转播的黎莎婚礼视频，她看到David把蛋糕切倒了的那一幕，笑出了声。

视频播放结束的时候，车正好停下。

根据David给的材料，苏见明三人找到了这个位于城市边缘的建筑工地。工地里，裸露的钢筋水泥如巨兽的骸骨，几栋未完工的大楼矗立在灰蒙蒙的天空下，像是张牙舞爪的怪兽。几辆挖掘机在土石中蛮横地穿梭，空气里到处都是噪声和尘土。在建筑工地的角落里，还有一个猪圈和一小片菜地。

养殖老板是个佝偻的小老头。苏见明看到他提着一个肮脏的桶，把里面的泔水倒进食槽里，剩下的再倒进菜地。

苏见明的眼神收了回来，继续跟着一个脖子上文着龙的建筑工，穿过一排排集装箱式的临时房屋。这些房屋外面挂满了乱七八糟的换洗衣物，展示着一种没有隐私的生活方式。身前脖子文龙的建筑工扔给他们一人一个黄色头盔，他们戴上，头盔系带油汪汪的，泛着不知由多少人、多少层汗混合出来的老味。孙鹤阳闻着这种味道，几乎要呕吐。

在苏见明身后，李惠琳仔细地观察着。放眼望去，工地上的工人倒没有什么安全措施，这些经验丰富的建筑工嘴里叼着烟卷，早已在这样的危险环境中游刃有余。

建筑工带着他们推开一扇门。

正值中午午休时间，在屋里吃饭的人，正是曾经打过照面的经理徐德发。

徐德发依旧喝水一样喝着白酒，看到苏见明一行人进了门，将一口酒吐回到缸子里。

徐德发对着苏见明发问："你们怎么晓得我这个工地的？"

苏见明笑笑："我有我的办法。"

他在屋里逡巡，不时看看墙上的施工进度表，还有一些通知和照片。

徐德发："还来做啥子，耍吗？"

苏见明走到门口，向外望，烈日下，工地上还有不少人在忙碌。

工人们一个个表情相似，麻木、沉默、冰冷。

苏见明回头看着徐德发，说道："我就是来问你一句话。"

徐德发："说嘛。"

苏见明："你们，都是来自武庆的吧。"

徐德发虎躯一震，愣在原地。

苏见明静静地看着他，脑海里再次浮现出一个画面——

那天在医院大厅里，他看见的一个打电话的中年汉子，正是徐德发。

徐德发："是，怎样？"

苏见明："没什么，我就是确认一下。走了。"

徐德发："老子说了，那具尸骨跟老子没得关系。"

苏见明的一双眼睛直勾勾地审视着徐德发，半晌道："我会查出来。"

他声音不高，但却很有分量。

苏见明三人走出了工地，李惠琳立刻卸掉头盔扔了出去。头盔在地上混乱堆放的电线上滚了几滚，震出一片尘土。李惠琳掏出一张纸巾，用力地在下颌擦拭着："你相信他说的吗？"

苏见明也摘下头盔扔掉："相信。"

李惠琳看着他笃定的样子，不明所以："为什么？"

苏见明看着她："跟那个徐德发相关的可能性不大，他没必要说谎。"

苏见明指指工地上轰鸣的碎石机。李惠琳看过去，笨重、布满锈迹的碎石机力量惊人，轻松地将一块巨大岩石瞬间击碎。"要是他，更可能直接把尸体碎掉。"

全国最后一个通电的村子，就是武庆。

武庆人，最早来源于那些不受管束的游民。暴力是他们的图腾，血腥是他们的文化，他们身处整个社会的边缘地带。

有一部分武庆人以打鱼为生，比如徐德发。在老家的时候，他每天要放鱼雷炸鱼。他总是喜欢放很多炸药，于是鱼就会被炸成鱼块，天女散花般蹦出水面。徐德发会捡起鱼块，回家做鱼汤。在他看来，炸鱼和砍人没有区别，鱼块和尸体也没有区别。

另外有些人，爱吃蛇鼠虫蜂。他们仰赖自然环境来维持生计。武庆人在岁月长河里慢慢发展出一套自己的规则制度。他们不管什么道德和法律，他们只遵循自己的规则和欲望——弱肉强食，硬碰硬。

养兵千日，用兵一时。

黎志田当然知道苏见明去找了徐德发。他对刘锋说："上回去，是不是有一阵儿了。"

刘锋点点头："是在刘明利的事情之前。"

黎志田吩咐着："下午，你去一趟。最近，他们可能又要辛苦了。"

刘锋点点头。在领会黎志田的意图上，他有着极高的悟性。只要老板一个眼神，他便能看透三四步之外的局面。

要是David也能这样多好。黎志田想。

4

在装饰奢华的餐厅里，黎志田、黎莎和David正围坐在一张桌子旁。桌上的红油锅底沸腾翻滚着，辣椒、花椒、牛油、豆瓣酱混合出一股奇香弥漫开来，让人垂涎。但房间里却丝毫不觉得热，空调冷气开得恰到好处。

黎莎摸一摸挺着的肚子。她的肚子已经开始隆起，像一座小山丘。黎莎放下筷子，满足地伸了个懒腰。

黎志田温和地看着女儿，只有这种时候，他才觉得放松，像是从战场上暂时休息下来。他语气温柔:"时间快到了吧?准备什么时候住到医院去?"

黎莎掏出一面精致的小镜子,照着擦了擦嘴角的红油:"我不想去医院,我就想在酒店。"

David语气关切:"莎莎,别任性,那怎么行?"但他的话没有换来好的结果,他看到黎志田看向他,眼神冷漠,像在看一只动物。他知道自己说错了话,鬓角渗出细密的冷汗。他感觉自己仿佛坐在一张钉板上,而一旁的黎莎似乎对两人的关系毫无察觉。

黎志田再次看向黎莎,目光瞬间切换温柔:"也不是不行,把设备和医生护士搬到酒店来。"

黎莎看着父亲,眼里有光:"爸,可以吗?"

黎志田笑笑:"记住,如果付钱就可以买来舒心,那就这么做。"

黎莎笑了,她看向David,后者连忙在脸上挤出虚伪的笑。

黎志田看着这对小夫妻,语气温和地结束了这顿饭:"莎莎,你先回去休息,我跟David谈点工作上的事。"

David目送黎莎的背影离开,接着有些尴尬地看向黎志田,赔笑。他预感到一场风暴即将袭来。黎志田对女儿有多温柔,对其他人就有多残忍。这一点,David很清楚,他全身的肌肉都紧绷着。

黎志田仿佛感慨:"我们这些人,出来做事,坑蒙拐骗,玩女人,没问题,我也一样。"

David细细听着,面色凝重。

黎志田接着说:"合作伙伴、酒肉朋友,喝酒喝到睡一张床，我可以骗。但是——"

黎志田停顿，强调："要是别人真正信任你了，把你当亲人了，哪怕他是一个扫地的，到死，我都不会去背叛他。这叫忠诚，是我的底线。"

David浑身僵硬。

黎志田平静地说："明天，我会派你去洛杉矶出差。你给我在那里待三个月。之后，我会给你一笔钱，然后，你给我消失。"

他一挥手，就像要从这个世界上抹掉David的痕迹。

David睁大了眼睛，他几乎是哽咽着从喉咙里挤出一句话："莎莎呢？我是她的丈夫，孩子的爸爸——"

黎志田干脆地打断他："你不再是了。"

黎志田从身后拿出一个文件夹，一语不发地放在桌上。

咯噔，清脆的声音就像是一鞭子抽在David身上。

他打开文件，不由得呆住了。里面是他和那个老相好偷情的画面，还有长焦偷拍到的照片，是他和苏见明在码头交接的画面。

还有，David藏在鞋盒里的手机。

看着自己的这些"罪证"，David不由自主地瞪大了眼睛，他本能地想解释。但刚张开嘴，就被黎志田堵了回去："你给我闭嘴，仔细听着。"

David面色苍白，喉咙被恐惧紧紧扼住。

黎志田回复了平静，说："我给过你机会。"

David看着手里的照片。他还是想不明白，黎志田怎么能发现自己做的这些事，自己明明加倍小心了。

黎志田起身，最后一次警告他："今天说的一切，不要告诉莎莎。要是敢跟她透露一个字,你知道会怎么样。"

他从David手里抽出文件夹,转身离开。

David一个人在桌前坐着,许久。

他离开的时候,眼神已经从惶恐,变成了平静。

同一时间。

苏见明和郑刚坐在在书房里。房门是关着的,自从郑刚正式退位后,他和苏见明的工作就在家里书房进行。只要一关上门,何秀丽也就很有默契地不去打扰这对父子的工作。

书桌上那盏墨绿色的台灯亮着,郑刚翻看着David所给的材料,他摇了摇头:"我说了,你这么用这个David,没什么效率。"

苏见明坐在书桌对侧,看着父亲:"那您说该怎么用?"

郑刚摘下眼镜:"我要是你,会想办法让黎志田知道,我们和他女婿底下有往来。这样他就会有所行动,David会狗急跳墙,你就会有更大的料到手。"郑刚看着儿子垂下的头,"你应该也能想到这些。"

苏见明摇摇头:"道理我懂。可是我就是觉得这样——不对。"

郑刚冷笑着仰头靠在椅背上:"别低估黎志田,他既是老狐狸,狡猾得很,也是蟑螂,很难灭。就算你不这么做,说不定他已经知道。你信不信?作为警察,你应该比敌人想得更远才行。"

苏见明一愣。刹那间,有一扇紧闭的门在他的意识中缓缓开启。

郑刚提醒他:"保持和David联络的通道,我估计很快他就会找你。"

## 5

今天的起居,黎志田依旧保持着习惯。

随机的楼层,随机的房间号,住在哪一间,只有他自己知道。

此时已经临近午夜。黑暗中,黎志田躺宽大的床上睡着。他枕边是那根起家的棒棒。一切如常。

直到12点36分。

床头电话突然响起,黎志田惊醒,他迷迷糊糊地接起电话,但并不出声,静静地听着对面的声音。

电话那头传来一个外地口音:"跟你确认哈,是3105吗?你叫的麻辣烫外卖到了,你下来取一哈嘛。"在电话里,还能隐约听到酒店大堂的背景音乐。

黎志田还没有清醒。

那个声音还在对面喂喂地叫着。

黎志田仿佛明白了,他淡淡地说了一句:"你拨错号了。"

接着挂了电话。

"叮"的一声,电梯到达顶层。电梯里是两个送餐外卖小哥,每人手里提着两个袋子。

他们一高一矮,身着配送制服,都戴着棒球帽和口罩。

他们把袋子放进垃圾箱,在角落里用镭射笔照酒店摄像头,破坏摄像头的成像。接着迅速走过长长的走廊,走到3205房间门口。

两个外卖小哥在门口停了下来,他们目光交会,互相点了点头。高的那人从口袋中掏出一张磁卡,轻轻接触感应区。

"哗"的一声轻响后，门锁打开了。

房间内的天花板闪现了一秒钟走廊的亮光，复又回归黑暗。

两个外卖小哥手里拿着利刃，轻手轻脚地走向卧室。

卧室里伸手不见五指，二人静静等待着，等着眼睛适应黑暗。

室内慢慢清晰起来，二人能隐隐看到床上隆起的被子，似乎还在一起一伏。

二人从两个角度逼近床上的人。

他们再次眼神交会，彼此做最后的确认。

高个子举起了刀，矮个子同一时间一把掀起被子。

高个子一刀插了下去，他们默契地像是演练过无数次。

但令他们惊奇的是，被子中并没有人，只有叠在一起的几个枕头。

二人机警地闪开，四下观察。没有黎志田的身影，窗帘后、衣柜里都没有。

矮个子向高个子示意，关着的洗手间门下露出一抹亮光，二人悄悄走向洗手间门口。

在洗手间内，黎志田正对着门而立。他已经能听到他们踩在地毯上的声音，也能听到他们无法掩饰的急促呼吸。

黎志田赤着脚，运动短裤，上身穿着衬衫。

衬衫没有扣，露出腹部陈旧的骇人的疤痕。他的手里有一把锋利的虎牙战刀，杀伤力彪悍，刀柄上刻着一条张牙舞爪的龙，刀刃间几条霸道的放血槽正蓄势待发。

黎志田像一个无数次卫冕的拳王，等待他的对手。或是一头猎豹，等待猎物靠得足够近。

双方，三个人，仿佛隔着门对视着。

门外，矮个子伸出左手，轻轻握住了门把手，一寸一寸地旋转。

门内，黎志田盯着门把手缓慢旋转，当把手转到最下方的时候，他估算着方位，朝门板正上方一刀狠狠刺出。

"嘭。"

门板破裂，虎牙从门板后钻射出来，一刀穿透了矮个子的脖子。

鲜血嘶嘶地喷溅出来，旋转地射在高个子的脸上。

杀戮让黎志田兴奋起来，胳臂上的肌肉线条交缠成扭动的蛇。透过门板上的洞，可以看见高个子的满脸惊恐，但他的神情正在给黎志田提供巨大的快感。

又一刀从洞里探出，高个子倒在地上，捂着胳臂上深可见骨的伤口，嘴里发出因疼痛和恐惧产生的沉重的嘶吼。

门开了，黎志田微笑着看着他。

又一刀。

高个子彻底停止了动作。

两个小时后，几个工人进入了这间卫生间。他们穿着明黄色的胶皮雨鞋和胶皮围裙，戴着口罩，像是实验室里的科研人员，只是他们的工具是砍刀、电锯以及敲碎人骨的斧头。他们开始肢解那两个外卖杀手，胶皮围裙上溅满还有余温的血液。这里成了一间屠宰场。

当最后一只胳膊被装进黑色垃圾袋。一个工作人员负责清理满地的血迹。花洒打开，强劲的水流把血冲成为淡红色液体，一滴不剩地进入地漏。他们又用专业的清洁剂仔细擦拭，如同极其敬业的家政服务公司。

起居室里,黎志田坐在沙发上。

他刚洗了澡,正用毛巾擦拭着头发,表情神清气爽。

房间里,落地灯幽幽地亮着,厚窗帘已经打开,窗外的夜景显得房间很开阔。落地窗外,江面平静如镜,映照着夜空中的星星点点。

黎志田身后站着刘锋和唐大年。

黎志田回头,扔下毛巾:"David人呢?"

刘锋立刻回答,没有半点迟疑:"在春意路大排档。"

卫生间里,几名工人完成了工作。他们脱下了橡胶服,站在门口等待。刘锋交代了几句,便示意他们离开。

起居室里没人说话,只有卫生间传来的水滴声。

"我去处理吧。"一直在边上沉默的唐大年叹息一声,打破了沉默。

黎志田看着他,戴上腕表,像是自言自语般说道:"这件事,我自己来。"

刘锋迟疑地说:"是不是再调查一下?"

"除了他还有谁?!"黎志田终于按捺不住,喊出来。

他把茶几上的一摞房卡拨到地上:"还有谁?"

刘锋没话说了。

黎志田语气肃杀:"能拿到这张卡的人还有谁?莎莎身边也不能有这么颗定时炸弹。"

黎志田穿好了衣服,头发已经干了,他抹了点油梳好,回头问道:"沙沙在哪儿?"

刘锋愣了一下:"在酒廊,要和她说吗?"

黎志田摇摇头:"她不用知道这些。"他走了出去。

酒店的酒廊里，零星的杯碟声响着，咖啡香草和鸡尾酒的味道还留在空中。过了子夜的行政酒廊里，灯光不再如昼，只有一盏水晶吊灯亮着，在大理石地面上洒下微光。

黎志田步调缓慢地走进酒廊。此时黎莎坐在落地窗前，面前摆着一杯果汁。黎志田在她身旁坐下，语气关切："这么晚还不睡？赶紧休息吧。"

黎莎看着他手上被碎玻璃划出的痕迹，似乎明白了一切。她盯着父亲的双眼："出事了，对吗？"

黎志田没回答，只是静静地看着她。黎莎缓缓低下头，黎志田将他抱进怀里，等着她调整情绪。父女二人坐得很近，但黎莎却觉得黎志田很远，他们之间像隔着一条河，一道无法打通的壁垒或鸿沟。

黎莎很早就知道，她或许永远也无法了解她的父亲。她抬起头看着父亲："David有情况，对吧？"

黎志田沉默片刻，点点头，满脸悲哀。

黎莎的眼神充满了疑惑和恐惧，她下意识摸了摸待产的孕肚。

"爸爸会按自己觉得好的方式来处理，你同意吗？"黎志田轻声说，仿佛在哄一个婴儿入睡。

黎莎眼中含着泪。

她并不同情David，事实上，她认为出轨的男人都该死。但她觉得肚子里的孩子很可怜，有这样的父亲，诞生在这样的家庭，在某种意义上来说，是一件很悲哀的事。她早已体验过了。

黎莎点点头，她还是认为David理应受到惩罚。

黎志田把纸巾递给黎莎："别哭，对孩子不好。"

别哭，你是我黎志田的女儿。

## 6

一场暴雨就要来到金江。

每当这个时候，苏见明都认为自己能感觉到大地震颤着，像一个马上要分娩的母亲。风突然变得很大，孤零零的广告牌在街边摇摇欲坠，江面上的船只也摇晃着。

苏见明和李惠琳在老地方等待着David，苏见明又冒险联系了一次David，想要多要些徐德发那些人的信息。

但他们等了很久，也没等到他。无奈，他们只能回到不远处李惠琳的江上旅馆里避雨。他们进了房间，房间轻微地摇动着，天花板上的灯晃出斑驳的光。

苏见明打开电脑，他的双眼紧紧锁定着电脑显示屏。画面正中闪烁着的红点标志着David此时此刻的位置。

这是之前郑刚特批的，对David手机信号的追踪。红点的位置很稳定，在整个城市脉络中，如一个寂静的坐标。

"别那么紧张，他可能只是为了躲雨才没来。"李惠琳从背后递来一杯温开水。

苏见明接过，两人手指相碰，杯子和手的温度给了苏见明一股温暖的力量："谢谢。"

苏见明喝了一口，他想起无数次梦魇惊醒时，何秀丽递给自己的温水。只是现在，身边是李惠琳，眼前的也并非梦魇。

从昨天开始，苏见明和李惠琳就监视着David的位置，没有发现任何异常。但苏见明总觉得自己漏算了什么,他耳边不断响起郑刚对他说的话:"别低估黎志田……就算你不这么做,说不定他已经知道。你是一名警察,你应该比敌人想得更远才行……"

苏见明呆呆地看着屏幕,他站起身,踱步两圈,拨通了David的电话,一直没有人接,良久。

舷窗外,江面的风浪渐渐大起来。

山雨欲来风满楼。整条街上只剩下一家大排档仍然倔强地营业着,其余店家无不早早打烊歇业,为了躲避即将来到的暴风雨。David上完厕所回来,有些不稳地坐下。他看着苏见明的电话,皱着眉,把手机调成静音。

David猛灌了两口酒,捂着发痛发紧的头。

这就是最后的结局了吗?

不行,他还年轻,他还没有见到自己的孩子,他需要找到生机。

桌子上已经放了三个空瓶,David倒干了瓶里的啤酒,他一个人闷闷地喝着。

还能去找谁呢?David拿起手机,看着苏见明的名字,在手机上,他标记为一个字母"S"。

没别的办法了,就这么办。

David撑着桌面,准备起身。

一阵风从对面吹过来,桌上的小票已经不知道被刮去哪儿了。风把几片枯叶挂到他的西服上,David嫌弃地把它们撇开,树叶飘向隔壁桌,那里坐着一帮小痞子,正带着姑娘喝酒撸串。

一个染着黄毛、面目凶狠的汉子朝David骂骂咧咧。他看起来刚刚二十岁,血气旺盛得过了头,魁梧的身上穿一件破旧的度假衬衣,花里胡哨。

"你看你妈呢?老子的女人是你能随便看的吗?"黄毛汉子嘴里嚼的饭菜喷了出来,喷到了David的衣服上。

David已经不太清醒了,嘴里发出嘟囔的暗骂。

黄毛汉子这种人,最看不惯嘟囔的暗骂。

于是,黄毛汉子对着桌角敲碎一个空瓶,拿着尖锐的碎酒瓶朝David走来。他突然一脚踹掉David面前的折叠桌,对他厮打起来。

在这些瑟缩在城市阴影中的生物世界里,只有此刻,是他们人生华丽的片段。

众酒客起哄,店家看不下去了,拉住了黄毛。黄毛汉子挣扎着,嘴里不停地骂着:"你给老子等着。"

江上旅馆,苏见明和李惠琳对视一眼,担忧的火苗在他的眼里静静燃烧起来。

李惠琳疑惑起来:"怎么了?"

"不对,"苏见明没回答她,只是自顾自地重复喃喃着,"不对。"

李惠琳正想追问,但突然,他们看到屏幕上的红点开始移动。

"他过来了,在向我们约的地方走。"李惠琳松了口气。

苏见明噌地趴到屏幕前,像是要钻进去追逐移动着的红点。

苏见明:"走。"

李惠琳也反应迅速,他们瞬间冲出房门。

第八章 卒的结局　255

一场倾盆暴雨,即将到来。

## 7

马路上,David开着跑车停在红绿灯前。身后,几辆摩托车的轰鸣声陡然响起,他们呼啸着从两侧越过他,拦在跑车前。

David皱眉,他看着眼前摩托车上的人回头。他看向David,幽灵的眼神透过头盔射出来,是那个黄毛汉子。他搓着两个指头,做出点钞票的意思。

接着,这些摩托车开始在跑车周围来回穿梭,仿佛一种仪式。车身上闪烁着点点金属寒光,仿佛在警告David不要试图反抗。

David笑了,从怀里掏出一沓钞票,叫道:"你们想要多少?"摩托车上的人们看着钞票,一边欢呼着,一边簇拥着跑车拐入一条狭窄的街道。David看着越发逼仄的道路,不由得警觉起来,他下意识地捂住自己的手机,想起苏见明。

苏见明是他遇到危机时,最后的希望。

但他见不到苏见明了。

城郊高速上天空空旷,瓢泼大雨终于倾泻而下。苏见明和李惠琳坐在吉普车上,看着电脑屏幕上的定位信号。雨仿佛无数根箭矢,落在挡风玻璃上。

苏见明他打开车窗,雨水倏地灌进来。他把警车灯放到顶棚上,警灯亮起,发出鸣笛声。这场雨声势浩大,仿佛不管是污垢还是罪恶,都要冲刷殆尽。

四分钟后,两人来到一个垃圾处理厂。苏见明指着手机上的红点:"就是这里。"

两人跳下车,冒着雨朝垃圾场里跑去。雨下到最大的时候了,苏见明几乎看不见眼前的路。随着跟踪器的接近,苏见明的手机发出越来越急促的报警声。

二人跑到一个垃圾处理厂。

这里阴暗湿冷,即便是大雨,也掩盖不了腐朽、酸臭和未知化学物的气味。

苏见明大喊:"David你在哪儿? David?"

他的声音在雨声中很微弱,他们四下寻找着。

良久,没有动静。苏见明观察着四周,突然发现了什么。David的手机孤零零地躺在垃圾堆的顶部,面板发出微微的光。

破败的建筑工地里,一盏灯在雨夜中忽明忽暗地闪烁着。工地角落里的猪圈,几头猪正趴在地上休息。猪圈墙上,还有一些奇怪的符号和涂鸦。一头出生不久的小猪不断地在猪圈里打转,发出沉闷的呼噜声。

黄毛汉子等人架着惊慌失措的David,他整个被绳子捆绑着扔进猪圈里一个仓库样子的房间。

David一头栽到混合粪水的泥地上,耳边的苍蝇立刻嗡嗡地飞来。黄毛汉子在David脸上啐了一口,把他的钱包抢了过来,还有他腰间那根爱马仕皮带。

"你他妈知道我是谁吗?!"David发出绝望的怒吼。

黄毛汉子得意地回骂:"我管你他妈是谁。"

David气极反笑:"你们每一个人我都记住了!你们会死得很惨!"

黄毛过来，将一条胶布贴在他嘴上，David嘴里发出呜呜的沉闷声音。

铁门开阖的响声切断了David的声音，黄毛等人吭地关上门，上了锁。

David的世界，一瞬间变得黑暗。

黄毛等人走出了猪圈，大摇大摆地走向一辆破面包车，车子看起来已等候多时了。车门的铁皮外壳上，是无数敲打、刮擦的伤痕。窗户上沾满了泥垢，看不清车内的情况。

车门缓缓打开，是徐德发，他朝黄毛等人挥了挥手。

徐德发拽出一个破布袋，从里面掏出两瓶白酒、扳手、螺丝刀，还有几本存折。他给每个人发了一支烟，接着喋喋不休地说起安排："都喝一点，六子喝半瓶；酒后斗殴，斧子、扳手这些是平时工地上用的，所以摩托里有，顺手就抄起了。刀子等会儿是给他手里拿的；六子八到十年，你们几个一到三年；折子都看一下，看了我收走……"

黄毛也就是六子腼腆地笑了，他接过存折翻看："我老汉下礼拜修房子，你给派几个人招呼哈嘛。"

徐德发抽回存折，在六子脑袋上扇了一下："哈妈批的，300万！你还操心锤子修房子。"他把破袋子藏进副驾驶的座椅后面："赶紧去准备。"他表情不耐，像是打发几条狗。

几人点头称是，接着迅速消失在雨中。

一顶黑伞躲在远处目睹了这一切。等到众人走了，伞盖便缓缓移动，向昏暗的工地猪圈走去，远处依稀看得见城市灯火。他走到仓库门口，收起了伞，从外面拉开锁。

来人摸进铁门，再次从里面关上，又拉动开关，一盏简陋的白炽灯泡便亮了起来。倒在地上的David已经有点缺氧，昏昏沉沉醒来，眯着眼看来人。

是黎志田。

David看到他，眼前一亮，找到救星一般，嘴里呜呜作响。

黎志田没有理他，他一步步地操作着，仿佛进行着一套完整严谨的工序。

他不慌不忙地脱掉西装，叠好，挂在横贯房间的铁丝上。

他脱掉皮鞋，找了块干净地方放好。又从随身带的大包里，翻出一件明黄色的从头到脚防护的塑胶连体工作服穿上。

他带上覆盖整个面部的防护屏板，戴上手套。

最后，他从包里摸出一把巨大的扳手。

David嘴里呜呜的声响慢慢低了下去，眼里先前的光亮凝结成恐惧。

他终于反应过来，黎志田不是他的救星，是要送走他的阎王。

黎志田看着那只扳手，像面对阔别已久的老伙计，他在手里掂了掂扳手的重量，接着一步一步向David走来。

David看着这个自己叫作"父亲"的男人，说不出一句话，恐惧已经将他淹没。

他被捆成粽子一样的身体扭曲着。

来不及呼喊，黎志田一扳手砸在David的面门上，一片血雨飞溅在防护面板上。

他那张英俊的脸瞬间就塌陷下去。

又是 扳手，这一下劈在他的额头上。

一下，又一下。鲜血如喷泉般溅射在黎志田的防护服上，扳手与骨头碰撞的响动被掩埋在屋子外面的雨声中。

第八章　辛的结局　259

不知过了多久，黎志田终于住了手。他站起来，扔掉扳手，看着地上已经面目全非的尸体和遍地血污，长长地出了口气。

他换上来时的装束，看到白色袖口沾到一点污渍，他不由得皱了皱眉。

打开铁门，养殖场的小老头已恭候在门外。小老头往里瞥了一眼，只是笑了笑，仿佛已经习惯了这样的场面。黎志田鼓励似的拍了拍小老头消瘦的肩膀。

小老头佝偻着腰点点头，钻进门里。

黎志田拿起伞，向外走去。

突然，他弯下腰，干呕起来。

大雨还在继续，在冲刷着黎志田作案的痕迹。

肮脏的养殖厂房里，头骨被敲碎的David还睁着眼睛，似乎在期待苏见明最后时刻的救援。

但直到四个小时后，苏见明才找到他。

找到他破碎的尸体。

这，是另一个过河之卒的结局。

# 第九章　与恶相对的人

## 1

黎莎依然坐在酒廊的落地窗前，历经无眠的一夜，她的脸上写着掩饰不住的疲惫。她软软地靠在暗红色的沙发扶手边，忧伤地看向窗外被初升太阳染红的城市。

黎志田换上了另外一身干净整洁的衣服，从洗手间缓步走出。他看起来精神饱满，坐在黎莎身旁，眼神中写满了关切。

黎莎看着他，轻轻唤了句："爸。"

黎志田温和地将她抱进怀里："嗯。"

黎莎把头埋到了黎志田的怀里，声音细小："都结束了吗？"

"都结束了。"黎志田摸着女儿的头，他当然知道女儿问的是什么。

黎莎轻轻地"嗯"了一声，缓缓闭上了眼睛。许久，她抬头看向窗外，眼里蒙着一层薄雾："爸，我想回美国。"

黎志田沉默片刻，朝女儿点点头："也好。等孩子生了，我陪你一起去。"他捏紧了女儿的手，鼓励似的说，"去花钱，去找合适的男人，你的人生还很长，去做你想做的所有事情。"

黎莎看向父亲："爸，再答应我一件事。"

她抚摸着自己的隆起的肚子，眼神里充满恳求和哀伤。

这天午后，黎志田带着女儿走进金江郊外的一间寺庙。僧人们身着庄重的袈裟在殿堂等候。手持法器的主持看到黎志田二人，双方各自双手合十，行了一礼。

住持轻车熟路地发问："亡灵姓名？"

黎莎看了一眼黎志田，然后对住持说："何大伟。"

从婚礼到葬礼，这是David第一次拥有自己的姓名。

住持点点头，转头开始了自己的工作。仪式开始的信号，是一声深沉而悠长的钟声。坐在绣着莲花的蒲团上，他用低沉的声音念诵经文以及David的名字。祭台上一盏长明孤灯闪烁。黎莎看着那盏长明灯的幽幽光芒，闭上眼睛，口中跟着默诵。

黎志田也低着头合上了双眼。

黎莎突然哽咽出声："David不老实，其实我早就知道，和他睡的那个女的，叫王萌，是他的前任。还有他去见那些外人的事……"

黎志田睁开眼看着她，满脸写着心疼："行了，别说了。"

黎莎继续说着："只是我一直忍着，为了爸，为了我答应你的，我一定要幸福的承诺，也为了孩子。"她抬起头，伸手抹掉脸上的一柱泪水。她一直都知道得太多，所以她一直都并不幸福。

但此刻，黎莎抬起头，露出一种黎志田从没见过的笑容："也好，现在终于解脱了……"

又一声钟鸣传来，超度仪式已经完成，众僧同念咒语"阿弥陀佛"。住持转身面对黎志田和黎莎说道："施主，人死不能复生，他已去往极乐世界。二位节哀顺变。"

黎莎点点头，她走进寺庙后面一座院子里透气。小院里有小桥流水，假山池塘，环境很优美。住持则带着黎志田进入偏厅。偏厅里，住持从幕布后面拿出一本小册子，恭恭敬敬打开给黎志田过目。

黎志田一页一页扫过去，这明显是个账本，秀气的字体记录的都是各界人士给寺庙奉上的功德金，有日期、姓名和具体金额。他满意地翻看账本，其中大部分钱都会在不久后流通到百丽集团的口袋里。每个季度，他都要来寺庙烧香、敬佛，"种下善缘"。

黎志田走出偏厅，在院子里找到黎莎，她看起来精神状态好了很多。

"有劳住持，我想再请一尊金佛。"父女二人离开前，黎志田对住持说道。

如阳光普照，住持脸上绽出了一抹没有情绪的笑容。

傍晚，郑刚再次来到江边散步。

平静的江面在暮色下映射出天空和火烧般的晚霞。他面目和蔼，不时和熟面孔打着招呼。

郑刚走到花园，他看到画画的小女孩已经把郑刚画进了画里。现在，她正在画江对面的楼群。郑刚在小女孩身边蹲下："等到这画画完了，能送给爷爷吗？"

小女孩正儿八经地拒绝:"不能,这是我要拿去区里比赛的。"

郑刚"哦"了一声,有些失望地点点头。

小女孩突然想起什么似的停下笔:"爷爷,您说,我能得奖吗?"

郑刚想了想:"如果比赛的时候,你还看到爷爷在这儿跑步,你就能得一等奖。"

小女孩有些惊喜:"真的吗?"

郑刚有些悲哀地补充:"如果你看不到爷爷,你就什么奖也得不到。"

女孩不解地看着他,但郑刚只是亲切地拍了拍她的头,走到栏杆边,面对浩大江流。他掏出手机,拨出电话,脸上是一副胜券在握的表情。

电话那边是黎志田:"没想到我还能活下来吧。"

沉默。

片刻,郑刚突然笑了,并不是棋子David死亡后的痛心,相反,是一种畅快地、歇斯底里的笑意。

郑刚"啧"了一声,语气有点惋惜:"可惜了,他也算是半个好女婿。"

电话对面的黎志田愣住了。

## 2

过了约20秒,黎志田才开口:"什么意思?"

郑刚以一种嘲弄的口吻说:"你确定打算刺杀你的,是你女婿?"

"他是你的人。"黎志田的声音阴沉。

"理由呢？因为他跟苏见明接触，跟高进接触？他是接触了，那只是因为他太怕了，他太怕你收拾他了。这些接触，就像他去查你系统里破绽一样。对这个小孩来说，他想不到这么严重。"郑刚戏谑的语气恢复了以往的严肃沉稳，"可你想过没有，他敢去刺杀你吗？他现在条件足够上位吗？"

黎志田沉默地思考。

"办这件事的，外部、内部，人多着呢。但你的女婿，他只是个吓破胆的小孩儿。"

黎志田痛苦地慢慢闭上眼睛。

郑刚叹了口气："老黎，你现在是惊弓之鸟，已经失去判断力了，你要小心。"

黎志田咬着牙，脸上是愤怒的红光："老郑，你非要鱼死网破？"

郑刚的语气变得有些沉痛："要鱼死网破的不是我，是你。"

"你想怎么样？"黎志田问。

"我说过，把高进请回来。"郑刚说。

黎志田提高声音："你已经离职了，高进还有什么用？"

郑刚："离职，只是上面调查组进驻调查我的第一步，我不想完蛋。"

黎志田："和高进签合同，我也会完蛋！"

郑刚："那没办法，总要有一个人冒险。"

黎志田不语。

郑刚："莎莎快生了吧？"

"别动她——"黎志田面容扭曲。

第九章　与恶相对的人　265

"别急眼,我不会轻易动她,只是给你个警示。"郑刚淡淡地说。

说完,郑刚挂断电话。

他在想,电话那边的黎志田,现在会是什么表情。

黎志田正坐在自己的套间里。

他重重搁下手机,闭上眼。脸上展现出一丝疲倦,揉了揉酸胀的眼睛。

黎志田起身走到对面套间,看着正在做检查的女儿。

全套最先进的医疗设备已经搬进酒店套房,两位医生和三名护士在屋内忙碌工作着。

他坐到女儿身边,看着她苍白的面孔。黎莎抬头看着父亲:"爸,你的脸色不好。"他勉强挤出一个微笑,摇摇头。

黎莎她还是担忧地看着父亲。黎志田握住女儿的手:"莎莎,David的事……"

他想道歉,但被女儿打断。

黎莎挤出一个淡然的微笑,摇摇头:"都过去了。谁让我是黎志田的女儿呢。"

黎志田也笑了笑,接着,他侧过头,疲惫地闭上了眼睛。

在黎莎身边,黎志田神奇地平复下来,又重新恢复野心和勇气。

还有女儿,还有孙子,我不能停。黎志田想。

黎志田需要下一步棋。

想到这里,黎志田微微笑起来。所幸,他还有牌。

## 3

刑科所的大办公桌上，一摞照片混乱地叠着。

李惠琳点着了烟。

照片上是David，或者说是"David的尸体"。血肉模糊的尸块，没有头，只有残肢，零零散散地散落在了河滩上。他断掉的右手上，戒指、腕表都被取走了，只有印痕证明着它们曾经存在过的痕迹。苏见明看着这些照片，痛苦地自语："他说对了……"

李惠琳看着苏见明沮丧的样子，想安慰却也不知从何说起，只能继续和孙鹤阳交流："尸体发现的那片没有监控？"

孙鹤阳摇了摇头，那里是老城区的城郊，是城市建设所忽略的地方："自首的三个人，文支分开在审，口供、大排档监控以及证人证词都能对上。"

"都是提前安排好的吧。"苏见明说。

苏见明的手轻微颤抖着。

李惠琳叹了口气："暂时也没有别的答案。"

苏见明摇了摇头，似乎是要把思绪从脑海里面甩出去，他走了出去。

得知David死讯的那天夜里，苏见明又做了个梦。梦里的David满脸猩红，鲜血还不断地从口鼻中直往外冒。他伸出手向苏见明求救，却发不出一点声音。苏见明焦急地想要拉住他，却动弹不了，只能眼睁睁地看着David被一个黑影拖入漆黑的沼泽。

David被淹没了，逐渐只剩一颗血肉模糊的头。他的嘴张着，仿佛仍在绝望地呼喊。苏见明的手里突然出现一把枪，他朝着黑影扣下扳机，火光中，黑影倒地，而David已经彻底埋入沼泽，消失不见。苏见明狂奔过去，发现黑影竟然是郑刚。

黑暗中，苏见明惊醒，汗湿透了被角和枕巾。

这一次，苏见明卧室的门框下没有站人，何秀丽不在。也没有拖鞋声，只有客厅传来机械的钟表嘀嗒声。他定了定神，坐直身体让血流通畅些，等待晕眩散去。他光着脚下床，轻轻地走到郑刚与何秀丽的卧室门口。郑刚正轻微地打着鼾。

苏见明定定站着。

他刚刚向郑刚举枪了，虽然是在梦里。

4

苏见明来到了市政府，秘书程斌迎了上来，轻车熟路地带他上了楼。他敲了敲门，打开了副市长办公室的门。郑刚看到苏见明，打发走了面前来汇报工作的几个人。程斌把门轻轻地带上，很快，房间里就剩下了父子二人。

苏见明在沙发上坐下，他的头垂得很低，仿佛整个人都要陷进去了。郑刚把门关上，在苏见明对面坐下。

苏见明抬起头，从包里掏出一摞照片码在茶几上，这是David死亡现场的照片。

苏见明低声道："这个人，是因为我死的。"

郑刚偏着头仔细地看着照片，脸上很平静。

"刘明利就罢了，他本来就是个罪犯。可是……"苏见明叹了口气，嗓音有些沙哑，他指着照片，眼眶泛红，"可是，他只是个吓坏了的花花公子，如果我不利用他，他可能不会——他还没有看到自己孩子的出生！"

郑刚摇了摇头，似乎对苏见明很失望："哪里来的如果。我以为，你或许真的长大了。我以为——"

郑刚看着痛苦的儿子，语气缓和了些："你以为他只是个花花公子？不，他是黎志田的女婿！二十年以后，他就是今天的黎志田。本质上，他和刘明利还有孔三顺一样，他死有余辜。"说到最后，他用手重重地点着桌上的照片，每一声都如重锤一般，敲在苏见明的心上。

苏见明震惊地抬起头，看着父亲的双眼。但郑刚的双眼坚定不移地看着他，他知道，父亲说的是肺腑之言。他压抑着激动："黎志田的女婿，就可以名正言顺地当你的炮灰和棋子？"

郑刚摇了摇头，面色冷漠："一个人的死，要最大化利用。"他缓缓起身，走到窗边："你了解你的敌人吗？你是在和一个当年身上只有50块钱，从码头用一根扁担，最终创建了一个小型帝国的人斗争。他的触角遍布金江，甚至延伸到更上层。他这些年已经擦干净了屁股，销毁了所有的罪证，正准备上岸，把庞大的集团和巨大的财富洗得干干净净，再传给下一代。"

郑刚转身看着苏见明："你只看见他死了个女婿，另外那些在他发迹路上莫名消失的人，他们，难道就该被遗忘吗？"

苏见明愣了一会儿，提高了声音："黎志田当然该死，可我们——"

郑刚也激动地提高了音量："你以为警察就应该是书本上写的那种好人吗？那种好人能跟张子君、徐鹏达这样的人斗吗？好人斗不过他们！"

第九章　与恶相对的人　269

苏见明感受到他的心脏正剧烈跳动着。他的父亲揭开了真实世界幕布的一角,但自己还完全没有做好接受它的准备。

"给你讲个故事吧。"郑刚自己喝了一口茶,平复心情,接着娓娓道来,"二十年前,我接到一起任务,和同事去沙子湾一带抓嫖娼。走到最后一间,我敲开门,那个嫖客,我却不能抓。"

苏见明露出疑惑的眼神。

"不是不敢,而是不能,你懂吗?"郑刚笑了笑,无奈地摇摇头,"那嫖客不是别人,他是我当年的直属领导,我要抓我的直属领导吗?"他有些无力地靠向沙发靠背,"我可以抓了他,就让基层公安系统少一个作风有问题的派出所所长。"

苏见明看着他。

郑刚接着说:"我同事在路边等我,我回去的时候跟他说:'这一带啥子问题都没有。'"

苏见明:"后来呢?"

郑刚看着窗外,语气缥缈:"后来在那个所长的帮助下,我连升两级,一年半后,所长退休,我成了那片的所长。上任第一天,我展开了清扫行动,一周之内,沙子湾这个金江著名黄窝的所有洗浴中心、洗头房、歌厅的色情服务和地下暗娼窝点被清扫一空。"

郑刚看着他:"所以你告诉我,我当时放过所长,是对还是错?"

苏见明不知道该说什么。

郑刚接着说:"还没完。半年后,我默许了许汉达,对,就是去年非法集资被判无期的许汉达,在我的地盘上开了两家带色情服务的歌厅,我又错了是不是?不,四个月后,我用歌厅里得到的情报,连锅端了金江市海洛因百分之七十的销售网络,抓了270多人。我是错还是对?"

苏见明长长吸一口气,又吐出来。

郑刚道:"我要告诉你的并不是要包庇罪人,而是——只有当你成为局内人,你才能做事情,我和黎志田就是这样,我们互相帮助了三十年。"

苏见明端起杯子,轻轻抿了一口。这些往事听得他口干舌燥。

苏见明:"这些事,用得着留他三十年?"

"如果你想不明白,只能说明你不适合走仕途。"郑刚起身,走到窗旁,语气惆怅,"身在金江官场,没有谁能和百丽集团撇得一清二白,不只是我。"

"现在,时机成熟了。"郑刚看着窗外的高楼大厦,"我要他把至少大半的财富交出来。"

"交出来?给谁?"苏见明抬起眼睛,眼神里充满着对父亲的不信任。

郑刚摇了摇头,并不明说:"给另一些人。"

"好人?"

"无所谓好人还是坏人,罪犯中也有好人,警察里也有坏人,吸毒贩毒的警察我抓了也不少。"郑刚眼神里充满了惆怅,似乎看到了那些被腐蚀的警察,看到了他们被逮捕时的颓丧与哀伤,"但我刚才说的这些人,能够让有利于金江的势力继续维持这个城市的平衡和运转。"

苏见明看着父亲的背影,问道:"是你吗?"

"我会受益,但不是我。"郑刚的眼神带着一丝忧国忧民的情绪,"这关系到政治,你还不明白。"

第九章　与恶相对的人　271

苏见明并不认同父亲的说法："你凭什么判断，哪个势力对金江更好？"

郑刚转过身来，掷地有声地说出自己的道理："凭我获得的37次嘉奖，凭老百姓的口碑，凭金江在同级城市中最少的发案率。"

苏见明看着郑刚，他觉得自己终于看清了父亲。抛开所有职位、所有标签，父亲强大又虚弱、正义又邪恶、伟大又卑微。他，和自己一样，是一个人。

郑刚走过来，收拢照片，推到苏见明面前："你自己决定吧，要么回去做你的好人，要么——做一个能打败黎志田的人。"

沉默。郑刚当苏见明默认了，挥挥手叫他出去。

"爸——"苏见明没有动，突然很郑重地喊了一声。

这个孤儿，想起昨晚那个向郑刚开枪的梦。

郑刚疑惑地看着他。

苏见明侧开目光，一字一顿地问出了埋藏在心里最大的疑惑："要是……打败黎志田的时候，也会牵连到你呢……"

郑刚听到这句话，没有生气，竟然笑了。

"你长大了，没人能告诉你应该怎么做，你该自己决定。"

郑刚父子对谈的同时，黎志田的黑色奔驰已经行驶到市委大院里。这次没有司机，是刘锋开着车，黎志田坐在副驾驶上。

对于这场战役，黎志田已经做了一个艰难的决定。

这个决定，令苏见明没有什么决定的空间了。

毕竟他同David一样，也是一颗棋子，一枚最小的卒。David死在了河道，而苏见明跟跟跄跄地过了河。比David幸运的是，他还活着。比David不幸的是，苏见明还得向前走，没法回头。

## 5

何秀丽一个人在家，正跟保姆张姐交代晚饭："昨天不是说了，晚上吃排骨饭。"

张姐苦着脸："哎哟，何老师，排骨来不及化冻了，化冻要一小时哦。咱们还是吃臊子面吧。"

何秀丽皱眉："谁说非要一小时，微波炉里转一转，20分钟就够！"

张姐表示反对："何老师哦，微波炉有辐射，不能拿来化冻，对身体不好。"

"你别管，吃死我负责！"何秀丽觉得心神不宁，微怒地吼她。吼出来的一瞬间，她就意识到了自己的失态。也许真的是到了更年期，她近来总是因小事发怒。此时恰好敲门声响起，二人平复心情，张姐打开了门。

门口站着的是黎志田。他笑着和张姐打了声招呼，手里还拿着几袋子水果。何秀丽看着黎志田，脸色沉了下来。虽然穿着朴素的家居服，但她瞬间切换到了市长夫人的状态，与刚才絮絮叨叨的时候判若两人，她不容置疑地吩咐保姆："张姐，去超市买两斤肉馅。"

张姐懂事地点点头，接过黎志田手中的水果放进厨房，随即出了门。

黎志田站在门口，微笑亲切："大姐，很久没见了，我想和你聊聊。"何秀丽冷冷地看着他，最后还是微微点点头，准许他进门。

客厅里,黎志田与何秀丽对面而坐。两杯茶在茶几上冒着热气。不管所来何人,只要到了家里,就是客人,礼仪不能少。这是何秀丽对自己的标准。

黎志田的双手放在膝盖上,态度十分诚恳:"姐,当年要不是你家老爷子的关系,老郑走不到今天,他现在很强硬,很不理智……其实,论政治眼光,姐你比老郑强多了。"

何秀丽不语,把茶杯往他的方向推推。

何秀丽平静地说:"嗯,所以呢?"

黎志田:"一个,是希望老爷子的资源不要介入,免得最后无法收场;另一个,是想请你劝劝老郑……"

何秀丽:"你是来求和的。"

黎志田诚恳地说:"是,不要两败俱伤。姐,我不想再折腾,只想安安稳稳地养老。"

他看着何秀丽,似乎有点委屈。此时,他已经把自己的脆弱完全展现在何秀丽面前。他已经很多年没有这么示弱过了。

何秀丽笑一下,端起茶杯慢慢喝一口,放下杯子。

何秀丽:"你没听说,但凡当老婆的,都不好惹?"

黎志田皱着眉头。

何秀丽轻轻叹息一声,慢慢地说:"她们一般是两种人:一种是在老公背后默默谋划盘算,隐形地支撑老公几十年;另一种是老公在外面自个儿摸爬滚打,她们已经忍受了几十年不被搭理的日子。"

黎志田看着她。

何秀丽:"所以,不管她们是哪一种人,能够来威胁她们的东西已经不多了。说不定，她们比男人还坚强。"

黎志田："所以？"

何秀丽站起来，脸上还带着微笑。

何秀丽："所以，你给我滚出我的家！"

黎志田愣住。

何秀丽："再送你四个字，'士农工商'，明白吗？"

黎志田想一想，点点头："明白，士为首，商为末。"

何秀丽点点头："明白就好。"

黎志田站起来，走了两步，迟疑。

黎志田："姐，你知道我一直对你很尊重。今天这事，你别怪我，就当我没来过。"

何秀丽冷着脸。

黎志田从口袋里掏出几张照片，放在桌上。

黎志田："这本来不算什么，也没什么用，是我偶然拍到的，留给你吧。"

何秀丽拿起照片，画面不算清晰，但还是可以看出郑刚和晓薇在地铁上的身影，她轻轻抓着郑刚的手。这一定是个温柔可人，能崇拜仰视郑刚的小女子。

不像她。

何秀丽拿着照片，手微微颤抖着，她在极力克制她的面部表情。

看着她的表情，黎志田遗憾地笑了笑，接着转身向外走去。

何秀丽："等等。"

黎志田站住。

何秀丽："什么时候拍的？"

黎志田："几周前。"

何秀丽久久地看着照片。

何秀丽："这个女人，哪儿的？"

黎志田："在江北银行工作。"他表现得很谦逊，没有一丝傲慢的意味。

何秀丽久久地看着照片，半晌不语。黎志田也不说话，静静地等着。

最终，何秀丽一字一句地说："让她消失。"

黎志田不语，看着她。

何秀丽："能做到吗？"

黎志田点头。

何秀丽点点头，道："你走吧。"

黎志田嘴上说："好的。"但脚下并没有动。

何秀丽的视线从手里的照片转向黎志田，明白他在等自己的表态。

何秀丽深深地叹了口气："老爷子最近身体不太好。"

黎志田点点头，一瞬间，他已经获得了夫人系统的立场。他真诚地说："姐，我不是恭维，我是真心觉得，您比老郑思路清楚，谢谢。"

他转身离开。

黎志田从楼栋里出来，脚下的步伐都感觉有力了一些。他上了自己的S600，坐在后座上，停顿了片刻。

他默默地望着天边的火烧云。

他对前座的刘锋说："去市局。"

刘锋没有问为什么，对司机点点头，车辆启动了。

苏见明在暮色中开着车。他的面前是无休无止的红色尾灯。他不耐烦地接起已经聒噪地响了一会儿的手机，对面传来李惠琳紧张的声音："有人要自首。"

苏见明取了一颗口香糖："自首？谁？"

李惠琳没听到他的话似的，继续讲着："他现在就在局里，说只跟你谈。"

苏见明嘴里嚼着口香糖，继续追问："谁啊？"

可李惠琳还是自顾自地说着："你现在在哪儿？他让你快回来。"

苏见明急了，嘀了一声喇叭："谁？"

李惠琳看着对面的人。

在她的对面，是神色平静的黎志田。

## 6

公安局的大楼一片安静。

所有警员被新上任的局长刘波下了命令，对于黎志田的到来，不问，不提。

10分钟。苏见明以最快的速度赶回市局，他飞奔进入审讯室，喘着粗气坐下来。

门外，李惠琳和孙鹤阳等几个警员神色紧张，透过审讯室的巨大玻璃镜往里面窥探着。不远处，刘波和文辉坐在监视器前，聚精会神地看着屏幕。

审讯室内，黎志田和苏见明对面而坐。一盏刺眼的聚光灯直射审讯对象的脸庞，任何微小的细节在这强光下都无所遁形。

黎志田指指聚光灯："把那个关了。"

苏见明摇了摇头："不能关，这是纪律。"

黎志田微笑："我还没有开始自首，它现在不用打开。"

苏见明看着他，没有动，脑海中计算着黎志田的来意。

黎志田换了个姿势，把腿伸了出来，做出一副准备离开的样子："要么关了，要么我现在就走。"

二人对视片刻，苏见明起身，关了聚光灯："说吧。"

黎志田指指墙角的摄像机："还有那个也关了。"

苏见明没有动，看看玻璃镜。

玻璃窗这边，文辉看看刘波，后者没有说话，看着玻璃镜后苏见明的反应。

苏见明站起来，对刘波他们的方向点点头，然后，走过去，关掉了摄像机。

玻璃这边，现在只能看见审讯室，但听不到那边说话的内容。

文辉站起来，想说什么，被刘波制止了。

他们默默地观察着苏见明和黎志田的行动。

玻璃这边，黎志田稳稳地靠在椅背上："拿出你的手机，给你爸拨电话。"

苏见明一愣，他没想到黎志田会提出这样的要求。黎志田看他不动，很有把握地继续指挥着："打给这个号码。"

接着，黎志田报出一串电话号码。

苏见明看着他，最终还是拿出手机拨出，两声振铃后，对面接起了电话。

苏见明："爸，黎志田在局里，要跟你说话。"

黎志田伸出手要过电话，贴在自己的耳边，停顿一下，开口:"老郑,我现在在公安局审讯室,我随时可以自首。"

郑刚那边保持着沉默。

黎志田:"你要两败俱伤,可以。我当然会受伤,不过你可能会比我伤得更重。"

郑刚终于开口:"说说,你手里有什么?"

黎志田:"你应该知道,多了去了。但既然这是个恐怖均衡,我们只能一件一件地往外掏。"

郑刚不语。

黎志田:"我掏一件,你掏一件,对吧。"

郑刚在电话那头说:"那你今天打算掏什么?"

黎志田似乎回忆起了过去:"老郑啊,我是个穷出身,我的本能是,什么东西都舍不得丢。"

苏见明一直紧紧地盯着黎志田,竖起耳朵听着。他不太能懂黎志田话里的意思,也听不到电话里郑刚的声音。

"龙翔广场挖出来的,不是一具普通的尸体,对吧?"黎志田的话很慢,似乎生怕对方听不清自己在说什么,"今天我要自首的,跟这件事有关。"

苏见明睁大了眼睛,心中同时有激动和不安。

激动是因为苏见明的方向是对的,龙翔广场墙体里的那具尸体与黎志田有关,是能将黎志田送进监狱的关键点。

不安是因为自己的直觉:既然黎志田敢兴师动众地来自首,说明他已经想好了应对的后招,显然调查将会非常艰难。更重要的是,面前正在发生的通话,说明这件事又与郑刚有关了。

苏见明盯着黎志田的表情,同时思考着电话那边郑刚的反应。

电话那头很安静，有轻微的呼吸声。

许久，郑刚给黎志田说出几个字："你赢了。"

黎志田露出微笑，他把电话重新递回给苏见明。

苏见明狐疑地接过电话，对电话中的郑刚说："是我。"

郑刚开口命令他："听着，你现在把手上的调查停下，从长计议。"

苏见明别过头，尽量不让所有人听到、看到自己的话。他低声问："又一个交易正在进行，对吗？"

郑刚很坦然："是的。"在一阵感觉很漫长的沉默后，他继续冷声道："跟敌人打仗，谈判才是常态。按我说的做。"

苏见明干脆地拒绝了他："不行。"

黎志田坐在椅子上，饶有兴致地看着苏见明的背影。

郑刚认真地说："听着，你如果还是我的儿子，还把我当父亲，就按我说的做，我不会害你。这背后还有很多你不知道的事情，你要继续查，会害了很多人，包括你我，也包括局里和市里很多人。"

苏见明迟疑。

郑刚："你不用现在回答我，好好想一想。"

郑刚挂断了电话。

黎志田看到苏见明怔怔地看着已经挂断的手机，笑着站了起来，径直往外走去。苏见明看到他要走，愤怒地站起身来，挡在他面前。

黎志田停下脚步，一脸无辜："苏警官，请问我被羁押了吗？"

苏见明停顿一下："没有。"他侧过身，给黎志田让开一条不大的通道。黎志田什么话也没说，礼貌地绕过他，大步离去。只留下脸色苍白的苏见明,茫然地看着他的背影。

走廊里一片哗然,刘波、文辉、李慧琳、孙鹤阳,还有审讯科的几个警察都看着这边,他们不知道屋内发生了什么,就看见苏见明打了一通电话,接着黎志田便大步离开了。此时,刘波的手机响起,他走到一边接通。

文辉不可置信地看着黎志田的背影,走到苏见明面前:"你们说了什么?"

苏见明艰难地隐瞒了真相:"什么也没说。"

文辉不依不饶地继续追问:"你给谁打了电话?"

"我不知道。"苏见明还是不能回答。

文辉再也忍不住了,提高音量:"苏见明!你这是在干什么?你知不知道?我现在就可以扣留你,以干扰调查对你质询。"

"行了。"一个声音制止了文辉。

众人回头,是刘波。

刘波拨开人群走了过来,苏见明看着曾经的刘叔,如今的刘局,眼中满是无助和无奈。

刘波似乎对审讯室内的情况毫无兴趣,只是宣布:"我宣布,从现在起,专案二组暂停。"

苏见明不敢置信地看着刘波,语气悲愤:"为什么?"

刘波摇了摇头:"你这个状态,已经不适合继续查案了。你们二组的任务,也已经结束了。今天的事,我不追究你,但从明天开始,你们小组恢复之前的日常工作。"

苏见明看着刘波,突然冷笑起来:"你,也是他们的一员吗?"

刘波有些不明所以:"他们?什么他们?"

第九章　与恶相对的人

"做交易的那些人，局内人？"他看着刘波的脸，再次体会到了那种熟悉又陌生的感觉，"你肯定也是他们那些聪明人中的一员。"

"听着，"刘波正色道，"苏见明，你再接着胡闹，我立刻开除你的公职。"

和刘波严肃的目光对视了很久，苏见明凄凉地点了点头，缓缓地穿过人群。众人不明所以，都只是定定地看着他。

"别看了，这么闲吗？"刘波对众人低吼。

众人一怔，随即散开。

刘波回到他的局长办公室。局长这个位子还没坐热，风波又起。他站在窗前，拿出手机拨通："我是刘波。"接着，他隔着电话频频点头："是的……我知道……还没有……好的。"

随即，刘波挂断了电话。他看着窗外，那神态和郑刚别无二致。

此时，苏见明已经走到殉职警察纪念碑前，他看着这座写满了烈士名字的碑，心里是各种说不清的思绪。

他走出大门，面前是一条通达的大路，但他站在市局门口，却仿佛站在十字路口，不知该往哪儿走。他的身后似有狂风巨浪催赶着他，而他只能随风飘荡。

苏见明整理思绪，总结形势：就在刚刚，郑刚和黎志田在他面前完成了一次交易，看起来，城市的两座巨塔，又一次达到了平衡。他能再往前走，打破这种——，黎志田怎么说的？恐怖平衡吗？

苏见明定定神，做了决定。

他要往前走，走这一条可能有去无回的路。

龙翔广场里的那具尸体，那具黎志田拿来说事的尸体，那具郑刚不让往下查的尸体。

7

华灯初上。

苏见明推着一辆崭新的电瓶车，呆呆地站在小吃店门口。麻团看到了他，高兴地跑了过来，热情地打着招呼："苏呆子，有阵子没来了，站着干吗，吃饭？"

苏见明郑重其事地把电瓶车钥匙递给麻团："送给你，你现在有辆电瓶车了。"

麻团的视线在电瓶车和手里的钥匙之间来回移动，吃惊地张大了嘴。

他摸摸苏见明的额头："苏呆子，你真傻了？"

苏见明无所谓地絮叨着："你留着也行，退回去，钱也是你的，都行。"

麻团不敢置信地问着："这真是我的了？"

苏见明点点头，他伸手摸了摸麻团的头："告诉我，你是真的想要一辆电瓶车吗？"

麻团小心翼翼地抚摸着电瓶车，仿佛在抚摸一尊神像。最终，他仿佛跨越了某种心理防线一般，艰难地跨坐了上去，他回头看向苏见明："走。"

麻团骑着电瓶车，苏见明在后座上坐着。他们行驶在江城的夜风中，月光在江面上碎碎地飘荡着。苏见明觉得很放松，自从爆炸案发生以来，他已经不记得上次这样放松是什么时候了。

电瓶车在大桥下一个汽修店停了下来，他们从车上下来，麻团朝汽修店里吹了一声尖利的口哨。

苏见明看到,这是不大不小的一方天地。灯光照在散落的汽车零件上。一辆旧车被架在工作台上,引擎像颗暴露的心脏。高压气管的嘶嘶声、机械的嘎吱声以及各种工具的叮咚声有规律地响着,狂躁地配合着店里播放的电子音乐,锤打着人的耳膜。

片刻,一个看起来只有十四五岁的少年跑了出来。虽然个子不大,但他的眼神已经完全摆脱了稚气,似有若无地反射出对外界的质疑。

麻团看着他笑了笑,对苏见明解释:"这是我哥,我们从福利院被收养到了两个家。我有了电瓶车,就可以每天放学来找我哥,路上只要半小时就够。"

麻团的哥哥跑过来,麻团推着车迎了上去。苏见明靠着路灯,看着不远处的二人兴奋地围着车摸索着,像是寻到一件宝贝。

苏见明悄悄离开了,他觉得自己不该打扰这对兄弟。

晚上9点,苏见明回到办公室。推开门,却发现李惠琳和孙鹤阳都没走。但他没理会二人,甚至没打招呼,只是走进房间,坐在椅子上,对着黑屏的电脑发呆。

孙鹤阳在门口探头探脑,表情失落:"没带炸鸡回来?"

苏见明没理他,只是沉默地坐着。突然,他像决定了什么似的坐直身体。李惠琳和孙鹤阳也被他带得立刻坐直。李惠琳小声问道:"怎么说?"

苏见明语气坚决:"干活,必须搞清楚,时间已经不多了。"

闻言，孙鹤阳有些迟疑："上面都让咱们停了，干什么活？"

"你就说干不干吧！"苏见明突然咬着牙一拍桌子，吓了孙鹤阳一跳，他求助似的看向李惠琳。

李惠琳语气决绝："我干。"

苏见明从李惠琳那里得到了满意的答复，接着用询问的眼神看向孙鹤阳。

孙鹤阳撇了撇嘴："干什么活？现在还有什么活儿可干？"他指着桌上的一台台电脑："所有外部连接都中断了，我们连查个信息都成问题。刘局都快撕破脸啦！"

苏见明打开抽屉，拿出龙翔广场尸骨案的资料："是我太蠢了，我一直没重视这个案子。"看到二人疑惑的眼神，他叹了口气，转身操作起了电脑，"对他们来说，这个案子只是一桩陈年旧案，就此搁置消失，这具尸体将彻底被遗忘。"

听到这儿，李惠琳不由发问："他们？谁，黎志田，你爸？"

苏见明头也没回："不止，还有刘波、文辉、局里的那些人，那些盯着金江这块蛋糕的人。"

李惠琳和孙鹤阳已经听不太懂。

"怎么做？"李惠琳问。

他盯着电脑屏幕："我们要让她活过来。"

孙鹤阳不由得张大了嘴："活过来？"

苏见明笑了，那是一种孙鹤阳从没在他脸上见过的，充满着自信的笑容："你们忘了自己在哪个部门？连你们老师我，是怎么当上你们的头儿都没搞明白？"

李惠琳突然想到："头骨复原。"

苏见明点点头。

李惠琳为他连上投影,很快,三维的头骨模型在大屏幕上显现出来:"让我们好好和这位受害者认识认识。"苏见明继续操作,只见三维旋转的头骨被一点点添上肌肉、神经、皮肤。

看着他娴熟地操作着电脑,孙鹤阳的眼睛越睁越大。这是他第一次见到苏见明亲自出手。在此之前,他一直认为苏见明是靠郑刚当上这个副所长的。他喃喃道:"我靠。"他不是为这项技术的结果惊叹,而是为苏见明惊叹。

最终,一个栩栩如生的女人头像出现在墙上。

投影幕布上是一个女人,看起来年龄三十多岁,面部轮廓立体,眉毛细长,看得出来,是个大美人。头像继续旋转着,不断地改换各种造型要素,头发长短颜色、眼镜、化妆与否、耳朵形状等。

"挺炫的,然后呢?这有什么用?"孙鹤阳叹了口气,"我们对比了那么多失踪人口,也没有匹配的,这不还是查不出她的身份吗?"

"送报失踪的人口没有匹配的,"苏见明摇了摇头,"我们就查一下那段时间的非正常死亡人口,比对一下。"

"哪段时间?"李慧琳问。

苏见明:"龙翔广场墙体修建的那段时间,2009年7月到9月。"

孙鹤阳得意扬扬地说:"我也查了,2008年7月到9月,本市所有非正常死亡名单。"

看到苏见明盯着他,他无奈地摊了摊手:"这个名单之前我也留意过。可名单上的人都有尸体的下落……"

苏见明摇摇头,神情严肃地看着他。

孙鹤阳有点心虚:"我真查了,没问题。"

他开始翻找自己桌上的文件。

苏见明指着墙上的头像:"根据这个,再对比一下。"

"为什么?"李惠琳还是不明白为什么要比对这份名单。

苏见明看着他们:"因为有人换了尸体。"

孙鹤阳:"换尸体?"

苏见明:"你们别忘了,黎志田曾经承包经营金江第二殡仪馆很长时间。"

其他二人惊讶地对视,他们开始意识到,这个案件或许远比他们想象的复杂得多。

一天后,苏见明三人有了结果。

次日大早,苏见明和孙鹤阳出去核查这个结果。

李惠琳的房子装修完毕,一直等着她去验收。苏见明大方地给她放了假。

"这是个持久战。"他对她说。

孙鹤阳在警车里等着,车子停在招商银行正对面的街沿。

招商银行的大厅内,午后的阳光透过大玻璃窗照射进来,苏见明进门扫视着大堂。

大堂经理热情地朝苏见明走来:"您是存款还是——"

苏见明摇了摇头:"都不是,我找这个人。"

苏见明给他看看手中字条上的名字。

经理惊讶地顿了顿:"您……公事还是私事?"

苏见明从兜里掏出警官证在他面前晃了晃。经理有些惊讶,他转头看向一个柜台。在那个柜台背后,温和干练的晓薇,正在帮客户存款。阳光照在她的面孔上,像朵安静地开在喧嚣世界边缘的花儿。

苏见明怔怔地望着晓薇，不仅因为她容貌秀美，更因为她和自己头骨复原出来的女人几乎长得一模一样。

他缓缓地向晓薇走去。

晓薇抬起眼，也看到了苏见明。

# 第十章　水泥墙里的歌声

## 1

招商银行的会议室里，苏见明和晓薇对面坐着，墙角老旧的空调不断地发出咯吱咯吱的叫声。

苏见明看着手里的材料，而晓薇直直地看着苏见明。

她有种预感，眼前这个警察来找她，可能和郑刚间接相关。

苏见明："朱丽，1970年生人，市歌剧舞剧团歌唱演员。1992年，她从团里辞职，经营茶馆。她是你的——"

晓薇轻声回应："姨妈。"

苏见明身体往前："你姨妈的父母很早去世，她和你母亲相依为命，结果你母亲在你五岁的时候得病去世，所以，朱丽现在唯一亲戚，就是你。"晓薇点点头。

苏见明点点头，看着手里的材料，晓薇的回答严丝合缝。

苏见明："2008年7月23日，出了车祸，经杨福龙也就是你父亲辨认，遇难尸体的体貌、服装都符合朱丽的特征，之后结案，火化。"

晓薇怔怔地听着，没想到这块陈旧的伤疤，在这么多年后，会被一个警察再次翻开："所以你来找我，是有什么事吗？"

苏见明从地上的公文包里拿出一个牛皮纸袋，纸袋里是一摞照片，摊在桌上。那是龙翔广场尸骨的照片。晓薇看着照片上扭曲的尸体，以及上面风化了的组织，只觉得毛骨悚然，脑中空白一片，一阵恶心不由自主地涌了上来。

"那起事故里的尸体，不是你姨妈，这起谋杀案里的受害者，才是她。"苏见明一边说着，一边仔细地观察着她的反应，"她的尸骨，被砌进了龙翔广场的墙体里。"

龙翔广场离这里不远，是晓薇经常和同事去逛街吃饭的地方。晓薇看着照片，睁大了眼睛。

苏见明看着晓薇的反应，不由得叹了口气："上午，你们行里的领导已经给我们提供了一个你喝过水的纸杯，我们采集了你的生物样本。经过比对，确认这具尸骨的DNA跟你有亲缘关系。"

晓薇再次把视线移到那一张张尸骨的照片上，许久，她的脸庞微微颤抖。

苏见明："你跟你姨妈，关系近吗？"

晓薇抬起头，满脸泪水。

苏见明一怔。

晓薇："我是她的天线宝宝。"

苏见明："天线宝宝？"

晓薇流泪动情地说："我小的时候，我妈去世了，我爸是赌鬼加酒鬼，从来不管我。有一天，我跑去找我姨妈，我说，别人家的孩子，都有天线宝宝，你能给我买一个吗？她哭了，她说，我就是她的天线宝宝。她把我留下了，从那天开始，我就和她一起生活。"

那是她的姨妈，是待她如亲生女儿的姨妈。看着骷髅颅顶破棉絮一样的头发，酸楚在她心中翻涌。

苏见明知道此刻不是好的时机，但他还是必须开口："我想请你仔细回忆那段时间，也就是你姨妈被害前后的线索。"

晓薇哽咽着："线索？"

"比如她都和什么人交往？有没有留下什么东西，那里面可能有线索。"

晓薇答应下来："我回去想想。"

苏见明郑重地嘱咐："请你一定好好想想。她在墙壁的夹缝中暗无天日地封了十年，没人知道她的遭遇，她只有这一个机会得到正义。"

看到晓薇点点头，苏见明又从纸袋里拿出一张照片推过去："你见过这个人吗？"照片上是黎志田在龙翔广场竣工仪式上的照片，他带着安全帽，激动地鼓着掌。晓薇盯着照片看了片刻，在苏见明期待的目光中摇了摇头。

苏见明有点失望。他递给她一张名片："你想起什么或者找到什么，随时给我打电话。"

晓薇点点头。

苏见明起身，从包里拿出一个优盘递了过来："还有，我在歌舞团资料室找到了你姨妈当年演出录像的录像带，我们拷贝了一份，我想，你可能想要。"

晓薇接过优盘，紧紧地攥在手里，眼里含着泪："谢谢你，警官，谢谢。"

苏见明离开后，晓薇回到她的柜台，把"暂停服务"的牌子撤下，继续开始工作，但她却没法专注了。她的眼睛虽然看着大厅里的顾客，但她心里想的却是无数个关于姨妈朱丽的瞬间，那些画面在他眼前消散又重组，仿佛一场并不存在的幻梦。

她又想起照片里的尸骨，想起姨妈出事的那天。那个雨夜，她和杨福龙被警察叫到青山农场派出所认尸。

那一刻，晓薇知道，她和亲人之间的联结再一次被死亡一刀斩断。她记得自己表现得很安静，她没哭。姨妈不喜欢她哭，她也不想被杨福龙看见她的难过。

因为她知道，往后的日子，她就只剩下父亲这个不算亲人的亲人了。

晓薇打开抽屉，拿出专门与郑刚联系的那部手机，拨出郑刚的电话。

关机。

依旧是关机，已经两个礼拜了。

看着手机上那个冰冷的号码，晓薇觉得自己再次变得无依无靠。

一直表现得很镇定的她，终于沉默地流下泪来。

会议室的投影上，放着充满噪点的旧录像：

圆形舞台上，垂着紫色的丝绒幕帘。女歌手站在舞台上，身上的紧身礼服是亮丽的红和闪耀的金，贴身的剪裁将她曼妙的曲线展露无遗，性感中还带着俏皮的趣味。在她的头顶，彩灯旋转，映照在她的微卷长发上，形成彩色的波浪，她的双眼闪着魅惑的光芒，丹唇轻启，一首《再回首》缓缓流淌而出。

"再回首，云遮断归途。再回首，荆棘密布，今夜不会再有难舍的旧梦，曾经与你有的梦，今后要向谁诉说。"

镜面墙把女歌手动人的身影映照得魅影重重，仿佛有好几个她共同献唱。她眉目传情，风姿流转，她的胸前戴着一串华丽的珍珠项链。

"再回首，背影已远走。再回首，泪眼蒙眬，留下你的祝福，寒夜温暖我，不管明天要面对多少伤痛和迷惑。"

苏见明按下了暂停键，对着材料读着："朱丽，金江市歌剧舞剧团歌唱演员，1970年生，这是她当时在团里的录像，时间大概是1989年。1992年从团里辞职，下海经营一个茶馆。1996年起和外甥女杨晓薇共同生活，直到去世。"

他继续读道："2008年7月23日，朱丽驾驶一辆帕萨特轿车外出失踪。七天后，在青山农场江段附近被打捞出来，并在沿江大道上发现一处护栏损坏。推测是交通事故撞破护栏沉入江中，尸体损毁严重。当时，DNA检测还很少见，经朱丽的姐夫杨福龙和外甥女杨晓薇对尸体的辨认，体貌、服装都符合朱丽的特征，之后结案火化。杨福龙2014年患癌去世，外甥女杨晓薇现为本市招商银行江岸路支行工作人员。"

刘波和文辉看着苏见明，脸上没什么表情。

苏见明对李惠琳打了个手势，李惠琳会意，起身接着介绍道："龙翔广场所发现的尸骨，经DNA检测，与杨晓薇所提供的含有其姨妈DNA的遗物完全匹配，确认死者是朱丽。"

文辉举手打断："那江里那具尸体是谁？"

苏见明："应该是凶手另外找来的，用来鱼目混珠。"

文辉追问道："朱丽的死因呢？"

孙鹤阳操作电脑，投影出模拟图像。苏见明用激光笔指着尸体的胸口:"胸骨和后肋骨两处断裂,推断是水平进入的贯通伤,要么是一根钢钎一样的凶器,要么是枪击。"

刘波点点头:"不错,这都被你挖出来了。"

文辉面露思考之色:"看着像情杀,老公嫌疑最大。"

"朱丽一生未婚,没有老公。"苏见明摇了摇头,迅速否定了文辉的想法。

文辉再次论断:"那就是情夫。"

苏见明:"很有可能,但我们不知道这个人是谁。这个老案子基本没有破案线索,但有一个最重要的特征。"苏见明挪动鼠标,打开龙翔广场现场的照片:"她是被'砌'在墙内了。凶手只可能是他们:施工队队长徐德发、当时徐德发手下的约200名建筑工……"

文辉皱眉:"这就难查了。"

苏见明笑了:"但是,他们很难跟朱丽这样的女人发生关联。"

文辉眉头一挑:"你认为是情杀?为什么?"

苏见明笑一笑:"既然尸体都在工地了,有太多办法把尸体给碎掉。但凶手没有这么做,为什么?只有一个理由,他不忍心。而徐德发和手下的人我见过,他们大概不会有这种怜香惜玉的情绪。"

"所以呢?"

"凶手除了刚才说的那些人,还可能是这个施工队的东家,"苏见明一字一顿,"百丽集团的高层。"

苏见明敲动鼠标,黎志田的头像出现在大屏幕上。

看到这张照片,文辉和刘波对视一眼。

苏见明观察着他们的表情。

文辉起身，他严肃地说："你这是还想回'5·20'爆炸案是吧？"

苏见明摇摇头："不，这是两个完全无关的案子。"

文辉看看刘波，刘波不语。

文辉回头对苏见明："这都是你的想象，真想干刑侦，你得学会先拿证据。"

苏见明点点头："是的，证据，会有的。"

刘波发话了，指着墙壁上图片："好，把这个案子查清楚。"

三人组离去。

刘波看着苏见明的背影，对文辉笑了笑："小苏还是有想法的，你多带带他。"

文辉迟疑地看着刘波，试图弄清领导的全部意图。

文辉："带他？还是注意点他？"

刘波笑了："带他。"

文辉迟疑地点点头。

恍惚间，文辉想到在不久之前，苏见明还是一个在专案组会议上闹笑话的书呆子，需要父亲郑刚庇护。

现在，他好像已经是个人物了。

## 2

刘锋走进董事长办公室时，黎志田正在窗前打着模拟高尔夫。看到刘锋进来，他扔下高尔夫球杆，坐回办公桌前，看着刘锋把一张张偷拍照片整齐地摆在桌上。

照片上的主角都是苏见明：苏见明等人调查龙翔广场尸

第十章 水泥墙里的歌声 295

骨案；苏见明等人去找徐德发；苏见明和晓薇在一起谈话。照片从不同的角度捕捉到他们的行动和表情。黎志田的眼神在照片上滑过，审视着每一个画面。

刘锋看着黎志田的眼睛，确定他浏览完了所有照片，这才开口："苏见明想见您。"

黎志田笑着靠在椅背上，感叹苏见明的胆量。

刘锋需要一个确定的回答："怎么回复？"

黎志田一摊手："见啊，为什么不见？"

黎志田把见面的地点再次定在了自己的会所。

苏见明在刘锋的带领下走进会所，穿过大厅，走近江边的茶桌。黎志田早在那里等候多时了。这一次，他热情得多。

他站起身，握住苏见明的手，夸张地打着招呼："见明，欢迎。"

刘锋在旁补充道："黎总很少把人约在这里。"他的意思不言而喻：只有重要的人才有资格在这里见到黎志田。黎志田则是诚恳地看着苏见明："能到这里的人，是以后能成为朋友的人。"

苏见明点点头，开门见山："您是忙人，就不绕弯子了。"他拿出朱丽的照片，"我们最近调查的案子，牵扯到了这个人，不知道黎总认不认识她。"他把照片递给黎志田，仔细观察着他表情的变化。

黎志田接过照片，好奇又仔细地审视了半天，才把照片递还给了苏见明："这是哪个？我没见过。"

苏见明又把照片递向黎志田："您再看看，再想想。这个女人曾经在五一路开了个茶馆，而您，就是那个茶馆的房东。"

黎志田这次没接这张照片。他夸张地笑了起来："这样的产业，我有几百处，我不可能记住它们都租给了谁吧？"

苏见明点了点头，又问："也对。可是，您知道这个女人的尸体在哪里被发现的吗？"

黎志田干脆地点了点头："我知道啊，在春意路龙翔广场的墙里。"

苏见明一愣，他没想到黎志田会这么干脆地把话挑明。但黎志田毫不在意地分析着，像是想帮苏见明分析出什么似的。

黎志田道："尸体只能是施工的时候被藏进去的，所以要么是施工队干的，要么是商场的所有者干的，而当施工队也属于这个所有者，所以这个所有者，也就是我，嫌疑就会被无限放大，对吗？"

苏见明迟疑地看着黎志田。

黎志田迎着他的目光，随意地摊了摊手："我可以给你一个回答：不是我，跟我没关系。"他拍了一下手掌，"好了，公事谈完，喝茶吧，我希望交你这个朋友，希望你经常能来这个会所喝茶吃饭。"

哑巴男人听到击掌声，连忙端着壶过来添水，黎志田笑着问他："合作，我擅长；打仗，我也擅长。对不对，表哥？"

表哥连忙点头，他看起来很快乐。

苏见明看着黎志田的样子，点点头："感谢。今天不喝了，忙，走了。"

他站起身来，往外走去。

黎志田热情地与他告别："苏警官，什么时候想喝茶，随时来，我随时欢迎！"

苏见明："好的。"

苏见明没有停留，头也没回地快步离开。

第十章 水泥墙里的歌声 297

黎志田看着他的背影,也觉得这个苏见明和当初不同了。

他不再是面对红油火锅不知所措的大男孩,现在,像一个男人。

就像他第一次遇见的郑刚。

## 3

夜色阑珊。郑刚再次换上装备,沿着江边开始了夜跑。他肃清头脑,开始他已经习惯的奔跑中的思考。

黎志田和何秀丽谈话,然后做高调的自首威胁,是他向自己展示的最后态度。

家里这边,何秀丽没有提到与黎志田见过面,避免着和郑刚发生多余的对话。苏见明也不再询问自己的意见。

一切迹象表明,案件的事态、金江的剧变、家庭的走向、和他本人的命运,都似乎在失控前的平静之中。

郑刚加快夜跑的脚步。

他再回过神时,已经跑到了晓薇的小区,他在路边观察了许久,确认无人注意后,他上了楼。

在与晓薇断了三周联系之后,郑刚来到晓薇的住处。

门前,听到屋里响起熟悉的音乐声,他怔在门口,踌躇半响,最后还是用钥匙打开了门。

晓薇听见了郑刚的脚步声,但她没有回头。她电视机的屏幕里放着充满噪点的旧录像。电视机里,朱丽的身影婀娜,歌声如从云端传来的幻梦。

郑刚的步子停在门口,他看到了屏幕上的内容。

他愣住了。

"再回首，云遮断归途。再回首，荆棘密布，今夜不会再有难舍的旧梦，曾经与你有的梦，今后要向谁诉说。"

晓薇蜷缩在沙发上，死死地盯着电视里那个再熟悉不过的身影。她的手里攥着一串华丽的珍珠项链，和朱丽胸前的那一串一模一样。郑刚的目光从屏幕移到晓薇身上，这个瞬间，他几乎要分不清朱丽和晓薇了。她们长得几乎一模一样，就连那串项链也是。

晓薇眼里含着泪光，她只觉得姨妈和电视机上的这个女人很像，但又判若两人。在她的记忆中，姨妈像一株低调的劲草，从不打扮得显山露水。但屏幕上的朱丽却艳丽如一朵玫瑰，大大方方地盛开在舞台上。这样的反差带来沉重的困惑，如云雾般笼罩住了她。

晓薇知道她曾经是市歌剧舞剧团当红的演员，但从没见过她演出。姨妈从团里辞职后，开了一间不大的茶馆。有一些夜里，姨妈不在家，晓薇就安静地自己在家里写作业。

她从不知道自己之外的姨妈的生活。

朱丽的声音继续回荡在房间里："再回首，背影已远走。再回首，泪眼蒙眬，留下你的祝福，寒夜温暖我，不管明天要面对多少伤痛和迷惑。"

郑刚缓缓走近。

晓薇看向他，又看向电视："这是我的姨妈，她就像我的妈妈，我以前和你说过，记得吗？"

郑刚指着电视道："这是哪里来的？"

晓微："公安局的人来找我了。他们在龙翔广场的墙里发现我姨妈的尸骨。"

郑刚一怔。

晓薇:"她在黑洞洞的墙里躺了十几年……"

郑刚不知道说什么,他在沙发的尽头坐下来。

晓薇又掏出黎志田的照片:"公安局的人说,凶手可能跟他有关。"

郑刚看着照片,不语。

晓薇的语气近乎哀求:"你能不能答应我,一定要找到凶手。"

郑刚的眼神移开了。晓薇却坚定地追着他:"求你了,今后,我没别的事求你办,只求你这一件事。"

郑刚看着屏幕上的朱丽。她在舞台上优雅地摆动,很有风情。

二十多年前,年轻的郑刚意气风发,他也是像这样坐在台下,看着台上的朱丽,脸上带着喜悦和欣赏。

后来,他在黎志田的游船会所里,在那一间间狭小的、充满年代感的卡拉OK包厢里与朱丽合唱。郑刚已经不记得她们合唱过多少次了,但郑刚却至今还清晰地记得,每一次,他都会凝望着朱丽侧面的轮廓,他喜欢她从耳根到下颌的那一道弧线,很喜欢。

很多次,包间里就他们二人,舷窗外是繁华的金江夜色。

很多次,午夜的酒店里,两个人的身体紧紧地贴在一起。

一幅幅画面闪过,电视机里的歌声依旧,郑刚已经有些恍惚。他的眼神移到晓薇身上,不断地想起朱丽。

从耳根到下颌的那一道弧线。

晓薇靠过来,郑刚轻轻揽住晓薇的肩膀。

晓薇低声地说:"你会帮我抓到杀害她的凶手,对吧?"

郑刚郑重地点点头。

走出晓薇家的小区之前,郑刚转过身,再次看向那扇窗户,眼中掠过一丝决然。

江边晚风徐徐,郑刚的目光穿过江面,落在对岸的灯火处,那是家的方向。但他现在不打算回家,江对岸还有一个局,一个老朋友在那里等着他。

这一次见面,是为了再度明确他们之间的同盟战线,就像二十多年前的那一次。

那一年,他们俩都刚过三十,正是做事的时候。

那时,他们一起干了票大的,把彼此的命运绑在了一起。

## 3

郑刚和黎志田都刚过三十二岁那年。

黎志田坐在自己的船上,舷窗外是倒映着月色的平静的江。屋内的桌上,火锅还微微沸腾着,地上躺着五个五粮液的空瓶。桌上还有厚厚的一摞现金,大约四十万。旁边的沙发上,躺着一个五十多岁的男人。

男人是下沙村的村长,脑满肠肥。几根稀疏的头发懒散地盖在头顶,梳成在这个年纪常见的"锅盖头"。隔壁房间是卡拉OK,传来一段低沉的歌声。

黎志田靠在椅子上,静静抽了口烟。他有些心疼。包间门开了,郑刚走了进来。他看看沙发上躺着的人,又看看桌上的钱沉声问道:"怎么?谈不拢?"

沙发上,村长鼾声如雷。

黎志田苦笑地看着这个死猪一样的男人:"桥可以修,但沙子不能挖,那是他小舅子的公司要接的,我说联合,也不同意。而且还警告我,不准在青山区接工程。这下麻烦了。"

郑刚坐到黎志田身边,点起一支烟,深吸一口:"他傍上了谁?"

黎志田指了指天花板:"赵。正在楼上包间喝着呢。"

郑刚坐下,思索了片刻:"说难办也难办,说好办也好办。"他端起桌上的酒杯一口饮尽,似乎做了个并不容易的决定。他指指桌上的现金:"这些,加三倍,给赵,一会儿就给。"

黎志田也喝了一杯酒,点了点头。

郑刚眼色一变,凑近了低声询问:"有粉吗?"

黎志田从口袋里掏出一个小塑料袋,里面装满了白色的粉末。

郑刚接过塑料袋,掂了掂重量,满意地点了点头说:"放到他口袋里。"郑刚指指沙发上的人,又看向窗外,"那辆广本是他的吧?他的司机呢?"

"在楼下。"

郑刚想了想:"我会让人在二桥设卡检查。"

黎志田有点犹豫,他看着郑刚:"就算收了钱,赵恐怕也不会站到我们这边。"

郑刚笑了,笑这位老友想得太简单:"谁说让他站过来?录他的音,拉下水。"

黎志田思虑,点点头,收拾桌上的钱:"那我明天去找赵。"

郑刚摇摇头:"现在就去。"

黎志田有些惊讶:"现在?"

郑刚微笑着深吸一口烟,仰头向天花板吐去:"最好的反击时间,是你被打之后的下一秒。如果你被打晕了,你醒过来之后的下一秒,是第二好的反击时间。"

郑刚收拢思绪,他还清楚地记得当年的这番话。

如今,他也要开始"反击"。但今非昔比,这次出拳的有好几拨人,其中甚至还有他的儿子,可谓是腹背受敌。

郑刚压低帽檐,走进会所。他看到黎志田正坐在靠窗的船舷边,面前的桌上支起了火锅,地上还摆着几瓶五粮液。这场景和当年几乎一模一样。只是,他们都老了。

没有多说什么,郑刚和黎志田二人涮起了火锅。二人先是默默地吃着,只是偶尔迸出一两句"喝酒""这个不错""够辣"这样的词语。

吃完,他们默契地放下了筷子。

郑刚先是淡淡地询问,龙翔广场墙里的朱丽,是不是黎志田故意抖出来的。郑刚现在复盘起来,认为是公交车爆炸案一出,黎志田就扔了这张牌,让其慢慢发酵,一直到最关键的时刻被引爆。

也怪自己,他当时一直盯着爆炸案的发展,根本没去注意局里其他的案子。

黎志田没有正面回应,只说,近三十年的往来已经把他们捆绑得足够紧,紧到身上的刺都扎进了对方的肉里。

比如墙里的朱丽。

就算他不抖搂出来,墙也总有倒塌的那天。

"所以,是你抖出来的?"郑刚问。

"不重要了。"黎志田病态地笑起来。

夜风吹过,两人都眯起眼,脸上显现出相同的老态。

第十章 水泥墙里的歌声 303

"为什么?"郑刚有些不解,黎志田为什么要下这步两败俱伤的棋。

"跟你动David一样。"黎志田想了想,说。

其实,继高进退场之后,没有了第三方,郑刚与黎志田的斗争就注定是零和游戏,终于,让事态到了不可挽回的局面。

"为什么?"郑刚重复地问,这一次,有了自我拷问的意味。

为什么?他们两个人明明互相扶持和保护,可以获得金江大半的利益。为什么?他们会走到自相残杀的局面。

"是啊,为什么?"黎志田也自问道。

三十年来,他们第一次真正面对彼此,面对自己的欲望、贪婪、野心和弱点。

最后,两人对视一笑,得出很简单的答案。

还账。

那个香港电影怎么说的,出来混,总是要还的。

"停战吧。"郑刚缓缓地说。

"你说什么?"

"停战。"

这是郑刚一生中说过最重的话。这句话意味着,在最重要的时刻,郑刚向黎志田屈服过。

两人一生的纠缠,最终归于这句轻描淡写的话。

他们形成穷途末路的联盟。

黎志田:"我听成:挺着吧。"

郑刚和黎志田都觉出自己的荒诞,歇斯底里地笑起来。

失控地笑了半分钟,两人像是累了,各自垂下头,表情凝重。

郑刚先收了笑容:"现在就一件事:不能让苏见明从那个女孩那儿知道更多。这个案子太敏感了,必须烂掉。"

"我会盯紧的。"黎志田答应完,接着又有些迟疑地开口,"苏见明才来找过我,问我认不认识朱丽。"

郑刚一愣,苏见明调查的进展比他预计的更快:"你怎么说?"

黎志田在桌上排出一张张苏见明调查朱丽案时的照片,在郑刚震惊的目光中摊了摊手:"我当然说不认识,不然,我今晚怎么敢请你来?"

郑刚皱起眉:"你的人在跟踪他。"

黎志田语重心长:"老郑,你要感谢我的苦心。时刻关注你儿子的动态,是我在给你擦屁股。"

郑刚沉默半晌,这才继续开口:"不要出任何岔子,如果这案子炸了,你我只能一起死。"郑刚坐下,看向舷窗外,不由得有些感慨,"老黎,金江这些年的风风雨雨,上面不可能一点儿都不知道。"

黎志田点了点头,没有说话。

郑刚叹息地说:"老黎,我恐怕要先走一步了。"

黎志田克制着惊讶:"什么?"

郑刚苦笑着看向黎志田:"雷书记,你之前拿人家的手涮火锅的那个,他自首了。"

黎志田恍然大悟,表情变得复杂起来。

"上边这几年也收到过不少材料,只不过还没机会处理。这个雷书记可能是个导火索。"郑刚的语气有些惆怅,"虽然我现在从公安局退下来了,但在这个节骨眼上,万一有任何差

第十章 水泥墙里的歌声

池，后果没人可以承担。"

黎志田也苦笑起来："我知道了。老郑，你要挺住。"

郑刚脸上浮起快意的笑："不过，我绝对不会让他们在会上把我带走。"

黎志田垂下眼睛，他知道，郑刚是想幽默一下，但和多年前一样，他觉得郑刚一点幽默细胞都没有，他生来就该是一个严肃而威严的人。

郑刚的面色像是回应他的思绪一般变得肃然："这一切都有一个前提：你要替我把这件事安排好，让它像没有发生过一样。"

黎志田点点头："这么多年了，不用你说，你放心。"

郑刚眼里突然有些悲凉："我可能等不到结果了，我只能相信你，别让我失望。"

黎志田坚定地说："做不到这件事，我来陪你。"

郑刚拍了拍黎志田的肩，他相信他能做到："还有，必须保证见明的安全。"

黎志田点点头："最好的办法是，让那女孩消失……"

郑刚说："不行，也别碰她！"

黎志田不语，思考着。

对话结束了。郑刚戴上棒球帽，向外走去。

在进行这短暂的对话之前，两人已经有了无数个小时的斟酌和考量。在这样的算计中，不能带有一丝情感，只有绝对的理智。在两个人中牺牲一个，是破解困境、避免更大损失的唯一途径。

局内人里，谁的死亡损失更小？谁更逃不掉命运的裁决？官员的死，可以避免从高高在上到阶下囚的屈辱，可以换来上级和同僚的安全落地，可以给家人一个衣食无忧的未来；商人的死，可以很大程度上保住他的财产，抹去一桩桩命案，也能避免其他局内人落井下石，不明不白地最终死在看守所——

都是生意。

黎志田从舷窗里望着这位老友的渐远的背影。

遥遥地，黎志田喊："老郑，要是能过这一关，咱还像原来一样，成不？"

这个不是算计和生意，是两个落寞的中年男人内心的一点点珍视的东西。

郑刚怔住，停下脚步。他没有想过这种可能，他比黎志田悲观，认为当下的局面，只能是苟延残喘。相比黎志田，郑刚还感到一种无形中的命数的压迫。

他无法回答黎志田，只能径直往外走去。

这一刻，黎志田觉得自己比郑刚坚强，比郑刚更相信人的力量。

黎志田这样想。

## 4

距离与郑刚分别，过去了整整一天。

晓薇请了假，在床上蜷缩了整整一天，终于坐起来，想吃点什么，但又觉得反胃。最后，晓薇只能静静地坐在窗前，看着夜色中窗外山峦的暗影，等待翻涌的胃酸消下去。

好了。胃痛消失的时候，晓薇做出了决定。

她把优盘插进笔记本电脑。屏幕上出现了朱丽的身影。她的歌声缓缓流淌而出："白鸽奉献给蓝天，星光奉献给长夜，我拿什么奉献给你,我的小孩。雨季奉献给大地,岁月奉献给季节,我拿什么奉献给你,我的爹娘……"

音乐声中,她站起来,走到隔壁堆满老家具的里屋,开始翻箱倒柜。

闸门被打开,回忆就在一瞬间倾泻而下。对于晓薇来说,这间屋子是用陈年往事装潢起来的。她平时不敢踏进回忆的世界,她怕陷进去。从泥沼里抽身不是件轻松的事。

但是现在,她决定踏进去。

那年,金江刚开第一家外国冰激凌店,那里是整个城市最时髦的地方。朱丽带着晓薇排了很长的队,等了好久,才终于坐到靠窗的位置上。她们一起吃着外国进口的冰激凌,晓薇选了巧克力味,而姨妈选了香草的。

晓薇清楚地记得,那天吃着冰激凌,他们两个的脸上洋溢着开心的笑容。那时的她只觉得和姨妈在一起的日子充满了快乐和温馨。

初中毕业的那年暑假,姨妈原本计划带着晓薇去旅行,但那场突如其来的灾难改变了一切。姨妈再也没有回来。鲜活的一个人,硬是被压成了一张残忍的黑白遗像。

此刻,晓薇在柜子深处看到那个相框,相框里的姨妈仿佛又褪去了一层颜色。

朱丽的歌声还在屋里回荡。晓薇擦了擦积灰的相框,再将它放回原位。

她在这堆记忆中细细过滤,却始终没有找到她最想要的那件。某个秘密似乎在跟她玩捉迷藏,近在咫尺却又远在天边。但她没来由地相信,这个秘密一定藏匿在这间屋子里的某个角落,等待她去揭晓。

最终，她的视线落在一堆五斗柜下层抽屉中儿时的玩具上。那些她曾经爱不释手的毛绒玩具，如今已经落满了时光造就的灰尘。

那时她即将初中毕业，还怀揣着巨大的好奇心和几乎用不完的精力，她还对世界充满期待。出事的那天早上，她和姨妈刚刚因为一件小事吵了一架，正生着姨妈的气。姨妈穿上那件她最喜欢的墨绿色上衣，准备前往她的茶楼。晓薇在床上赖着，但她一直竖着耳朵，数着姨妈走远的脚步声。

直到姨妈走下半排石梯，晓薇才决定原谅姨妈。她趴在二楼的栏杆上，看着姨妈的背影，大声朝她喊："姨妈，给我再买个天线宝宝的玩偶回来，我就原谅你！"她的声音回荡在充斥着潮雾的空气里。姨妈回头，微笑着朝她摆了摆手。

那是她最后一次看到她。

等到一周后，她再次见到她时，她就变成了那个样子。她想，姨妈总是说，不管发生什么事，自己都该坚强。所以她一直忍着，就算再想哭也忍着。但当她看到姨妈的员工遵照她的嘱托，将这只天线宝宝递到自己手上的时候，她还是落了泪。她原谅了姨妈，却开始怨恨自己，或许，如果不是自己和她生气，她就不会出事。

她准确地认出了那只天线宝宝，她记得它的名字。

它叫小波。

晓薇明白了自己为什么觉得这个屋子里有线索。

当时姨妈去世，她几乎没有抱过这个玩具，它已经有些旧了。

她把它拿出来，重量不对。

是的，就在这儿，姨妈在这儿等着自己。

第十章 水泥墙里的歌声

她拉开玩具背后的拉链,一只初代摩托罗拉手机的天线露了出来。

她重新拉上它的拉链,把手机塞了进去。

回到卧室里,她拿出苏见明的名片,拨出电话。

"苏警官吗,我找到了我姨妈的旧手机……"

苏见明对晓薇这边,其实并没有抱太大的指望。当年的一个小姑娘,怎么可能了解一个美丽的歌舞女演员的复杂世界?但他从她的脸上看出来,她很爱她的姨妈。

这让他感到他们是一个同盟。

手机的铃声响起,电话里是晓薇颤抖着的声音。

"我在郊外,手机的事你跟谁也不要说,我马上过来!"苏见明说完,立刻挂断了电话。

苏见明跳起来冲了出去,办公室里,打着盹儿的孙鹤阳猛地一惊,一块磁铁似的紧紧跟上苏见明。

苏见明:"去开车,去杨晓薇家。"

他们警车鸣着笛在山城的坡道上飞速奔驰。

孙鹤阳开着车,苏见明坐在副驾驶。苏见明一边焦虑地不停看着手表,一边有些担心地询问:"你刚才从局里开车出来,碰到什么人了?"

"我碰到了刘局。"孙鹤阳头也没偏一下,直勾勾地盯着前方:"怎么了?"

苏见明:"你有没有感觉到,我们身边有人在跟踪?"

孙鹤阳:"什么?跟踪?"

孙鹤阳瞪大眼睛。

苏见明:"上次去银行,昨天去朱丽老家,我有这种感觉。"

孙鹤阳:"头儿,你不要吓我。"

他会是刘波吗?

苏见明皱眉:"你跟刘局说了手机的事?"

孙鹤阳点点头,油门踩得更深:"我说拿到手机后会回局里。"

苏见明看着前方,车灯只能照亮前方一小段狭窄的道路。他伸手握住侧上方的握把,叮嘱道:"拿到手机以后,你要保密,跟谁都不能说。"

孙鹤阳疑惑地重复了一遍,但依旧直直地看着前方:"所有人?"

苏见明的语气坚定无比:"所有人。"

孙鹤阳叹了口气:"说不定手机里啥也没有呢?头儿,你就那么确定?"

苏见明皱眉看向他,余光却突然看见了一道黑影。

他还没来得及做出任何反应。

"哐!"

猛烈的撞击在瞬间发生,从丁字路口的另一边侧面冲过来的一辆SUV,直直地撞在驾驶室上。瞬间,玻璃渣子混合着车里的零碎在空中飞舞。孙鹤阳的头狠狠地弹向后方,他在眩晕中依稀听到了自己和苏见明的惊叫。苏见明感觉身体被一股猛力甩动,他的头不受控制地摆动,撞在副驾驶一侧的玻璃上。

警车在马路上旋转了两圈,侧翻在路边。

苏见明的上半身被甩出车窗,他趴在马路上,贴着地面的视线已经变得模糊,耳朵也在嗡嗡作响。他挣扎着想爬起来,但却感到身体被撕裂开来。爆炸案发生的那天,他有着几乎同样的感受。

苏见明勉强坐起来,明亮的车灯晃着他的眼睛。他吐掉嘴里的血沫和沙尘,用力拍了拍自己的头。勉强恢复视力后,他看到一辆路虎车静静地停在不远处。车上的大灯碎了一个,另一个照着苏见明,看不清车里的人。

片刻过后,路虎低吼着,向苏见明冲过来。他绝望地闭上眼,真真切切地感受到了死亡的威胁。他的脑海里,已经有了自己被撞飞的画面,已经听到了骨头碎裂的声音。

但在最后一刻,路虎刹住了车,在他面前停下,保险杠几乎贴到了他的面孔。

苏见明睁开眼,他看到一个戴着面具的壮汉下了车。壮汉走了过来,从他的身上摸出手机,放在脚下重重地踩了几脚。又走到10米外的孙鹤阳面前,做了同样的事情。接着,他回到路虎上,迅速离开了这里。

苏见明看到,在壮汉的脚下,手机屏幕闪烁了几下,接着陷入了黑暗。他的脑子终于重新开始转动,他意识到了壮汉的目的——拖住他们。他再次吐了一口嘴里的血沫:"快,把车正过来,看看还能不能开。"

孙鹤阳似乎也还好,还没完全恢复理智,他懵懂着反问:"还开?"

"他们肯定知道杨晓薇找到了手机。他们没对我们怎样,是想拖延时间。"苏见明有些语无伦次了,"她有危险!"

金江的崎岖地貌让他们有机会翻过这辆车。此时,这辆车正斜斜地靠在山坡上,他们只需要将它推回正位。他拉起孙鹤阳,两人趔趄地走到车子一侧,用残存的力气将车翻了过来。

苏见明坐上驾驶座。

万幸,这辆警车虽然很老了,但皮实至极,经过这样的撞击,竟然还能发动。车窗已经粉碎,前挡玻璃上巨大的裂纹反射出碎裂的街道。苏见明踹开了干扰视线的前挡风玻璃,重重地踩下油门。引擎发出咆哮,"轰"的一声,被撞过的车身像一堆破铜烂铁拼凑成的怪物,用最后一口气在街上跑了起来。

很慢,但在跑。

## 5

此刻,晓薇家楼道的阴影里,有两个红点一明一灭,那是两个人在抽烟。他们在望风。

屋内,晓薇蜷缩在床上,看着对面。

一个叫强子的中年汉子,正坐在她对面,嘴上也点着一支烟。墙上的时钟发出机械的嘀嗒声。

这声音把两个人的僵持无限放大。

"你在等什么?"晓薇打破了空气中的寂静。

强子看看墙上的钟,又看看腕上的表:"1点整。"

晓薇尽量保持语气平静:"然后呢?"

"先奸后杀。"强子舔了舔干涩的嘴唇。

听到他的威胁,晓薇的心颤抖了一下。她紧紧握住双拳,尖锐的指甲刺在掌心,疼痛感让她稍稍镇定了些。

强子拿起嘴边的烟,随意地弹了弹烟灰:"老子是不会劝你的,反正1点钟以前,你把手机给我,我就走;不给我,我办事。你个人看着办。"

晓薇看向墙上的钟,现在是12点45分。

"我已经打过电话了,"晓薇试图吓唬强子,"警察一会儿就来。"

"那我们就等到嘛,"强子冷笑着抽了一口烟,直接把烟头摁灭在桌上,"看到底来不来。"

破损的警车在路上竭尽全力地奔跑着,发出刺耳的噪声。车前盖令人不安地震颤着,还冒着浓浓的白烟。苏见明依旧把油门踩到底,引擎歇斯底里地怒吼着,然后是一段垂死的呻吟,最终罢工了。

孙鹤阳跳下车,前后寻找着路过的车辆,偶尔有车驶过,可是看到他们这副样子,谁敢停,都是一脚油门冲过去,有几次差点撞到他们。

苏见明狠狠地砸着方向盘,接着跳下车,朝着晓薇家的方向狂奔而去。

孙鹤阳看着他的背影转了个弯,接着消失在黑暗中。他低声骂了一句,接着拔腿追上。

郑刚拿着手机坐在书房里,电话那头是黎志田。

"老郑,该下决定了……"黎志田的声音忽远忽近,仿佛幽灵。

"不行,不能动手。"郑刚的声音坚定,但黎志田认识了他这么多年,能从他的语气中听出不一样的意味。他知道,此刻郑刚的心是犹豫的。

黎志田轻叹一声:"不然怎么办?"

"想办法,什么办法都行!让她把东西交出来!"郑刚发出了压抑着情绪的低吼，话到最后，语气已经近乎求助，"别伤她……"

但他们两人都知道，再怎样争论都是徒劳了。

晓薇只剩一种命。

墙上的时钟在一点一点地走着。

晓薇犹豫着。她看到，强子站起来，从脚边拿起了铁锤掂了掂，接着从口袋里掏出个安全套，放在手里揉了揉，又将它塞回了口袋，晓薇心里一紧。

强子嘴角一扬："莫怕。"

晓薇看着强子的脸，突然说："你们等着，有人保护我，他比你们强得多。如果我出什么事，他一定会找你们算账的……"强子摇了摇头，他站起来。

就在晓薇要闭上眼，准备好决然赴死的时刻，门突然开了。

刘锋走了进来，他戴着一个口罩。

他理都没理强子，打开桌上晓薇的钱包，拿出一张银行卡。

他好整以暇地在笔记本上打开一个网页，输入了她的卡号。晓薇呆呆地看着他的动作，她无法判断这个西装革履的男人站在什么立场。

刘锋拿着笔记本走过来，把屏幕转向晓薇："看好。"他在汇款金额那一栏里，打下一个"2"，又连续按了好几个"0"。晓薇认出，那意味着200万。

男人把笔记本电脑向她推了推："把手机交出来，你自己按这个'确定'键。"

晓薇久久地看着屏幕上的数字，没有动作。

第十章　水泥墙里的歌声　315

刘锋再次操作键盘,把数字改成500万。这次,屏幕被推得更近了,晓薇凝视着数字后面那串"0",这串数字已经让她有点眩晕。

耳边,男人语气轻柔,充满着诱惑的味道:"一口价。你什么都没损失,换你的好日子。"

但晓薇没说话,没动作,没有任何反应。

刘锋看着她的决绝的神情,叹了口气:"这个场面,我经历过无数次,商人、教师、官员、良家妇女、钢铁汉子……没有人能坚持到最后。这个世界,就是这样设计的。"他伸出一根手指,"最后一次,我希望你懂事,给我们大家都省点事。"

那根手指按在键盘上,屏幕上的数字变成了1000万。

晓薇还是不说话。刘锋看了看时间,站起来,神情充满了无奈:"你完了。"

晓薇坚强的外表突然崩溃,大颗的泪水涌出眼眶:"她比我妈还亲……她没有结婚,没有孩子……我不能让她就这么悄悄地死掉,我是人啊,我不能像畜生一样,只想着自己,我是个人……"

她泣不成声。

刘锋他看着晓薇哭泣着、倾诉着,依旧面无表情。他们是两个不同世界的人,注定无法相互理解。

时钟指向12点59分,刘锋向外走去。

突然,晓薇的手机在桌上响了起来。刘锋走过去接了起来,电话那头传来声音:"把手机给她。"

刘锋无言地把电话交给晓薇。

晓薇听着。

电话那头有呼吸声,片刻,发声了:"是我。"

那是郑刚的声音。

晓薇睁大了眼睛。

郑刚的声音:"接受吧。"

一瞬间,晓薇的泪水再次决堤而出,她突然明白了,什么都明白了。

这一刻,她仿佛又闻到了那种气味儿,儿时,母亲自杀的那个狭窄的卫生间里的气味儿。

她闭上了眼睛。

苏见明冲进晓薇的小区,扶着膝盖喘息着。半分钟后,孙鹤阳终于追上了苏见明。他喘着粗气,扯住苏见明的袖子:"头儿,我觉得上面有危险,还是先叫增援吧。"整个小区仿佛只能听到他们粗重的喘息声。

苏见明并没有考虑多久,他觉得自己不再那么喘了,便甩开孙鹤阳的手:"谁都别叫,你给我望风。"接着步伐坚定地走进晓薇家的楼道。

苏见明从墙角摸起一块砖,轻手轻脚地前进着。他的心跳又快又重,几乎要冲破他的胸膛。他摸到晓薇家的门口,轻轻抓着门把手,门没有锁,他拉开一道漆黑的裂缝。

他打开灯。

屋里空无一人,仿佛什么都没有发生。

床单整洁,写字台整洁,茶几上干干净净。

苏见明找遍了房间内外,什么也没有。

他猜想,是不是晓薇意识到了危险,跑了?

他松了口气,放下板砖,准备出门。

拉开门的一刹那,他突然觉得有些不对劲。

他闻到空气中有一股熟悉的味道,是从房间里传来的。他看向房间深处的壁橱,门下似乎有着一片暗影。

心跳再次加快。他走了过去,小心翼翼地拉开壁橱。

她看到晓薇的尸体蜷缩在狭窄的壁橱里,脖子上是触目惊心的巨大刀痕,她的血迹把壁橱内侧染成了可怖的猩红。

苏见明心里的那股劲突然泄了。他脱力般后仰,直直摔倒在地上。

## 6

苏见明的身体在地上蜷缩着、战栗着。

那天下午在招商银行的场景浮现。他记得阳光透过窗子,打在晓薇素洁的侧脸上。她看着朱丽的照片,眼神悲伤又坚定。

他坐起身来,看着晓薇。

晓薇的嘴微张着,仿佛想要诉说什么。脸下的血像是流净了,白得像是一片蝉翼。她的手无力地垂着,指尖还有尚未干涸的点点血迹。苏见明的顺着她的指尖看去,那里画着一个大圆圈,旁边还有一个小圆圈,中间一个短横将两个圆圈连了起来。

苏见明勉强站起来。他知道,晓薇最后用生命留下的信息,绝对不会没有意义,或者可以说,他不该让这段信息变得没有意义。他在房间里开始了搜索。晓薇是个生活很简单的女孩,她没有很多衣服鞋子,也没有什么化妆品或是包包。房间里最多的,就是照片。苏见明看到角落里那张她和朱丽的合影,她们笑靥如花。

他翻遍了整个房间，最终翻到了五斗柜下的抽屉。

他拉开抽屉，看到了那一堆陈旧的毛绒玩具。

仿佛是命运使然，恰好苏见明和晓薇的童年处在同一时期，看过同样的动画片。恰好，苏见明想起了前几天见到晓薇时，她说过的话。

我是她的天线宝宝。

抽屉里有两只天线宝宝，一个更旧，一个新一点。

苏见明拿起那只新一点的，感觉里面有什么硬硬的东西在硌着他的手。他拉开拉链，里面是一部陈旧的手机，熄灭的屏幕是那种温暖的黄绿色，像秋天的叶子。他掏出手机，眼里的光终于再次出现。他知道，这是晓薇用生命保护下来的东西，也是他这么长时间以来追寻的一个终点。

他有些兴奋地抬起头，却愣住了。他发现门口站着几个人，最前面的正是强子，血迹在他油腻的衣领上喷出一道鲜艳的线，仿佛某种带有宗教意味的符号。看到苏见明手里拿着的手机，他咧开嘴笑了，露出歪歪扭扭的牙齿："等你半天了。"

他们走上前来，围住了苏见明。

苏见明缓缓地后退，手里依旧紧紧地握着那部手机。突然，他的腰撞到了窗沿上，他回头看去，窗外的黑夜坚硬又寒冷，像一块冰，

强子伸出一只手："两条路，要么，把手机交给我们，我们大路朝天，各走一边；要么，你就从这跳下去，我们下楼捡手机。"

苏见明看着楼下的黑暗，想起刚才跑上楼时有到的院内布局，他说："我刚才上楼的时候，看到楼下有树，还有个池子，挺深的。"

第十章　水泥墙里的歌声

强子想了想，也笑了："池子里有水吗？"

苏见明歪着头，喷了一声："拿不准。"他回过头来，看着手里的手机："不过，我想试试。"在强子不明所以的眼光中，他把手机塞进怀里，深吸一口气，向后用力撞击，老式的木框窗户碎裂，他从窗户落了下去。

苏见明穿过树冠，砸断了好几根树枝。他的方向感刹那间被颠覆，他缩起了四肢，紧紧地抱在胸前。

"砰"，他落入水中，感到一块沉重的钢板打在了身上。他眩晕了几秒，池子里已经很久没换过的水呛进了气管。苏见明咳嗽着睁开双眼，他手忙脚乱地向上游。他拍了拍胸前，松了口气，还好，手机还在。

楼上强子的叫喊声传来。他知道，自己必须得赶紧离开。

他翻出水池，一边跑，一边踹着小区路边停着的车辆。警报声呜呜地响起来了，人们的美梦被划破，高低不同的窗户内不约而同地亮起了灯。一个住户趿拉着睡衣拖鞋，揉着眼睛走出了门："妈的，大半夜的……"

他按了按手上的车钥匙，一辆大众甲壳虫嘀嘀两声，停止了叫嚷。苏见明眼睛一亮，一个箭步上前夺下了车钥匙："我是警察，借一下你的车，明天来市局取！"

住户还没反应过来，苏见明就已经跳上了车。那辆甲壳虫在小区狭窄的通道里闪转腾挪，很快便冲出了小区的大门。但就在三秒之后，对面几盏大灯亮起，打断了他的喜悦。那是两辆路虎，其中一辆的大灯碎了一边。

路虎的引擎轰鸣起来，像两只发怒的巨兽。

苏见明连忙重重踩下刹车，接着打满方向盘，把油门踩到底，拐了一个极其惊险的弯。后视镜里，那两辆路虎已经向他扑来。他在脑子里快速构建起了附近一带的地图。他需要的是一条能够拦住追兵的路线。他突然想起跑来时路过的那条健身步道，就在前方不远处。步道狭窄，甲壳虫很好通过，但陆虎车体太宽，或许会被卡住。

没有太多时间考虑，苏见明打定主意，接着猛地一打方向盘，拐进了步道之中。步道两边，茂密的灌木枝条打在车体上，发出噼噼啪啪的响声。后面的路虎紧追不舍，试图开进步道，却被两侧的墙壁牢牢卡住，不得寸进。

苏见明看着后视镜里被卡住的陆虎车，松了一口气。他开出步道，又穿过几个隧道，几乎兜过了半个金江。他观察一番，确认没有追兵追上，终于如释重负地趴在方向盘上，浑身都颤抖着。他知道自己暂时安全了，也知道，这场追逐才刚拉开帷幕。

书房里，郑刚还坐在原位。台灯冰冷的光线照在他的额上、鼻上，如同一尊大理石雕像。思绪在他脑中炸开，朱丽和晓薇的身影慢慢重叠，变成为同一个人……

所有回忆都从虚空中回来了。他想起和朱丽共度的那些日子，也想起那些炽热的爱，是如何逐渐变成了嫌隙、疏远与冷漠的。

最后一次，卡拉OK的包间里，两个人不再并肩合唱，而是各自坐在沙发的一头，沉默地抽着烟，只有背景音乐和点唱机的MV不合时宜地循环播放。午夜的酒店里，二人分别，郑刚在床前穿着衣服，朱丽斜倚在床上，看着他的背影，嘴唇微张，却最终不发一语。她知道，已经没有什么可以挽留。

后来，郑刚曾在江边偶遇朱丽。看到她的那个刹那，郑刚依然心有波澜，然而他只能没有看见般和她擦肩而过，站在江边冷冷地看向远方。很久后，他回过头去，朱丽早已消失在人群里，在他面前，只剩一片江阔云低。

2008年7月23日。

一辆被摘掉了车牌的帕萨特汽车驶上偏僻的江滩，此时，天上下着大雨。豆大的雨点敲打着江面，激起层层涟漪。这辆帕萨特在江滩上留下了长长的辙印。在车的后座，床单包裹着什么东西，上面还有点点血迹渗出。

一辆黑色奔驰，一辆广本，两把黑伞等在尽头。帕萨特缓缓停下，郑刚摘掉手套下了车，看着伞下迎上来的黎志田和刘明利，他压低了声音："做成交通事故，冲破护栏，落到江里，今天弄完。"

黎志田点点头，刘明利却有些疑惑地问道："这是谁？这么大阵仗。"郑刚没有回答，只是斜了他一眼，黎志田立刻会意，呵斥道："闭嘴，钥匙。"闻言，刘明利连忙缩起脖子，从口袋里拿出广本的钥匙递给郑刚。

看着郑刚开车离开，刘明利指了指那辆帕萨特，小心地观察着黎志田的脸色："我去办了？"

黎志田却摆了摆手："等等。"他思考着，透过车窗瞥了一眼尸体，思考半晌才缓缓道，"两天时间，给我另外找一具尸体，做成交通事故，记住，要像。"

"那……这一具呢？"刘明利疑惑地问。

黎志田看着江上迷蒙的雨色："找个稳妥的地方藏起来，需要的时候，我们能拿出来。"

刘明利有些不解："我们连她是谁都不知道，有用吗？"

黎志田:"在需要的时候,能救命。"

雨越来越大了,打在江滩上、伞上,发出密集的脆响。

如步伐,如军鼓。

书房里,郑刚看着窗外,不知什么时候,天上也开始下起了大雨。他终于站了起来,拿起手机,打开伞,默默走出屋子,走入雨中。

到了江边,他停下了脚步,看着手中的手机,那是只和晓薇联系用的。

雨点飘在手机上,仿佛是想洗掉关于过去的痕迹。

郑刚最后看了一眼,然后决绝地把手机扔进了江中。

他静静地伫立在江边。

如果出了太阳,一定又是云低江阔的风景,他想。

但郑刚是个悲观的人,他不相信还会有太阳。

他开始为永久的黑暗做准备了。

## 7

金江的轮廓在晨雾中缓缓现身了。

江边雾气氤氲,江水一浪一浪温柔地抚着鹅卵石滩,这是金江标志性的白噪音。江上旅馆的招牌已经非常陈旧,但历经昨夜大雨的洗礼,变得干净了许多。

船尾甲板上,苏见明正蹲在角落,狼吞虎咽地吃着泡面。

昨晚逃脱后,他就一直在思考该去哪里。

他不能回家,也不能回局里,局里的氛围对他并不友善,里面的人他也无法全然信任。他漫无目的地开着车,行至江边,他突然就明白了自己该去哪——这里是最安全的地方。

麻团从舱里打着哈欠走了出来,看到苏见明脸上身上全是细小擦伤的狼狈模样,有些惊讶。但他依旧热情地打了个招呼:"苏呆子,好久不见。"

苏见明咽下最后一口面,看着麻团,有些惊讶:"你住这儿?"

麻团有些得意地指了指身后的船舱:"我们全家都搬这儿来了,琳姐给我们打了折。"

苏见明不明所以:"她凭什么给你们打折?"

麻团的话惊得苏见明睁大了眼:"你不知道吗?这是琳姐家的旅馆,她是老板。"他拍了拍苏见明的肩,"放心,这儿还有两个保安——我们的地盘,绝对安全。"

苏见明点点头,对麻团笑了笑:"这回,要你罩着我了。"

麻团大气地挥挥手,脸上的表情神气又骄傲。

苏见明吃完了面,回到了房间。看到李惠琳正在收拾床铺,苏见明看着她娴熟的动作,在危机的气氛中打趣:"没想到,你还是个土豪。"

李惠琳把床单拉平:"不是我,是我爸。"

苏见明笑了:"那你当什么警察?"

李惠琳回过头来,语气平静:"这样的旅馆,我爸有70多个。"

苏见明为这个数字惊诧。李惠琳看着他的表情,语气无奈:"我妈是二奶,他们都在上海。"她铺好了床,点起一根烟:"不过,这跟我没关系。我不愿意像他们那样生活,我要过自己的日子。"

苏见明点点头,一屁股坐在李惠琳刚刚整理好的床上。李惠琳本来想骂他两句,但刚张开嘴,看着他脸上身上的伤痕,还是忍住了。她坐到苏见明身旁:"当警察,是我的电瓶车。"

苏见明点了点头,看着李惠琳的双眼,从怀里掏出那部旧手机:"你有保险柜吗?把这个放进去。"

李惠琳看着手机,皱起了眉头。她接过手机:"现在到底是个什么情况?"

"现在的情况就是,不能让任何人知道我在哪儿,它在哪儿,直到我们打开它。"苏见明指着手机,"黎志田已经穷途末路了,他会不顾一切地要拿到这个东西。"

李惠琳按了按开机键,没反应:"这简单,我们现在去局里,用设备给手机充电。"

苏见明摇摇头:"包括局里。"看到李惠琳讶异的眼神,苏见明语气里满是忧虑,"昨天晓薇找到手机的消息,孙鹤阳只告诉了刘局,结果,我们立刻就遭到了袭击。"

李惠琳瞪大了眼睛:"你怀疑——局里?"

苏见明点点头:"黎志田盘踞金江这么久,局里肯定有他们的人。"

李惠琳的眉头又皱起来了:"那接下来怎么办?"

"分头行动,"苏见明讲起了自己的计划,"你回局里把孙鹤阳带回来,最好能申请一下武器。我去想办法搞个这种手机的充电器。"他最后强调了一句,"千万不能泄露这里的位置。"

李惠琳掐灭了烟,郑重地点了点头。

李惠琳走后,苏见明下了船,走进了棚户区杂乱的街道。他戴上从李惠琳屋子里随手拿的棒球帽,小心地观察着周围。他穿行在山城小巷中,七拐八拐走了很远的一段路程,确保无人跟随后,他拐出小巷,走上大路,上了一辆出租车。

孙鹤阳坐在办公室里的工位上,看起来有些焦躁,眼神还不时地朝门口方向瞟去。看到李惠琳进了屋,他惊喜地站了起来,但还没开口,就被李惠琳冲过来拉住了。看着她凝重的神情,孙鹤阳不由自主地压低了声音:"头儿呢?"

李惠琳坐到他边上:"在我家,待会儿跟我走,别跟任何人说。"

"为什么?"孙鹤阳满脸写着不解。

李惠琳打了他一拳:"别管,赶紧填单子,申请配枪。"

孙鹤阳大声叫了起来:"配枪……"但"枪"字还没说完,就被眼疾手快的李惠琳在胳臂上狠狠地掐了一下,他赶紧压低了声音:"申请配枪?哪儿这么容易?"

"那就赶紧走程序。"李惠琳正准备回到自己的工位上取东西,却看到门默默地打开了,刘波正站在门口,沉默地看着他们。

李惠琳有些僵硬地呆住,孙鹤阳却是反应很快地起立立正:"局长好。"

刘波走进办公室,他已经有了主官的那种莫名的威严:"苏见明在哪儿?"看到李惠琳警惕的眼神,他加重语气,"我命令你说出来。"但李惠琳只是表情倔强地看着他,仍然沉默着。

似乎是感受到了李惠琳眼神里的不信任,刘波摇了摇头:"我知道,你们有一些进展,但不想说出来,甚至还怀疑局里也被犯罪分子所渗透。"他没有继续追问,只是叹了口气,深深地看了孙鹤阳一眼,然后转身离开。

看着刘波的背影,孙鹤阳小声问道:"姐,配枪还申请不?"

李惠琳没有回答他,转身向自己的工位走去。

## 8

经过一夜的雨和一早上的阴云,天空终于放晴了。

苏见明走到门口,用钥匙打开大门。何秀丽听到有人进来,从厨房探出头查看。她看到了苏见明脸上的伤,有些担心地皱起眉头,但她没有多问。看到母亲皱眉的样子,苏见明一愣,有点做贼心虚地说:"妈?你没上班?"

何秀丽的语气无悲无喜:"今天是周六啊。"苏见明有些尴尬地"哦"了一声,接着便快步向楼上走去。何秀丽听着咚咚的脚步声,大声追问着:"你昨晚上哪儿了?怎么没回来。"

苏见明扯着嗓子回答:"有事儿。"他走进了郑刚的书房,轻轻地关上了门。他靠着门听着楼下的动静。听到厨房里传来有节律的炒菜声,苏见明松了口气,开始轻手轻脚地在书房里翻找起来。他的目光落在书桌左边的抽屉上,那是一个上了锁的抽屉。

苏见明拿起桌面上的一把拆信刀,用力地撬开了抽屉。抽屉里有一些文件,还有几盒老式的大二分之一录像带。看着这些物品,苏见明的神情变得凝重起来。他拿起一盒录像带仔细观察,和他之前在歌舞团找到的带子几乎一模一样。

苏见明转头走向不远处的书柜。他拉开柜门,里面果然放着一台老式的磁带录像机,上面铺着一层细密的灰尘。

苏见明小心地伸手,将录像机拉了出来。

苏见明从自己房间拿来了一个小监视器屏幕,接在录像机上。巴掌大的监视器屏幕上，出现了画质粗糙的监控画面，那是长江索道轿厢内的监控录像，轿厢里有十几个人。而最靠近镜头的，是郑刚和十几岁的苏见明，录像里，他们正对着窗外指指点点，说着什么。苏见明控制机器加速播放，但都是几乎相同的内容。

他又换了一盘磁带，这次，屏幕上出现了一个熟悉的身影，是朱丽。她轻轻地唱着，嗓音婉转：

"曾经在幽幽暗暗反反复复中追问，才知道平平淡淡从从容容才是真。再回首，恍然如梦。再回首，我心依旧，只有那无尽的长路伴着我。"

看着屏幕里朱丽模糊而忧伤的脸庞，苏见明轻轻地叹了一口气。

录像结束了，深蓝色的屏幕映出了苏见明的脸，也映出了他身后站着的何秀丽。他悚然回头，这样的场景就像是他无数次从梦中醒来，母亲站在门口看着自己。他看到母亲脸上的表情极其复杂，像是发现了某种恶劣的东西。

何秀丽上前退出磁带，要把磁带拿走。但几乎同时地，苏见明也抓住磁带。

母子两人就在这方磁带上角力起来，但最终还是何秀丽更胜一筹。她近乎粗暴地掰开了苏见明的手，把它放回了抽屉里，最终狠狠地关上，发出巨大的响声。

苏见明冷冷地看着何秀丽："妈，你还知道什么？"

"我不知道，我什么都不知道。我只是要让这个家继续正常过下去。"说出这句话的时候，何秀丽的神情变得庄重无比。

苏见明指着抽屉，几乎是在质问母亲："这么多年，你就不想看看里面的东西？"

何秀丽走到了苏见明面前,给他一种无形的压迫感:"我不想看,你也不想看。"

面对母亲的结论,苏见明惨然一笑:"我总会知道的。"

何秀丽摇了摇头,推着苏见明向外走去:"长大吧,别再像个孩子。"出门时,她按下了书房门锁上的弹簧。"咔嗒"书房的门锁上了。

尽管苏见明已经接近了真相,但母亲的态度让他知道,他们拒绝告诉他发生过什么,一切的答案,只能由他自己寻找。

苏见明下了楼,向外走去。

"吃饭。"何秀丽喊他。

"不吃了,刘局叫我回去,有事。"

"吃饭!"何秀丽用不可回绝的语气重复。

于是,吃饭,苏见明与何秀丽两个人。

在父子关系僵硬的时候,母亲就要出来说话,现在也不例外。

电视机里依旧播着当地新闻,而饭桌上只有碗筷叮叮当当的响声。

没有交流,就像以前的无数次晚餐一样。

快吃完时,何秀丽放下筷子,面对苏见明:"见明,咱们是中国人,亲恩最大,天大的事,烂在家里。"但苏见明没有抬头,他使劲地咀嚼着嘴里的饭菜,仿佛在用这种方式抗拒着与何秀丽的交流。

"咱们虽然没有血缘关系,但父母对孩子是无保留的,我可以为你去死,我相信你爸也一样。"她看向低着头继续吃饭的苏见明,"他这一辈子,不抽烟、不喝酒,很少表现出什么。但每次出差回来,都带玩具给你,他看着你玩,眼里的笑,是真的。"

何秀丽转向苏见明："我要说的就这些，你想说什么，可以说，你不是想转刑侦吗？你把那破车卖了，说话做事都靠谱了，你长大了，话藏在肚子里，这日子也没法过——但是你的结案陈词说完了，烂在这个屋里，今天下午，谁都别出门。明天就忘了这些，又是新的一天。说到底，我们是要一起过一辈子的，出去，还是体体面面的一家人。"

苏见明觉得嘴里的饭菜越来越难嚼了。他艰难地咀嚼着，眼角不自觉地肿胀和酸涩起来，就像是被饭硬生生噎出来的。

他知道，何秀丽在说她这一生最罕见的软话。

她在劝自己停下来。

不要打开那个手机。

不要摧毁这个家庭。

不要毁掉来之不易的儿子的身份。

不要继续了。

苏见明吃完饭，抬起头，看向何秀丽，做出决定。

"刘局找我，我真的去趟局里。"苏见明起身，走出门。

与此同时，郑刚站在黎志田的会所船上，看着江那边的风景。

这会儿天气很好，江上没有一点雾。他看上去忧思深重，似乎就在这几日间苍老了许多，他的眼窝下又一片青灰色的印记，灰白的头发有些杂芜。

黎志田从背后走过来，手里拿着两杯酒。他把一杯递给郑刚："很快就会找到苏见明和那部手机，手机那么老了，不容易打开。"

郑刚转过身，目光坚决："第一，其他的我不管，但不能伤害他；第二，不能，绝对不能让他打开那部手机，不惜一切代价。"他一字一顿地强调，"要不然，我们全都完蛋。"

郑刚这回的语气更认真了。

他不准伤害苏见明。

感受到了郑刚话里的强硬，黎志田郑重地点了点头。

苏见明坐上了一辆出租车。司机师傅下坡的时候不点刹车，任凭冷风一阵阵灌进车子。苏见明躺在后座上，思索着何秀丽饭桌上的话，以及她在书房的那几个生硬粗暴的动作。

"哀哀父母，生我劬劳。"苏见明记得这句诗。还在他很小的时候，何秀丽就给他读过这句古话，教导他孝顺父母，当然，也包括养父母。

照理说，这世界最亲近的关系，无外乎父母与儿女。但是随着苏见明越挖越深，再一回头，他才发现自己和父母的关系好像越来越远了。每当他知道一些新的信息，就与郑刚更远了一步。

可苏见明的初衷，明明是通过成长，证明自己真的是他的儿子啊。

出租车停下了。苏见明打断自己的思绪，下车走进局里。

刘波站在市局办公楼的楼顶，他正注视着下午的城市——金江依旧生机勃勃。苏见明上了楼顶，他在刘波身后站定："为什么约到这儿来？"

刘波转过身，看着苏见明："这里好说话。"

苏见明看着他，两人目光交会间，刘波笑了："你怀疑我，我还怀疑你呢，你没什么要对我说的吗？"

"没有。"苏见明表情冷淡。

苏见明的话还没在风中消散,刘波突然掏出手枪,箭步上前,顶在苏见明的额头上。苏见明惊愕了半秒,但他依旧面不改色,他笃定刘波不会开枪:"打死我,你没法解释。"

刘波轻轻地摇了摇头:"我戳破了你的卧底身份,你袭击了我,试图夺枪,被我击毙。"

苏见明平静地面对着黑洞洞的枪口。他知道刘波说得对,虽然开枪后刘波会受到一系列的调查,但他如果愿意接受那些麻烦,他终究是被允许扣动扳机的。但是,他真的愿意吗?苏见明叹了口气:"只有你知道昨晚我们找到了手机,你派出了人马……"

他的话还没说完,刘波就用枪口在他的额头上顶了一下:"我再让你说最后一句话,"他态度严厉,审犯人一样地发问,"杨晓薇的手机在哪里?"

苏见明愣住了,他没想到刘波会问出这样的问题。

真的是他?

如果是——苏见明开始计算自己的胜算——答案是几乎没有。

# 第十一章　黑洞效应

## 1

市局大楼的楼顶，苏见明面对着黑洞洞的枪口，以及枪后刘波冰冷的眼神。

"我数三下，你不说，我就开枪。三……"

苏见明看到他的食指扣住了扳机，瞳孔不由一缩。

"二……"

苏见明的目光转向城市。

随着"一"字出口，苏见明闭上眼睛。

半晌，枪声没有响起。苏见明睁开眼睛，他看到刘波收起了枪："你没被他们收买。"

苏见明看着他，最终点点头。

苏见明笑了："你也没有。"

刘波转过头，看向繁忙的金江："尽快把朱丽案的真相查清，这个案子不大，但可能决定整个大局。"

苏见明语气一如既往地平静："我能查清。"

刘波突然转过头来，重复："杨晓薇的手机，证物在哪儿？"

苏见明没有说话。

刘波看着他，笑了："你还是没完全相信我。"

苏见明坦然点头："如果不是您昨晚泄密，就是我的手机被监听了，这都只有局里才能做到。黎志田在金江经营了这么多年……不仅是您，局里的人我现在都不敢相信。"

刘波点点头，对他的谨慎并无意见："晓薇这边的善后，交给我。"

接着，刘波郑重地继续安排工作："杨晓薇的手机，你全权处理。"

苏见明一愣，有些诧异地看着刘波。

"按你们年轻人的办法处理。"

刘波眼中是罕见的平静和欣慰，仿佛现在的苏见明，已经长成一个值得信赖的警察。

苏见明点点头。他看向刘波手里的枪："刘局，我要枪，现在就要。"

刘波挥了挥手："回去写申请。"

苏见明直接掏出提前准备好的申请："现在是紧急情况，我要快速程序。"

刘波又笑了，拍拍他的肩膀："上头还没那么相信你们这些年轻人，可我愿意赌一把。"

半小时后，刘波凭借苏见明的申请，给他申请了配枪。交枪的时候，刘波嘱托道："我希望它不用打响。记住，需要的时候，特警随时待命。"

苏见明点头，离开，准备继续回到李惠琳那里，处理朱丽的那个手机。

"等等。"刘波突然叫住苏见明。

苏见明转身,看着欲言又止的刘波。苏见明很少见到这样的他,脸上没有了领导的威严,而是一个年长者对年轻人的怜悯。

"刘局,我觉得你一直是个说话很直的人。"苏见明催他说出欲言又止的话。

"算了,等一切尘埃落定再说吧,我的感觉也不一定对。"刘波摆摆手。

与黎志田做完最后的部署后,郑刚有些疲惫地回到家。

他回到书房,在书桌前坐下,发现那只上了锁的抽屉上有一个巨大的豁口——那是被撬开的痕迹。桌上,那把拆信刀的刀头已经微微卷起。他铁青着脸站起身,打开了对面的书柜——那台老式录像机上,有一个清晰的掌印。

"兜不住了,是吧?"何秀丽出现在书房的门口。

郑刚没有回话。默认。

何秀丽走进来,闲闲地收拾着书桌,淡淡继续:"有多严重?"

"我会处理。"郑刚说。

"黎志田来找过我。"何秀丽第一次正式谈到这件事,"如果像你说的,还能处理,他不会来找我。"

"他找你说什么?"

"给我看了照片,你和那个小姑娘。"

何秀丽走到郑刚面前了,郑刚无法继续躲避她的眼光。

"我会处理。"郑刚重复了一遍。

我还能相信你吗？何秀丽在心中问，但她最终没有说出口。毕竟这么多年来，何秀丽都相信了郑刚，现在，她也没有别的选择。

"剩饭在冰箱，饿了说话。"何秀丽说完，退出去，关上了门。

她无力地靠在门上。

这种程度的无力，她从前只体验过一次。

她想起了第一次见到苏见明时的场景。

那是快三十年前，他们住在一座老式的单元房里。她刚刚三十出头，郑刚把苏见明带回了家，她接过这个孩子，拿出早已准备好的奶瓶，递到他的嘴边。她还记得，他用力地吸吮着奶嘴，像是饿了好几天。

郑刚有些局促地解释着："老苏是烈士，是我过命的兄弟……"

何秀丽："收养手续办了？"

郑刚："还没有，我想你先看看孩子。"

何秀丽看着怀里的孩子，看着那纯净的眼睛。

何秀丽："去办吧。"

郑刚迟疑一下，说："希望你别介意。"

她看到他忽闪着眼睛，那眼神里似乎带着某种期待，于是露出了舒心的笑："不，我很高兴。我自己生不了，你也得有个后，现在这样，正好。"

郑刚走过来看着孩子，伸出手指在他的面前晃了晃。他立刻咧开了嘴，伸出肉嘟嘟的小手，试图抓住郑刚的手指。她拍开手指，示意郑刚不要打扰孩子吃饭，接着把奶嘴重新放回他嘴里："叫个什么名字？"

"见明，我想保留老苏的姓——苏见明。"郑刚看着妻子和孩子之间和谐的场景，神色温柔。

听到这个决定，何秀丽的表情变得复杂起来。她看着孩子可爱无邪的面孔，心里埋下了忧虑的种子，就像埋下了一颗定时炸弹。

而现在，距离这颗定时炸弹的爆发，不远了。

这枚炸弹的威力就像一个穿越了时间的黑洞，会将很多东西吐出来，又将整个金江和这个家庭的历史吸进去，吸进长久的黑暗。

"叮"，书房里发出信息声，打断何秀丽的思绪。

她条件发射一样，推开门，看着郑刚。

郑刚正盯着手机失神。

半晌，他说："晚上，做过水鱼吧，你拿手。"

"有客人？"

"嗯。"

"这个时候，还有什么客人？"何秀丽不解。

"见明。"郑刚说。

最终的黑洞效应，开始发挥威力了。

## 2

"父子时间"。

"父子时间"。

苏见明持续向郑刚发着短信，希望在老地方的索道见面。很久，郑刚才回复，叫苏见明晚上回家吃饭，最后强调："你妈做好饭了，过水鱼。"

苏见明知道,他想在家里谈,想在他的地盘上谈。这说明郑刚已经做好了很多准备。苏见明想着在家里谈的利弊,想了半天,有一个很关键的因素。

何秀丽。

何秀丽给张姐放了一天假,她把刚出锅的饺子端上桌,然后是过水鱼。

父子二人已经坐在餐位上。她坐下了,晚饭就沉默地开始了。

看着母亲依旧在给自己夹菜,苏见明摆了摆手,接着放下筷子,看向郑刚:"在我们面前,你会说真话吗?"

郑刚点点头。

苏见明起身。他拿出一个优盘,插在客厅的电视上。随着他按动遥控器,朱丽的一幅幅照片出现在屏幕上。何秀丽无力地看着这一切的发生。

苏见明用手指着屏幕上的朱丽:"妈,这个人叫朱丽,十几年前,是我爸的情人。"照片中的朱丽妩媚含笑、身段婀娜,隔着屏幕与十几年的光景,魅力依旧让人无法抗拒。苏见明指尖轻点,画面切换到龙翔广场的现场。美人成了一堆丑陋腐朽的尸骨。何秀丽的呼吸声变得沉重,郑刚的表情依旧冷峻。

"2008年7月23日,朱丽死亡,黎志田找了另外一具尸体伪造了车祸,把真正朱丽的尸体封在龙翔广场的墙体里。"苏见明顿了顿,"朱丽,是怎么死的?"

郑刚的脸上终于闪过一丝痛苦。

郑刚的思绪,回到朱丽死的那一天。

2008年,朱丽三十八岁。

她站在工地的楼上，面前站着郑刚。二人发生了激烈的争执，人声和工地上的打桩声，以及种种噪声混成了一片。黎志田站在不远处，他劝说着二人，试图平息两人的争端。

二人的争吵越来越激烈，郑刚狂怒地从腰间拔出手枪，顶在朱丽的胸口。而朱丽仿佛早有预料，看着他的眼神没有丝毫慌乱。她最后还是坚定地开口，声音散在喧嚣中。

郑刚手里的枪响了，随机，朱丽向后倒去。黎志田震惊地冲了上来。他看到郑刚痛惜地看着她，枪口垂下，一缕青烟缓缓升起。

郑刚呆站在原地，耳朵里响起一阵蜂鸣。所有的声音在这一刻仿佛都变成了颜色，红的、黄的、青的……

"被封了十多年的朱丽的尸体，现在暴露，应该是黎志田的刻意安排。他一直留着这具尸体，就等着今天的局面。"苏见明继续自己的推断，"朱丽的尸体露出来，黎志田提示我追踪这条线索，这是他应对你们反目最后的撒手锏，你们在用这具尸体做最后的平衡。——你妥协了吗？"

苏见明想清楚了，那天在局里发生在自己面前的恐怖平衡。

苏见明："是你杀了朱丽。"

郑刚沉默着。

何秀丽看着对峙中的父子，心中涌起一股巨大的悲伤。她知道，自己苦心经营的家庭，在今天就将分崩离析。

苏见明说："为什么杀她？"

郑刚的语气很平淡："她要上位，威胁要举报我。"

苏见明"嗯"了一声，仿佛对这个答案早有预料："为什么要让黎志田处理尸体？"

"她约了纪委，情况紧急，我带她到了黎志田的工地现场。"郑刚坦然开口，只有眼底藏着几乎不可见的痛苦，"以前，我也让黎志田处理过毒贩的尸体。"听到苏见明叹息了一声，他身上的肌肉紧了一下，无力地补充，"但这一切都没有证据。"

"我拿到了朱丽的手机，"苏见明摇了摇头，"黎志田疯狗一样都要夺回去，所以，证据在那里面。"

郑刚不语，只是身体有些僵硬。

苏见明冷笑起来："现在，你们休战了，我这个棋子也应该退下了。那个手机有罪证，现在他害怕我打开。"

何秀丽听着他们惊心动魄的对话，表情复杂。她想起身收拾碗筷，从这场风暴里及时抽身，可双脚却又如同灌注了铅一般。她只能眼睁睁地看着。

郑刚终于开口了，但他的语气软弱到让苏见明吃惊："不要打开。"

苏见明看着父亲的脸，他说不清自己现在是个什么滋味。当一切怀疑和推理都得到了确证，他本应该为此欢欣鼓舞的，但他感受不到一点快乐，他只觉得手脚冰凉。

"不要打开。"郑刚的语气恳切，苏见明一生没有听到过父亲这样的语气。

苏见明转过头去，他不愿看到这样卑微的父亲，更不愿听到父亲这样的语气。

他站起身来，往外走去。

"见明！"何秀丽终于积蓄不住情绪了，她看着苏见明的背影，失态地怒吼出声，眼中有了泪光。

苏见明停下脚步，他深深地看了一眼母亲。

他听到何秀丽的声线微微颤抖着："别冲动，好好想想。"

苏见明看着母亲，挤出一个难看的笑容。

最终，他点点头，离开了。

何秀丽眼睁睁地看着他的背影消失在门后。

苏见明走到街上，给李惠琳打电话，相约20分钟后在李惠琳的江上旅馆见面。

"还没找到那个型号的充电器。"电话里的李惠琳有些沮丧。

"我有办法。"苏见明说。

## 3

夜幕落下了。江边棚户区的青石板路弯弯曲曲向暗处延伸，苏见明穿行在金江的城中村里，他目光警惕地张望着，防止有人跟踪他的足迹。他在棚户区里七拐八拐地绕了好几个弯子，最终来到了李惠琳的江上旅馆。

"把手机拿出来，我充一下看看。"苏见明进门就直奔主题，如今，他已经无法接受丝毫差池。他环顾房间内，忽然发现异样："小白脸还没来？"

李惠琳满脸忧虑地摇了摇头："我们分头走的，可现在一直联系不上他。"

苏见明一愣，突然意识到一直以来被自己忽略的、重要的事。

"怎么了？"李惠琳追问。

苏见明从腰间取出那支枪，拍在桌上："这是刘局给的。

刘局，没有问题。"

李惠琳看了看枪，又在恍然中看向苏见明："小白脸他——"

屋内的灯光在二人侧脸上投下一片阴影，苏见明的思维在一瞬间变得清晰起来，他仔细搜索记忆中那些有关孙鹤阳的瞬间，试图找到任何线索。他回想起孙鹤阳在营救晓薇那天说过的那些话：

"我碰到了刘局。"

"说不定手机里啥也没有呢？你就那么确定？"

"头儿，我觉得上面有危险，还是先叫增援吧。"

……

还有，孙鹤阳负责隐藏的刘明利妻儿被曝光了位置。

还有，苏见明第一次去见晓薇时，孙鹤阳就在外面等着。

苏见明看着李惠琳，不祥的预感终于在线索整理中得到印证，他脸上露出一抹恍然的惨笑："小白脸是他们的人。"

孙鹤阳的确不会过来了。

此刻，他正在黎志田的酒店内。套房里的丝绒地毯上，是七八人组成的指挥部。这个小小的指挥部是黎志田的决策中心，是他维持集团正常运行的大脑。

孙鹤阳也参与其中。

他站在刘锋身后，表情被阴影掩盖，看不出情绪，只有目光闪烁着光。

刘锋上前一步，在黎志田耳边轻声汇报了什么。黎志田显然很满意，他的嘴角勾起一抹微笑。他淡淡地吩咐："开始吧。除了苏见明，其他人都不用顾忌——"刘锋点点头，他透过无线耳机和什么人交流着。孙鹤阳不确定刘锋说了什么,只能嗫嚅着开口:"叔,别伤害李惠琳……"

黎志田回头看了一眼,点点头:"你先去休息。"

孙鹤阳的手心里微微出汗,接着离开了房间。刘锋在走廊里追上了他,把一张银行卡塞进他的口袋:"去买个车吧,后面用得着。"

他拍拍孙鹤阳的肩膀,像是在给他打气:"你们啊,快点长吧。"

刘锋走开了,留下孙鹤阳一个人在走廊里站着,面无表情地看着手里的银行卡。他感到有点无奈,但好像一切都那么自然,自然得就像虫卵到毛毛虫,毛毛虫到破茧而出的蝴蝶,可以振翅高飞了。

他不是才和黎志田交易的,已经认识黎志田快十年了,甚至,这都不是一场交易。

在他贫穷的家因为凑不齐学费,无法让他去上大学的时候,黎志田作为乡贤伸出了温暖的援助之手,负担了他大学所有的学费和生活费。到北京出差,甚至还会去学校门口的饭馆,招待他吃顿好吃的。

他一直叫黎志田"叔",可以说,在他心里,黎志田是社会生活中的依靠。据他所知,黎志田对家乡学子这样的帮扶,不只有他一个,还有好多个。

竞选学生会部长,需要钱,叔会安排。找工作要送礼,叔会安排,叔支持了他社会生活中的一切。

毕业的时候,他在黎志田的帮助下,如愿地分回了金江。他已经没有那么幼稚,在一次吃饭的时候,他问过黎志田:"为什么?为什么这么帮我和其他那些孩子?"

黎志田没有高调的答案，他坦然地说："这是投资。"

他记得自己困惑地看着对方。

黎志田说："对人的投资，才是最有价值的投资。"

孙鹤阳问："那什么时候才有回报呢？"

黎志田笑了："早呢，你们还在成长呢，科长、副处长、处长、副局……不只是钱，还有关系和资源，我都得替你们备着，像养花一样。"

孙鹤阳大着胆子问："那要是孩子们是白眼儿狼，不认您了呢？"

黎志田笑得更多了："来去是自由的。但是他们不会走，他们背后总得有人施肥培育啊，有比我更好的人吗？"

孙鹤阳有些明白了，也有些懊恼。

黎志田看懂了他的表情："这个世界，就是这么设计的。"

孙鹤阳从酒店出来，在门口的江滩驻留了很久。他俯下身，捧起一把江水，接着深吸一口气，把这捧水发泄般地撒向空中。凉爽的水流穿过指缝，晚风抚在他脸上，慢慢平复他内心的欲望。

人生还很长。

其实，一生中没有几次改变命运的机会，说不定只有一次。

他庆幸自己碰到了黎志田。

只不过，他要提一个条件，唯一的条件：

"别伤害李惠琳。"孙鹤阳再对自己说了一遍。

在刘锋的命令下，老城区迷宫般的各条巷子里，开始出现一簇一簇的人。他们穿着破烂的衣服,手里提着锋利的短斧,样子乱糟糟的,像一群行动整齐的流浪汉。辨不清颜色的军品靴沾满泥土,踏出机械般的响声,由远及近。

武庆人。

他们的目标,正是苏见明他们所在的江上旅馆。苏见明远远地听到那熟悉的靴子踏地声,脸色一变,他知道,他必须迅速做出反应,于是大声喊道:"快!拿上手机,离开这儿!"看到李惠琳没有反应,他赶紧解释道:"小白脸是他们的人,他应该知道你这儿!"

江上旅馆开始晃动了,似乎也被武庆人们的脚步影响,变得不再平静,泛起一波又一波浪潮。窗上,风铃也开始摇晃,发出一串脆响。

就在二人准备离开的时候,麻团苦笑着走进房间:"走不了了,他们来了。"

## 4

郑刚在书房里,他准备出门了。

他必须去参加这个活动,也要在会议上讲话,这是他警察生涯的真正终结。

况且,前线的战斗,他无法亲临,这让他非常痛苦,他不愿坐在书房里,无所作为地等待自己的命运。

此刻,他和黎志田通着话。

"老郑,"黎志田说,"手下人下手可没轻重啊。"

"别动他。"郑刚再次强调。

"要是迫不得已呢?苏见明和手机只能二选一呢?"黎志

田问。

郑刚一字一句地说:"我说,别动他。"

郑刚重复。

突然,门开了,面无表情的何秀丽走了过来。

郑刚看着她。

何秀丽走到他身边,一把抓过了他的手机。

何秀丽对着电话说:"把手机抢过来。"

黎志田在那边说:"我到底听你们俩谁的?"

何秀丽:"听我的。"

郑刚:"你闭嘴——"

"啪",郑刚扇了何秀丽一耳光。

黎志田听出来了掌掴的声音,见过大世面的他也屏息了,不知道电话那边的情况将如何发展。

"啪!"

何秀丽反手扇回了郑刚一耳光。

她没有气急败坏,只是静静地看着他。

——说不定,她们比男人还坚强。

郑刚垂下了眼睛。

何秀丽对郑刚说:"你该去开会了。"


黎志田身在宽敞的酒店套间里,唐大年等一众手下正簇拥着他,等待着他发号施令。

刘锋突然冲进房间。他调整步伐,快步走到黎志田身旁,凑近他的耳朵:"莎莎羊水破了,要生了。"听到这个消息,黎志田眉头皱起,接着用眼神询问刘锋,是否已经做好了应对。

"设备和最好的医生护士都在隔壁,都准备好了。"刘锋有点迟疑,他压低声音,"医生说,胎位不正,有点危险。"

黎志田脸色微微一变,但很快恢复从容。他果断命令道:"从市一医院再调医生来,要最好的专家,要快!"

刘锋立即回应:"正在路上。"

此刻,黎志田的每根神经都被拽紧了。他能清楚地感受到,他的心脏正紧张地搏动着,咚、咚……仿佛一面战鼓。

与此同时,江上旅馆通往堤岸的道路,已经全部被严密封堵。上百的武庆人,静静地站在岸边,像一群不知何来何往的幽灵。他们在夜色的掩护下准备着冲击,一个个烟头的红点一明一灭,野兽般的双眼在黑暗中闪着危险的光。

徐德发和强子站在队伍正中。徐德发往前一步,深深地吸了一口烟。

透过江上旅馆的舷窗,苏见明看见这群野人已然在四周排兵布阵。李惠琳焦急地把手机举高,试图搜索信号,但屏幕上始终没有任何反应。苏见明沉声开口道:"别找了,他们用了干扰器。"

苏见明环顾四周,这是他仅有的人马:李惠琳,两个旅馆保安,还有看起来毫不畏惧的麻团。保安的手里拿着防暴钢叉,但他们的手不住地颤抖着,就像钢叉上通了电,一个四十岁左右的男人从外面走了进来,他是麻团的养父。他手上拎了把菜刀。脸上是决然的神色,口中骂骂咧咧给自己壮胆:"老子也是有种的,不像房间里不敢出来的那些哈批。"

苏见明开始布置防御。他安排李惠琳和一个保安守住甲板,麻团爸和另一个保安用防暴钢叉防止武庆人从船舷爬上来。安排完这些人,他去找麻团。

第十一章 黑洞效应

一个小时前，他将一个充电宝砸开，撕开电线，将裸线与手机底部的两个铜片接触，让麻团捏紧了，一直在房间里等待。

"苏呆子！我要下去打！"麻团看见他进来，瞪大了眼睛，他是个勇敢的孩子，肾上腺素在瘦小的身体里狂飙，他不甘心只做捏电线的工作。苏见明按住了他，郑重地吩咐："他们就怕我们打开这个手机，打开了，那些人就没用了，你的任务才是最重要的。"

安抚完了麻团，苏见明来到了甲板上。面对那些手持钝器，脚穿军靴的野人战队，他必须鼓舞士气。

李惠琳看着野兽一般一字排开的武庆人，随即看向苏见明："这次要是能熬过去，我就给你一个机会。"

苏见明看看她，眨了下眼睛，他知道李惠琳说的是什么。

李慧琳永远是那么丧气："不过，恐怕坚持不到了。"

苏见明："坚持10分钟，增援就能赶来。"

李慧琳："电话打不通，没人报警。"

苏见明深吸一口气，他取出腰间的97式手枪，检查弹夹里的10发子弹。他紧紧握住枪柄，感受着它的沉重和威慑力。

苏见明看看李慧琳："谁说报警只能用电话？"

苏见明将枪指向武庆人头顶上方。

随着扳机扣下，火光炸裂，枪声在江面上远远地传开去。

随着耳机那边黎志田的指令，徐德发冷冷地向前一挥手，武庆人咆哮着冲向江上旅馆。

战役正式打响。

金江的这一头是死亡，另一边是新生。

在黎志田"指挥部"套间对面,是那间已经被改造为产房的套房,厚重的帷幔遮挡住落地窗,各种设备嘀嗒作响。医生和护士在产房内来来回回穿梭,时刻准备着迎接新生命。黎莎躺在产床上,表情痛苦,满头大汗。黎志田紧紧握住女儿的手,眼睛里写满了心疼。他只能通过这种方式默默支持黎莎,甚至希望自己可以分担这份痛苦。

黎莎的眼里充满不安。她有预感,这次分娩可能不会那么顺利,但她无法逃避,也不能退缩。她抓住父亲的手,喊了声"爸"。

"没事的,爸爸就在外面。"黎志田安慰着黎莎,接着慢慢松开了手。黎莎看着父亲的背影,恐慌感伴随着阵阵痛楚袭来。

黎志田一离开产房就加大步子凌厉起来。他穿过走廊,迈进指挥部,接着走近玻璃幕墙,看向远方的江畔。虽然无法直接看到战场,但通过耳机里双方的"厮杀声",他的心中清晰地勾勒出了那正在激烈进行的战斗。

身边,刘锋和唐大年等人也戴上了耳机,时刻关注着战场的最新情况。

同样关注战况的,还有郑刚。

5

郑刚今天必须出席这个活动,因为活动是他筹备了大半年的盛会,现在自己已经不在公安局局长的位置上,但各个协会要求主持仍然得是他。

事后郑刚回忆起来,总觉得命运在这个夜晚想了无数的办法，令局势显得荒谬不堪。

金江大会堂灯火通明。多功能厅里，LED牌上写着一行大字：全国刑侦工作科学技术交流年会。

场内是老中青三代公安干警，他们以独特的粗犷风格，手持茶点，一簇簇地围绕着多个核心人物，脸上还频繁出现"恍然大悟""原来如此"和"相见恨晚"的表情。

郑刚自然也是一个核心，拿着茶杯，在喜气洋洋的背景音乐声中，与前来打招呼的人们寒暄着。

郑刚警察生涯的最后高光时刻。

一个中年警察走了过来，举着酒杯，大声吆喝着："郑副市长是政法战线的老战士，当年在一线堪称'警界传奇'，今天的交流会，很多人都是为了一睹您的风采——您好歹说两句。"在他的鼓动下，众人纷纷响应，而郑刚面露难色，连连推辞。

他戴着隐藏式耳机，里面正传来武庆人冲锋的喊叫声。


就在他们戴着耳机，听着现场声音的同时，江畔的嘶吼已经穿破了夜空中的薄雾，顺着江，飘向幽深的远方。江上旅馆的大多数房间里，不少人们用桌子柜子抵住舱门，在角落里瑟缩着听着外面传来的死亡的声音。在现场，这些声音比耳机中要让人恐惧得多。

河岸通往旅馆的浮桥半路，固定着一个铁栅栏门。这里成了主战场，两队人数悬殊的人马互相厮杀着。武庆人胡乱地挥舞着手斧，嘴里还发出兽般的吼叫。已经有些锈了的栅栏在手斧的劈砍下显得那么脆弱，几乎要被切碎。在栅栏的另一边，李惠琳和保安用菜刀和钢叉奋力抵挡着，挥砍着那些试图翻越栅栏的武庆人。

正面只是战争的一部分,两个武庆人趁着场面混乱,悄悄涉水从船舷摸上了船,接着挥舞着斧头冲来。保安举着防暴钢叉冲向他们,钢叉戳翻了一个,另一个一斧子劈过来,保安的手腕几乎砍断。

鲜血狂喷,呛进了苏见明的鼻腔,浓重的血腥味在他的喉咙里翻腾。苏见明狠狠地咳了咳,他知道,他不能退缩。他拼尽全力,想要将冲过来的武庆人推入水中,可随着船只被浪打了个趔趄,他一个没站稳,被对方一脚踢翻在地。

李惠琳回过身来,一刀狠狠地砍在那个武庆人的背上,骨头如同冰裂般发出一声脆响。而此时,另外一个武庆人的斧头对着李惠琳砍去,斧刃擦过李惠琳的大腿,鲜血喷溅而出。苏见明对着他的脑袋扣动扳机,枪响之后,那武庆人应声倒地。

李惠琳回到甲板口,肾上腺素让她根本感受不到疼痛,她已经近乎疯狂,在人群中挥舞着菜刀,狠狠劈砍着簇拥着冲上来的手和头。菜刀已经卷刃,但每一次挥舞都带起一串飞溅的血滴。

人潮一重接一重扑上来,鲜血似乎让武庆人们更加兴奋。这些人是不怕死的狂徒,他们互相推搡着,试图冲破敌人的防线。

所有的人都已经杀红了眼。

岸上,徐德发冷冷地看着战局。他正和指挥部通着电话。

多功能厅里,郑刚拗不过大家,上了台,准备讲话。他看着台下无数人对他或崇拜,或审视的目光,听着耳机里的厮杀,感慨万千。

他开口了:"说两句真心话——我不是什么传奇,也不是英雄,我是个平凡的人,有七情六欲。警察也是人,现场的都是老警察,都经过无数事儿,肚子里都是千回百转,很多不能上桌面,甚至不能跟亲人说,我们,最怕的就是'总结'和'说梦话'。"

场内响起了笑声。在场的都是警界同人,对郑刚的发言颇有同感。

刘波和文辉也在场,他们静静地看着郑刚。

"我们很容易怀疑自己,年纪越大,越是这样。"郑刚看到了刘波和文辉,他们是跟了郑刚多年的老下属。在这个庄重的场合,他感到一种迫切的需要,想要对他们说出自己的真心话:"可是我觉得,在你不得不离开的时候,应当做一个算术题:如果,我们这辈子替这个城市收拾掉的坏人,远远多于那些从你手里溜掉的坏人,那么你的事业就是有价值的,我们就是有价值的。"

他的声音平静,但是充满了力量。因为,他相信自己说的话。

警察们纷纷站起来鼓掌,掌声久久不息。

掌声中,刘波和文辉凝视着郑刚,郑刚也凝视着他们。

苏见明和自己打了个赌。他赌5分钟,警察就会赶到现场。他不得不在这个赌局里赌上一切,如果他输了,那么一切就都结束了。

看来他赢了。

距离棚户区最近的大桥匝道上,一辆警车停下。两个警员下了车,震惊地俯看桥下的厮杀场面,惊恐在他们的双眼里瞬间凝固。两个人一边对步话机疯狂喊话,一边慌忙掏出手枪。

几个武庆人从侧面杀出,饿狼般涌向两只穿警服的兔子。

武庆人的身影将警察彻底淹没。

## 5

酒店套房里的气氛胶着起来,时间仿佛被放大了,墙上的时钟走得异常艰难。黎志田的耳朵贴在电话上,他屏住呼吸,不愿放过每一个细微的声响。

厮杀声中,他面色凝重,迈着沉重的步子走进对面的产房。产房里也是一片慌乱,黎莎痛苦的呻吟时高时低。

黎志田的心提到了喉咙口。

黎莎的双手紧紧抓住床单,黎志田看到白被单已经被她的指甲抓破,头发早已被汗水打湿,贴在她的脸颊,蜷曲如一簇海草。

"产妇开十指。"

"产钳准备。"

"胎儿心跳停止。"护士的声音焦急起来,黎志田的心脏也像被人握住了,停跳了一拍。

"给产妇吸氧。"医生维持着冷静,操控着整个局面。在套房门口,黎志田却只能不安地来回走动,他只能祈祷,祈祷这个小生命能平安降生。

医生用产钳将婴儿夹了出来。黏液中的婴儿静静地躺着,皮肤像半透明的薄膜。医生轻轻拍打着他的背部,试图激活这个新的生命，让他发出初生的那一声宣告。躺在床上的黎莎看着自己的孩子，嘴唇颤抖起来，眼角不自觉地滚下泪水。

没有哭声。

护士立刻给婴儿听诊，检查生命体征："没有心跳！"护士的宣布如同一道霹雳，打在黎志田的心上。他真想冲上去接过自己的孙子，但他立刻控制住了自己。他知道现在自己唯一能做的，就是保持冷静，两个战场随时需要他。

"进行人工心肺复苏。"医生的命令让房间里再次忙碌起来。

疲惫的黎莎睁大眼睛，试图看清自己的孩子。他是那么弱小，那么无助，双眼紧闭，肉芽般的手脚微曲着，像一个小小的希望。黎志田紧张地看着这一切，不自觉靠在墙体上，他需要一种物理的支撑。

医生有节奏地按压着婴儿的胸口，接着拿起听诊器："没有心跳。再次进行人工心肺复苏。"医生的话仿佛一道让房间变得寂静的咒语，在那个瞬间，黎志田连自己的呼吸声也听不到了，整个世界仿佛只剩下按压婴儿胸口的声音。

医生的声音开始变得无奈："还是没有心跳。"

黎志田喉头耸动，他闭上双眼，默默祈祷着。但不由自主地，他的脑海闪现出许许多多与他有关的杀戮场面。他想，那不是他的本意，他只是想做自己命运的主宰者和制裁者。

黎志田睁开眼，双手合十，对着医生，声音已经开始沙哑："再试一次吧，请再试一次吧……"

他想要这个脆弱的生命活下来。

此刻，作恶无数的黎志田只有这一个朴素的、本能的、属于人的愿望。

苏见明用枪击倒了一个狰狞冲来的武庆人，接着脱力地靠在船舷上。他的枪膛里只剩最后一颗子弹了。他的脑袋里发出恼人的蜂鸣声，但他必须尽可能地保持冷静。他观察着周围，身边的景象让他心痛：铁栅栏已经被冲破，一个保安重伤倒地，生死不知，另一个保安靠在墙脚，用钢叉抵住一个狞笑着的武庆人。另一侧，李惠琳和麻团他们伤痕累累，勉力支撑，几乎无法再战。

苏见明知道，这些人都是因他而卷入这场危险的斗争的。行至此处，他没有理由让他们接着承担危险了，他必须独自面对最危险的时刻。最后一颗子弹还在枪膛里，他必须想清楚它的用法了。

最后的时刻到了。

苏见明吼叫着退到舱顶。舱顶露天码放着残破的白瓷浴缸。麻团躺在其中一个浴缸里，双手紧紧抱着那个手机，他紧闭着双眼，双手用力地按压着电线。浴缸边缘，一株细韧的绿草在破碎的瓷砖上挣扎着生长，这是舱顶唯一的生命痕迹。

苏见明站在舱顶。他俯瞰脚下的江水，像一匹黑暗的绸缎，在夜色下反射着亮光。远处，城中村原先仅有的昏黄已陨灭，远方只剩乌黑一片，整个世界都仿佛被压得很紧实。

特制的舷梯上传来当当的脚步声，回荡在沉闷的空气里。一群武庆人冲了上来，他们浑身是血，脚上的军品靴已经被染成了黑红色。他们看到了苏见明和浴缸里的麻团，接着疯子般扑向麻团怀里的那部手机。

一切仿佛都无可挽回。

苏见明的眼神看向浴缸边缘那株坚韧到不可思议的绿草。

第十一章　黑洞效应　　355

如冥冥中的启示，他终于明白了最后一颗子弹的用途。

"别动！"苏见明高声喊道。

武庆人被他突然爆发的气势惊住了，他们的动作停在空中，像是奇怪的马戏，怔怔地看着苏见明用手枪顶住自己的下颚，眼神坚决地像一块石头："再走一步，我就开枪。"

武庆人面面相觑。这帮亡命之徒竟然被眼前的景象震慑住了，真的没有人再挪一步。

苏见明知道自己赌对了，他哽咽着笑出声："不是黎志田，是郑刚让你们来抢这部手机。我是他儿子，我死了，你们都别想活。"

他看到武庆人脸上露出犹豫的颜色，握着斧头的手甚至慢慢放松下来。他向麻团伸出手："把手机给我。"

苏见明拿起手机，拇指颤抖却坚定地按下了开机键。

屏幕亮了，一声开机音乐响起，他打开了手机。

武庆人将他和麻团围在中间，但他已经不在乎了。

苏见明看到有一个"照片"文件夹，他打开。

时间仿佛停在了这一刻。

## 6

酒店多功能厅里，气氛热烈愉快，一个个警察上前与郑刚握手，赞叹着他的发言。郑刚机械般地握着手。他看着一张张带着笑容的面孔，他们的五官各不相同，但那些笑容似乎都是用一种胶水粘起来的，如一张张飘在空中的面具，在他眼前出现又消失。

掌声、笑声、音乐声仍然不知疲倦地响着。但它们已经在郑刚的耳边渐渐退潮，直至熄灭。

最后只有呼吸声了。风箱般的声音在他的胸腔内鼓起一阵雷鸣。

郑刚感到头晕目眩。

周边的什么仿佛都不存在了，只剩下了他自己。

苏见明的视线紧紧盯着手机屏幕，他感到扣着扳机的手指已经有些无力。

那是一张拍摄于产房里的照片：朱丽抱着一个刚出生的婴儿，旁边站着一个硬朗的男人，那是三十多岁的郑刚，他用手臂揽着朱丽的肩膀，两个人脸上都是为人父母的喜悦。

照片的标题是"见明出生了"。

苏见明的手指轻轻按着，他一页页翻下去。

他看到朱丽抱着婴儿。柔和的光线、温馨的布景，以及经过专业处理的照片颜色，让人瞬间穿越到九十年代初。

他看到朱丽穿着一件暗红色波点长裙，妆容精致。婴儿的毛衣上有几只卡通动物，婴儿笑得很灿烂，还没长牙的小嘴咧成了一弯新月。

这张照片的标题是"最后的合影"。显然，朱丽知道这是自己最后一次怀抱自己的孩子，但孩子差一点就永远不会知道自己的母亲是谁，直到现在……

苏见明甚至没有察觉到泪水的涌出。他疯魔般地往后翻着，看到许多偷偷拍摄的画面。他看到自己重新成长了一次，也仿佛重新活了一次：

何秀丽抱着两三岁的苏见明，旁边站着郑刚。一家三口在长江索道轿箱里，看着窗外。

小学的苏见明,背着一只大书包,和郑刚在索道轿厢里谈话的背影。

中学的苏见明已经和郑刚长得一般高了,索道轿厢里,二人聊着天,苏见明一脸不屑的神情看着窗外……

苏见明的手颤抖着,手机里的照片也逐渐变得朦胧。他用力地擦拭着手机,完全没有意识到是眼眶里满含的泪水,让他的视线变得模糊。

但现在,所有破碎的画面都已经集齐,它们终于能拼凑成一幅完整的图景。苏见明也终于醒悟,录像带里那些监控画面确切的含义:这些监控记录下了不同时间,同一地点,一位母亲一次次地在人群中与儿子"见面"。尽管这个儿子对此一无所知。

苏见明退回到主界面,看到照片旁边还有一个文件夹,名字是:郑刚黎志田违法犯罪相关材料。

苏见明握着手机的手缓缓垂下。

他闭上眼,泪滑了下来。

成年之后,这是苏见明的第一次流泪。

酒店的产房里,黎志田靠在墙上。他的眼睛一刻也没有离开医生手中那个婴儿。

医生一次又一次地进行心肺按压、听心音。

医生抬起头看着黎志田,无能为力地说了句:"没有心跳。"

黎志田眼里满含泪水,黎莎用祈求的眼神看着产房里的每一位医护。此刻,这对父女和天底下所有父母一样,愿意用自己的所有来交换孩子的生命。黎莎已经哭得面目模糊,她只听到自己微弱的颤音发了出来:"再……再试一次……"

黎志田牙关紧咬,他在心里默默地向上天祈祷:"用我的命去交换这个孩子的命吧,你拿去吧……"

医生继续重复着同样的动作。

终于,医生双眼亮起,他从听诊器里听到了微弱的心跳声。

微弱的心跳逐渐变强,最终在听诊器里奏成一曲生命之歌。

"哇——"婴儿终于哭了出来。这哭声嘹亮地划破所有沉寂和压抑。黎志田那被焦虑熬的干涸开裂的心,终于迎来了一束涓涓细流。随着细流沁润了他的心田,最终成为黎志田眼角的一滴泪。

黎莎闭上眼,昏了过去。她终于可以好好休息了。

这个瞬间,她想起了David的脸。

她想起自己童年时无忧无虑的时光,想起那时被阳光洒满的金江。

但后面这些,她都想不起来了。

回忆的空洞中,黎莎无声地流下泪水。

## 7

午夜的江面上,月光拉出一条线,将水与岸区分开来。

刘波带着特警队伍已经赶到,将现场围住。

多支微型冲锋枪对准了武庆人。

武庆人们不敢再有动作,成为一个个瞻前顾后的石像。

苏见明的思绪还沉浸在方才揭晓的真相中。他的眼里已经看不到周围表情凶狠的武庆人。他望向远处无尽的江水,仿佛天地之大,只剩下了他自己。

蓦地,他朝武庆人们举起手机,眼神坚定地向外走去,每一步都在铁板上踏出响亮的一声。武庆人面面相觑,只能让出一条通道。

苏见明回到甲板上,冷眼看向人群后方的徐德发。此刻,他正用夹着一根烟的耳朵贴着手里的卫星电话。他看着苏见明,对电话里说:"啷个办?今天全都要进去。"

黎志田叹息一般的声音从听筒里传来:"你们家里头,都会安排好。"

苏见明抱起地上已然身负重伤的李惠琳,向岸上走去。李惠琳搂着他的脖子,清楚地感觉到眼前的苏见明和曾经的他已经是两个人了。她气息微弱:"手机里面是什么?"

苏见明仿佛自语般喃喃:"我不是什么养子,我是郑刚的亲生儿子,是他和朱丽的私生子。"

李惠琳看着他的侧脸,看到月光洒下,在他的眼中流下晶莹的光。

李慧琳眼里闪过罕见的温柔的光:"你真可怜……"

刘波在一层甲板等着他。

刘波的眼神在询问着什么,苏见明知道他在问什么。

他要做一个选择:他口袋里的手机,是不是要交出去。

他和苏见明对视着。

苏见明走上前,轻轻地说:"在我的右口袋里,——里面有他们的罪证。"

刘波点点头,从苏见明的口袋里拿出那只手机。

江上旅馆昏暗的灯光下,苏见明抱着李惠琳一步步走远。

堤岸顶上，救护车的声音由远及近，大批警车呼啸着向这里会集……

金江大会堂里，活动已经结束。宾客们仿佛瞬间散去，多功能厅显得空空荡荡。

郑刚表情木然，他挂了电话，一个人走了出去。程斌想要跟上，但看着他蹒跚的背影，犹豫再三，还是停下了步伐。

黎志田收起电话，离开沉睡中的女儿和外孙，走回"指挥部"，看着屋内迷茫的众人。

"撤了吧。"他轻声说道。

游戏结束了。

郑刚不记得自己走了多远的路，只感觉从会场回到书房时，仿佛已经过去了一辈子。他从柜子里取出一些药瓶：氟西汀、帕罗西汀、舍曲林……整齐地码放在书桌边上，又从抽屉里拿出一封信，上面用端正的楷书写着两个大字："遗书"。这是他早就准备好的，他等这一天已经很久了。他的手指轻轻在信纸上滑过，和过去的自己完成告别。

他把信放到了书桌中央，调整端正。

他出了书房，下楼。何秀丽正坐在饭厅桌前。

郑刚从玄关的瓷盘里拿起车钥匙，平淡地说了句："我出去一下。"他的语气仿佛在表示，今天也和之前的每一天一样，没什么不同。

郑刚走了两步，突然停下。他回头问道："我一直没跟你挑明。但……当年我把见明抱回来，你就知道是怎么回事了吧？"

何秀丽不语，用沉默把他们隔离成两个世界。

郑刚已经从何秀丽的沉默中得到了答案，他冲着何秀丽微微颔了上身，像是在鞠躬。

"对不起。"郑刚说。

何秀丽终于将积蓄已久的话说了出来："我不能生孩子，你还是跟我结了婚，虽然很大程度因为我的身份，但我承你的情。我也喜欢见明，所以，我不想追究，你我毕竟夫妻一场，我放过了。可是你又有了这个——"

何秀丽拿开面前的那张报纸，下面是郑刚和晓薇在地铁被偷拍的照片。

"哪怕你去找个不相干的鸡呢。这辈子我最佩服的就是你够狠、够理性，你所有的选择，都不是因为情感或者别的什么，是深思熟虑的利弊权衡，"何秀丽叹了口气，但那口气到了嘴边，却变成了一段冷笑，"可唯独在这个女人身上，你糊涂啊，老郑啊。"

郑刚直起身子，仿佛陷入一段回忆："是啊。人心里，总有一点过不去的坎儿。"

何秀丽决绝地扭回头去："我帮了你一辈子，这次，帮不了你了。"

郑刚点点头，他认可何秀丽的说法。这本就是一场公平的交易，当天平已经不再平衡，交易自然也没有必要进行下去了："没必要了，一切都结束了。"他留恋地看了一眼这间屋子，这间屋子记录了他的崛起和巅峰，也伴随着他的沉沦与陨落。他无声地和它告别，也告别何秀丽、这段婚姻，还有他自己："来生再见。"

"来生，也不要再见了。"何秀丽的语气里没有留恋，但她的泪水，滚滚而下。

郑刚离开，轻轻带上了门。

何秀丽坐在原地，有些迷茫地环视屋内。这座看似平静的房子，是她生活了半辈子的迷宫，如今，迷宫终于走完了。

何秀丽并不感到如释重负，只感到彷徨和悲伤。

夜色中，金江如一条巨龙，穿越在黑暗的旷野中。

它可以包容一切，也可以吞噬一切。大江两岸灯火辉煌，声势浩荡地照亮周围的一切。

这片金色夜景中的市一医院有些突兀，冷白色的灯光镶嵌在楼梯窗户间，仿佛疏离在城市怀抱之外。

苏见明浑身包扎齐全，他正坐在床边。病床上躺着李惠琳，她接着输液管的手臂无力地搭在床边。

走出病房，医院大厅构建起警方的临时指挥部。刘波和文辉统筹着大批警员，一切都在有节奏地进行着。看到苏见明，刘波上前，递给他一封信，那是郑刚的遗书。苏见明接过信，沉默地读着。那一天，他在翻抽屉的时候与这个信封曾擦肩而过。

刘波看着他，语气沉重："人已经失联了，已经通知了各单位搜索……"

苏见明点点头，朝门外走去。只留下冷白色的医院，无声地竖在城市的心脏中。

他想去找郑刚。

## 8

  郑刚独自穿行在夜色中。他依旧穿着那件连帽衫。他知道，自己走的是条不归路，但他并不畏惧，边走边高效准确地处理自己的身后事。

  他拨出电话，只说了两个字："做吧。"接着挂掉。

  电话再次拨出，这次，他的语气稍微温和了一些，但仍不失果决："明天一早，把我办公室左边那个抽屉撬开，里面的材料寄出去。"

  打完这两个电话，他感觉到身心前所未有地轻松。他面对着茫茫大江，奋力挥动手臂，把手机远远地扔出去，像是扔出了这一辈子的过往。

  江面对岸，黎志田在他的船舱会所，呆呆地看着对岸灯火。他听到背后脚步声响起，回过头来，才发现是唐大年和一帮手下。黎志田有些厌倦地命令："等郑刚到的时候再告诉我，我一个人待一会儿。"

  他转过身，重新面对窗外的江景。但身后预料中的脚步声迟迟没有响起，他有些不悦，再次转过身，皱眉看向他们："怎么？"

  唐大年的眼里透出冷淡和嘲讽的意味，他和黎志田对视了半天才开口："他不过来了。"

  黎志田看到唐大年后面的几个人都面无表情地看着自己。他明白了，长出了一口气，一字一顿地念出："是你。"

  唐大年原先的忠厚之样已经变得阴厉，眼里仿佛藏着刀。

"这是你教我的。想吃肉,就要虎口夺食。"他淡淡地说着。

黎志田盯着他,恍然大悟地分析道:"你才是郑刚的内鬼,要刺杀我的不是David,是你。"

唐大年沉默。

黎志田好像一点也不担心自己的安危,他挑了挑眉:"你呢?你能得什么?"

唐大年笑着摇了摇头:"百丽集团不还在吗?"

黎志田闭上眼点点头,再次睁开时,语气变得悲哀:"你是跟我最久的兄弟。"

唐大年冷笑起来:"你的亲兄弟呢?飞毛腿呢?车祸啊,事故啊?"他有些激动,眼神中透出一种很深的怨念,"告诉我,为什么是你,还有你的女婿坐天下?"

"因为你不够聪明!"黎志田的声音不大,语气平静,但气势瞬间把唐大年压了下去。

唐大年脸色一沉:"我想试试。"在他身边,一个汉子毫不犹豫地拔出一把刀,冲上去,狠狠捅进黎志田的肋骨。鲜血汩汩而下,染红了他的高级西服。

黎志田面孔扭曲,但只是微微翕动着嘴唇,唐大年走到黎志田面前,俯身侧听。

"你……永远……当不了……老大……"黎志田发出微弱的声音。

唐大年愣住了,他无法接受气数已尽的黎志田继续羞辱着他。但他又好像有一种直觉,直觉自己永远无法取代黎志田。

与此同时,会所下层的大厅里,唐大年的人对刘锋和手下同时发难。锋利的匕首一下一下刺进刘锋的腹部,犹如杀羊一般。刘锋的手下奋起反抗,两队人马杀成一团。

  楼上,唐大年不屑地转身,准备离开。但在他身后,黎志田回光返照似的,猛然焕发出埋藏多年的兽性。他跳起来,抓住那个捅了自己的汉子的头发,卡住他的脖子,一口咬下,从他的脖颈上撕下一块肉来。

  在汉子的惨叫声中,唐大年回头,却看到黎志田抄起茶台上的一个不锈钢水壶,将尖锐的壶嘴刺入了唐大年的咽喉。在所有人都还没反应过来的瞬间,鲜血便如打开了水龙头一般喷涌出来。

  整个会所变成了修罗场,到处都是血腥、厮杀声和惨叫声。

  最终,血人一般的黎志田手握一把完全被血浸透的匕首,拖着沉重的步伐,从上层餐厅走下来。一层甲板上血迹遍地,刘锋和手下已经全军覆没,只剩下几个身受重伤的敌人,正坐在一旁苟延残喘。黎志田走上去,割开了那几个敌人的喉咙,接着看向地板上躺着的刘锋。

  刘锋好像还有最后一点弥留的意识。他艰难地看向黎志田,嘴唇嚅动着,却发不出一点声音。黎志田上前将他的头颅抱在怀里,轻轻地合上了他的双眼。

  黎志田一瘸一拐地准备离开这片已经被血腥浸染的空间,但背后突然再次传来响动。他回头,却发现哑巴夫妇正在背后,眼神依旧呆滞。

  突然,哑巴举起斧头,重重劈在黎志田的额头上。

  黎志田倒了下去,像一个稻草人。

  哑巴一斧头又一斧头地砍下去……直到黎志田的身体不再动弹。

在这场残酷的游戏中，没有赢家。

黎志田所有的财富、荣耀与传奇都在此刻定格，变为梦幻泡影。

生命最后的时刻，黎志田像女儿一样，想要回想起自己年轻时的脸，想起女儿童年时无忧无虑的时光，想起那时被阳光洒满的金江。

但黎志田想不起来了。

## 终章　真正的父子时间

### 1

江对岸是闪烁着的万家灯火，可他却没有归处。他在江边的长椅上坐下来，看着繁华而美丽的金江，却感觉到了一种距离。他仿佛从来都没有属于过这座城市，这座城市也从未包容过他。

这个城市有8万平方公里，穿城而过的金江长达679公里，有8000座可从高空跳下的高楼，有300万个房间可以服毒，有2000万人，2000万种死法。

苏见明没法儿知道郑刚在哪儿。但他想起郑刚曾经说过，"如果你要预测别人的行动，就要问自己：'如果我自己是这个人，我会怎么做？'"

如果苏见明是郑刚，会用什么样的方式，死在这个城市？

他看看手表，快要10点了。

他开始奔跑。

最后一次，"父子时间"。

夜晚的长江索道，孤独的轿厢悬在江上的薄雾中，如海市蜃楼。此时没有游客。一个男人安静地将票递给检票员，走进转到眼前的缆车。车门徐徐关闭，铁索熟悉的呻吟响起。

突然，一个身影从远处飞奔而来，试图强行扒开已经封闭的车门。他的目光死死地盯着轿厢里的那个男人，像是要把他的这一刻永远定格下来——

玻璃门内，郑刚慈祥地看着苏见明，仿佛在说：放手吧，孩子。

二人隔着玻璃对望着。苏见明的眼里写满绝望和希望交替的挣扎。

轿厢启动了，逐渐离开平台。郑刚挥了挥手，动作轻巧，但在苏见明的眼里，却重若千钧。他在跟自己道别，这一别，就再也不见。苏见明的呼吸变快了，他看到玻璃窗后，郑刚的笑容缓缓远去。

突然，苏见明助跑两步，从平台上腾空跳起，双手抓住了轿厢外的栏杆。轿厢在空中大幅度晃动起来，像一只巨大而笨重的鸟，随时要脱离绳索的牵绊。高空之上，苏见明挣扎着向上移动。他脸上青筋突起，身上的伤口崩开，纱布上沁出点点血迹。在粗重的呼吸声中，他艰难地爬到了轿厢顶部，拼尽全力才稳住身体。

轿厢向江心快速驶去。管理员惊恐地看着这一幕，慌忙朝控制室跑去。

黑暗中的江面就在他们脚下，而顶上是轰鸣着划过的缆绳。夜风愈加凛冽起来，苏见明抓紧角落的栏杆，雾气中，他的耳边只有风声呼啸。他紧闭双眼，试图让心率保持平稳。而轿厢里，郑刚用力砸开门上的玻璃。他看着脚下几十米远的江水，眼神坚毅，做好了随时跃下的准备。

"哐当"一声，轿厢的运动戛然而止。是管理员操纵马达停下了，广播喇叭已经开始向二人疾呼危险，但声音传出不远，就被大风吞噬，变成一段意义不明的杂音。索道两岸，已经透过薄雾看到闪烁着的警灯。

苏见明一个摇晃，差点掉下去，还好他反应及时，慢慢稳住了身体。他用力掀开顶部的维修口的盖板，向里看去。他看到郑刚站在已经没有玻璃的门边，江风咆哮着灌进轿厢。

郑刚看着儿子，脸上依旧带着笑："别下来，下来我就跳。"

"你不能死。"苏见明凝视着他，声音在风中显得微弱，却斩钉截铁。

"我是郑刚！我是抓人的，不能被人抓。"苏见明听到郑刚的声音有些颤抖，像是勉力在维护他最后的尊严。

苏见明看着他，看着自己的父亲，声音里有不能掩饰的痛苦："到底为什么？你要杀了她？"

郑刚看着远方的夜色，回想三十年来走过的路。自己仿佛一块大厦地基里的砖、一颗机器里生锈了的螺丝钉……自己也曾满怀激情，追求公正和正义。但他看到了太多的无奈，做了太多妥协，亲历太多黑暗。直到如今，蓦然回首，他已经成为黑暗的一部分。他的语气平淡："她想和你相认，想要回你。她说后悔让你离开她，只是定期在这里看到你，她不甘心，她想把所有事说出来。"

苏见明觉得心脏里的血液如潮般翻涌着："你所有的一切，都是演的吗？"

郑刚闭上眼睛，没有回答。他的沉默剜着苏见明的心口。他语气中终于出现了一丝痛苦："我经常做梦，梦见在这个缆车里，只有我们三个人，不是晚上，而是在白天……"

苏见明这才意识到，每一个人或许都被自己的梦魇困扰，都需要背负自己的重担。苏见明突然发现，眼前的视角简直就是监视器录像的角度，眼前的画面似乎也逐渐模糊为颗粒像素：只有郑刚、童年的自己和朱丽在缆车里，一幅温暖的家庭画卷。

他看着郑刚，无法想象郑刚所经历的内心战争和煎熬。

苏见明："跟我回去，不要死……"

郑刚凝望着自己的儿子。

郑刚说："当年我朝你开的那一枪，不是随手开的，毒贩拿枪对着你的头，我进去的时候，他的手指已经开始扣在扳机上了。我有把握的，儿子，真的，我有把握。"他说完，笑了笑，毫无留恋地踏出门外，向黑暗中扑去。

终于，我彻底成为黑暗。他想。

就在他即将完全坠下之前，苏见明从维修口跳下，一把抱住父亲。郑刚挣扎着，试图甩开苏见明。他们在风中失去了平衡。郑刚左脚的黑色皮鞋落入深渊，消失不见。但苏见明还是死死抱住郑刚不放。

"放开我！"郑刚歇斯底里的声音回荡在空中，脸上的皱纹像江面被劲风吹起的涟漪，扭曲地散开。

但苏见明抱得更紧了："我不会放。"

"我不会放！"他还在吼。

"你是我爸！"

听到他的话，郑刚终于停止了挣扎，闭上了眼睛，沉默地接受了自己的命运。

马达再次启动,轿厢向江对岸驶去。

## 2

20年前的某日,晚上10点。

还是这座索道,霓虹灯闪烁的轿厢在夜空中划过一道道色彩斑斓的虚线。轿厢里乘客半满,即将四十的郑刚和十岁的苏见明看着窗外。苏见明对着江景灯火兴奋地指指点点,欢笑声飘出了轿厢。

隔了两扇窗,三十岁的朱丽,看着黑暗的江水。朱丽表情平静,轻拂发梢,霓虹灯照在她洁白的面孔上。她透过人群的缝隙,默默地凝视着郑刚和苏见明。苏见明的目光游移着,短暂地和她的眼神相交。

苏见明看着她,眼神里是孩童的好奇和稚嫩。朱丽的动作停在半空中,像是被苏见明眼中无形的力量牵引住,又像是在期待着什么。

那一刻,两条必须平行的线违背了规则,兀自相交了……

然而片刻后,苏见明转开了视线。朱丽轻轻地松了一口气,她垂下头,隐没在人群中。

这将是苏见明的、人生下一阶段的梦魇。

说不上残酷和恐怖,也说不上温馨和动人。

但它就是会这样缠着人的一辈子。

苏见明管这个未来的梦魇叫作:童年。

郑刚落马的新闻登上全国的媒体头条,人们只是简单地惊叹于案件的耸人听闻,却少有人知晓事件背后真正的真相。

两天后,苏见明回到刑科所,那具曾被他反复研究、曾让他疑惑、痛苦和困扰的女尸仍然躺在原位。现在,她不再是一具无名女尸,她是朱丽,是苏见明的生母。

他看着她,隔着生死。就像曾经的她看着他,隔着人群和一个无法言说的秘密。

苏见明弯下膝盖,长跪在她面前,重重地磕了三个头。

苏见明走出办公室,才发现文辉在门口,不知道他等了多久。

"小苏,过去,看错你了。"文辉的眼里闪着发自心底的钦佩和赞赏。

苏见明沉默许久,片刻,他伸出手,与文辉的手紧紧握在一起。

美国,洛杉矶。黎莎抱着孩子走出机场到达口,身后的助理推着12只大箱子,跟着她走入西海岸的阳光里。

此后,黎莎定居美国,她多次在加州华人媒体上撰文,试图为黎志田平反,同时热衷于组织金江商会的海外联谊会。但黎莎的文章终究只是在太平洋彼岸掀起一些小风小浪,不足以让金江产生任何实质性的影响。

楹园地处金江郊县,这片土地被浓密的树木环绕,是一座年代悠久的墓园。每到夏季,这里就会盛开大片的蓝花楹,微风拂过那些紫蓝色的花朵,带起一阵波动摇曳。

墓碑不规则地分布在园内,一些墓碑上嵌着照片,一些则没有;一些高,一些矮。从墓碑上有限的信息可以看出,有些墓主人寿终正寝，有些英年早逝。每一个来访者在这里都更能感受到生命的脆弱无常。

走在石板铺就的小路上，苏见明听不见任何嘈杂的声音，只有微风拂叶发出的沙沙声。他为朱丽挑选了一个面向阳光、环境优美的位置，为她举办了一个简单的、迟来了十多年的安葬仪式。

斑驳的光影洒在泥土上，角落里，一些野花从石头的缝隙里探出头来，好奇地张望着这个世界。

朱丽的墓碑上刻着苏见明写的墓志铭：一位母亲。

立秋已过，天空变得高远透亮，这是一个收获和离别的季节。

## 3

一年后。

时至冬日，金江的气温徘徊在零度左右。阳光照在江水上，呈现出冷冽的蓝。寒风掠过江面，扬起无数晶莹的珍珠。山崖在严冬峻峭矗立，树木举着半秃的枝条隐匿在雾气里。江边最高的那座写字楼，曾经辉煌显赫的百丽集团办公地，如今在大门上贴着封条。这里的夜晚再也不会灯火通明。行人匆匆经过，亦无人驻足回眸。

街心花园，这是午后暖阳会短暂眷顾的地方，也是很多老年人的活动中心。苏见明和张姐坐在花坛上，看着何秀丽的背影。何秀丽坐在轮椅上，面对金江，晒着太阳，一股细细的口水从嘴角留下来。才一年的光景，这个坚强的女人就已经瘫患严重的阿尔茨海默病，这也让她提前来到退休生活。

只是这份退休生活受人看顾，旁边，时刻有四个便衣女警在监控。

郑刚落网后，所有涉事人员悉数落网，包括孙鹤阳。而有包庇和教唆之嫌的何秀丽，一直没有被抓到切实的证据。加之何秀丽父亲的势力、何秀丽的疾病，警方至多只能做到布控，随时准备挖掘这个女人涉案的证据。

她怀里抱着一个小型收音机。收音机里，首长的声音雄浑有力：

"黑恶势力，是社会的毒瘤，是危害社会安全、破坏人民幸福生活的罪魁祸首。他们违法犯罪，侵蚀着社会肌体，破坏着社会秩序，给人民生命财产安全带来极大的隐患……

"最后，我要强调的是，打黑除恶是全社会共同的责任。

"我们要以坚定的决心、必胜的信心、有力的措施、务实的作风，坚决打击黑恶势力，全力以赴地开展打黑除恶专项行动，为人民群众创造一个和谐、稳定、安全的社会环境……"

何秀丽看着远处，几乎是无意识地切换频道，收音机里传来新闻播报的声音：

"百丽集团被定性为黑恶势力犯罪组织，受到全面调查……中创汇泰前董事长高进涉嫌非法侵吞国有资产，日前被立案调查……与郑刚及黎志田相关的多名官员畏罪潜逃海外，其中九名被引渡回国，接受法律制裁……"

苏见明呼吸着冷风中湿润的空气，一个佝偻着背的老奶奶牵着画画的小姑娘走过。小姑娘看到苏见明，脸蛋红扑扑地走了上来，把夹着的画框递给了他："我以后不画画了，这个，帮我送给爷爷吧。"

终章　真正的父子时间　375

苏见明接过画框，小姑娘似乎有些害羞："画得不好，不准看。"说完，她向苏见明挥了挥手，转身离开。

苏见明没再纠结小姑娘的事，他转头问张姐："这个星期怎么样？"

"还是一会儿糊涂，一会儿清醒。"张姐摇摇头，脸上满是无奈，苏见明听到这句话，仿佛明白了什么。张姐看看何秀丽的背影，又看了看苏见明，她有点迟疑，最终还是开口："当年，她来过。"张姐说得很慢，语气里夹着几分惆怅。她在郑刚家待了多年，什么都知道，只是没有说。

"谁？"苏见明有些诧异，但问出口的那一刻，他已经知道张姐说的那个"她"是谁。

张姐自顾自地讲述着自己回忆里的那一天："朱丽。有一天下午，她来找过大姐，我开的门。她拿了一张出生证，说想和你相认，大姐说她很理解，她让朱丽给纪委打电话，约了谈话时间，然后给郑局长发短信，约他见面谈这件事，还特别交代她，不要提起自己。"

苏见明看向何秀丽的背影。

事实或许远比他想象的更为残酷。

她想消灭这个定时炸弹，她知道我爸会怎么做……

苏见明想。

张姐叹了口气："那天下午迟一点，我出来买菜，看到她就在这儿等郑局长，就在大姐现在那个位置。她靠在栏杆上，好像很高兴……我一直都记得她。"张姐看看天，起身过去轻轻推了推何秀丽："太阳弱了，我们回了。"张姐收起了她手里的收音机，擦净了她嘴角的口水，给苏见明留下了一个歉意的笑容，推着何秀丽快步离开了。

只剩下苏见明一个人坐在花坛边。他看着空荡荡的栏杆,斑驳的树影渐渐粘连成一片。

他仿佛看到母亲一个人站在那里等候,脸上满是期待。

他紧了紧身上的羽绒服,吸吸鼻子,背过身去,泪水在打转。

"苏警官,你们刚刚说了什么?"一个便衣警员小跑过来,对苏见明问话。

"没说什么。"苏见明说。

## 4

北方一个城市的郊区,冷峻的土地冻着霜,冬日积雪让脚步踩在上面发出酥脆悦耳的声音。从金江到这里,1758公里,需要坐3个小时的飞机,或者8个小时的高铁。

一座监狱建在这座城市的郊外旷野。高耸的外墙是维护司法尊严的最后一道铁壁。这里关押着许多政治相关和敏感的犯人,他们的故事被封存在冷硬的墙壁后面,注定不见天日。等候室里,苏见明在一群犯人家属中间静静地坐着,身边的袋子里装着一些食品和日用品。

铁链的吆语响起,在冰冷的空气中稀释开来。一个穿棉袄的管教出来,对着等候的人群喊:"苏见明。"

苏见明站起来,拿起袋子走向会见室。

监狱的娱乐室内,只有高处开了一扇小窗。几个服刑犯人在看电视,郑刚坐在最后面,满头的头发已经花白,他神情木讷地看着电视,仿佛行将就木。

他被开除党籍,杀人罪、受贿罪、职务侵占罪等数罪并罚,终审判决郑刚死刑,缓期一年执行。无论如何,他将在这座高墙里度过余生。

郑刚抬头看看那扇小窗,外面的世界依旧精彩地运转着,只是和他已经没有什么关系。那个穿棉袄的管教走进来,有些粗鲁地敲了敲铁门:"郑刚,探视。"

郑刚的眼里闪过一丝色彩。

他的背已经有些驼了,只能步伐缓慢地向外走去。

会见室中央摆着一张桌子、两把椅子,墙上挂着一块大钟,这是为了严格地规范会见时间。铁门开启,郑刚跟着管教缓慢地走了出来。他看到苏见明,笑了笑。他们在探视室隔窗对坐了下来。

他们对视着,想说些什么,却又不知如何开口。对他们来说,会见是短暂又漫长的,此刻只有墙上大钟精准地发出机械声。

苏见明终于决定打破沉默,他拿出带的东西:"我带了一些张姐做的香肠;在卡里存了点钱,你可以买东西。还有个MP3,可以听音乐。"他的语气就像在家里的客厅里,盘点刚从超市买回来的东西。

郑刚点点头,依旧不语。两人之间已经出现了一道无法逾越的鸿沟。

"老在江边画画的那个小姑娘让我带给你的,监狱不让带画框。"苏见明把一个卷筒放在桌上。

闻言,郑刚苦笑起来,终于开口说了第一句话:"连累小姑娘,没得上奖……"

苏见明摇摇头:"她得了二等奖。"

郑刚有些惊讶,苏见明把卷筒在桌子上慢慢展开:画中,金江和大桥构成了画面的主体,楼群在远处若隐若现地点缀。而原来郑刚站着的地方,画上了一棵树。郑刚欣赏着画卷,赞赏道:"这孩子,将来有出息。"

收起画卷,又讲起何秀丽,说她进了一家疗养院。

然而,父子间彻底没有话题了,陷入沉默。苏见明决定要触碰一个他一直以来有些逃避的话题:"你为什么,当时不让我姓郑?"

"我想让你成为局内人。"苏见明直视着郑刚的眼睛,仿佛已经猜到接下去他要说什么。郑刚坦然地讲述着自己的思路:"很简单的算术,一个高官的儿子,能够成为高官的比例有多少?"

苏见明不知道说什么。他曾经算过自己从警的概率,是否会因为自己是毒贩的儿子或是警察的儿子而改变,但他却没想过,自己作为高官的儿子从政的可能性。

看着他的表情,郑刚摇了摇头:"凤毛麟角。相反,如果别人认为我只是收养,甚至连姓都没改,印象中,你就是烈士子女,在系统内,我可以大胆地为你铺路,让你慢慢爬上来。"

"就像你现在这样?像黎志田那样?永远在黑暗中活着?每一脚都踩在别人的尸骨上?"苏见明有些激动地质问着父亲。直到角落里传来一声咳嗽,他才想起那个管教一直都在房间里监视着这对父子。

郑刚垂下头,又是一阵沉默。看着郑刚满头白发以及脸上的万千沟壑,一阵哀伤在苏见明胸中泛起:"爸,可能你觉得告诉我,我是个养子还是亲生儿子,对你没有什么区别。可是，我痛苦了快三十年，我一直崇拜你，却不是你的亲儿子，我过了一个没有亲生父亲的人生。"

郑刚听着，嘴唇翕动起来。苏见明的眼里也湿润了，他有些哽咽了："爸，你要活长一点，每年我都会来看你，或许未来我还会带我的孩子来看你，你是他们的爷爷——这，比你是传奇警察郑刚更重要，也比你是罪犯郑刚更重要。"

郑刚眼里也有了泪水。

苏见明站起身来对管教点点头，示意自己可以离开了。但他走了两步，又突然回头："这一切，是为了金江，还是为了你自己？"

郑刚认真地想了想，许久，他终于坦白："是为了我自己。"他看着桌面，仿佛看向了很远的地方，那里是属于他的时代。

苏见明点点头，仿佛为父亲的诚实感到宽慰。铁门打开，苏见明向外走去。

郑刚戴上MP3的耳机，按下播放键。

熟悉的《再回首》响起，是朱丽。

监狱的高墙外面，一辆车停在不远的地方等待，车辙轧过的地方留下些许冰碴儿，在阳光下反射着亮光。

苏见明搓了搓手，大步走了过去。驾驶座上的人下了车，是李惠琳。她穿着一件长款呢子大衣，脖颈里是苏见明送给她的红色羊毛围巾。

李惠琳给了他一个深深的拥抱。在这个寒冷的冬日，她的拥抱显得格外温暖。

汽车启动，他们离开这两个世界的交界处，回到自己的生活中去。

## 5

苏见明和李惠琳走进那间熟悉的老城区星巴克,干练地走向咖啡馆的柜台。店员一眼就认出了苏见明,有些惊恐地摆着手:"我们真的没有再见过你说的那个女生。"

苏见明对他微微一笑,接着正色道:"请你把监视器的位置都告诉我。"

店员犹豫了一下,回答依旧:"没有证明,真的不能看监视器。"

苏见明笑了,和李惠琳对视一眼,严肃的眼神里闪过一丝狡黠。他看了看玻璃窗外的人群,压低声音对店员说:"我们要约一个逃犯在这里见面抓捕,希望你们配合。"他拿出了一份已经盖章的公函,放在店员面前。

公函里,苏见明的抬头已然是刑侦支队副队长。

苏见明或许永远成不了坐在主席台上的人,去决定这个世界是什么样的,但他至少可以决定,自己是个什么样的人。

金江之滨,太阳照常升起。无论谁离开,无论谁来,城市总像一部庞大的机器,始终按照它自己的节律运行。

氤氲的雾气中,缆车依旧悬在空中,像是不眠不休地观察着这座繁华的、复杂的城市。

这一年,金江市获评"十大最具发展潜力城市"。

"潜力城市"在江边挂牌的这天,苏见明正在江边跑步,他穿着郑刚同款的运动服。

"爸——"身边有个三岁的男孩呼喊着他的父亲，想要骑在他的肩上，看看江上远处的小船，像是拥有无尽的快乐。苏见明被这陌生的父子吸引了，眼神一直盯着他们，直到把小男孩盯哭了，拉着老爹逃窜开。

就在这个平凡的瞬间，苏见明想通了，压在自己心上的最后一块石是什么。

他没有好好喊过一声"爸"。

苏见明拿出手机，点开对郑刚的对话框，上面还是之前发过的一串"父子时间"。苏见明按住语音键，轻轻说了一声"爸——，爸爸。"

发送。

郑刚不会收到。

也就在这个平凡的瞬间，苏见明终于开始了一种全新的生活，不仅因为眼前的案子都理清了，还因从这时起，他真正摆脱了孤儿的身份。从这时起，他所面对的一切，都将有从前完全不同的意义。

做恶人的儿子，比当一个孤儿好吗？

苏见明问自己。

没有答案。

也许将来会知道吧。